W0467005

LA PARABOLE DU TUEUR

Toxicologue, expert auprès de la NASA et de diverses grandes entreprises, Andrea H. Japp est née à Paris en 1957. En 1990, elle écrit son premier roman, *La Bostonienne*, qui remporte le Prix du festival de Cognac en 1991. Elle a aussi publié *La Petite Fille au chien jaune, Elle qui chante quand la mort vient, C. S. meurtres* et *La Femelle de l'espèce*.

Paru dans Le Livre de Poche :

LA FEMELLE DE L'ESPÈCE

ANDREA H. JAPP

La Parabole du tueur

ÉDITIONS DU MASQUE

© Andrea H. Japp et Éditions du Masque-Hachette Livre, 1996.

À Andrée

« L'animal le plus féroce connaît la pitié. Je ne la connais pas et ne suis donc pas animal. »

W. Shakespeare,
Richard III.

1

James Irwin Cagney reposa doucement le dossier jaune pâle. Il en aligna le bord le long du coin droit de son bureau, rectifia soigneusement la juxtaposition du papier fort sur l'angle de la plaque en plexiglas fumé.

Son regard se promena sur l'étendue de son bureau, frôlant la grosse bulle de verre dans laquelle étaient inclus des rouages de montre et qui lui servait de presse-papiers, contemplant les petits poissons paresseux qui nageaient sur l'écran de son ordinateur, songeant qu'il demanderait bientôt à Morris de changer le dessin de ce programme d'économie d'écran qui avait fini par le lasser. Il n'aimait pas celui qui affichait des hélices concentriques. Elles s'étiraient mollement et se rétractaient d'un coup, lui faisant penser à ces vieux trucs que les services secrets utilisaient pour abrutir les agents ennemis capturés, ou encore à une sorte de chromosome aberrant. En fait, il se demandait s'il ne préférerait pas simplement que l'écran restât obscur et immobile, comme un troisième œil qui ne s'animerait que lorsque lui l'aurait décidé.

Il reposa, en soupirant, sa colonne vertébrale contre le dossier de son fauteuil. Il n'en retirait aucun confort, ce n'était du reste pas le but de ce mouvement si souvent répété. C'était davantage un signe pour son cerveau qu'il passait à autre chose.

Son regard bleu, doux et vague, parcourut calmement la surface du dossier, vierge à l'exception du sceau du ministère de la Justice et d'un nom : Susan Webb. Sept ! Un tic étira ses lèvres : Lady-Killer, quel surnom de chiotte ! Les flics de Springfield, Illinois, auraient pu se creuser davantage. Peut-être l'auraient-ils fait s'ils avaient su que tous les quotidiens du pays leur réserveraient la première page. Springfield... C'est à une cinquantaine de kilomètres de Springfield qu'on avait trouvé la première. L'enquête locale était parvenue à remonter le fil jusqu'à une boîte de nuit, sans doute mal famée selon les critères locaux, sans être complètement listée. Une de ces boîtes où l'on chasse, mais où l'on conclut à l'extérieur. Le type, Lady-Killer, avait levé en quelques minutes la fille dont on avait retrouvé les bouts, d'où son surnom... En revanche, il avait pris tout son temps pour peaufiner le spectacle qu'il laissait aux flics.

Les témoignages des habitués de la boîte n'auraient même pas pu couvrir une feuille de papier-cul. Flattés d'être consultés ou terrorisés parce qu'ils n'avaient pas payé leur dernier PV, ils s'étaient tous crus obligés d'y aller de leur description. En résumé, le tueur avait entre vingt et cinquante ans, mesurait de 1,70 m à 1,90 m et sa chevelure variait du blond pâle au châtain foncé. Deux témoins avaient précisé qu'il était très mince et c'était le seul point de leurs déclarations qui concordât. Ce qui en revanche était certain, c'était la description de l'anatomopathologiste. La femme, Janet Wilde, célibataire, âgée de trente ans, avait été conditionnée comme un bout de bidoche. Cagney déglutit. Le meurtrier avait fait preuve d'une inventivité prouvant qu'il était intelligent. La recherche de symboles était évidente et ça n'appartient qu'aux tueurs de quatrième catégorie. Aucune des victimes n'avait été violée, en dépit des connotations particulièrement sexuelles des meurtres et c'était un autre aspect révélateur. Il faudrait relire les détails de la mise à mort... plus tard. Pour l'instant Cagney jouissait encore du privilège d'un souvenir superficiel : l'éventration de Janet Wilde, comme dans le cas des sept autres, avait provoqué la mort... L'utérus avait été excisé et retourné en doigt de gant. On l'avait retrouvé à quelques centimètres du corps avec ses dimensions. Cagney s'était étonné qu'une si petite matrice puisse produire un bébé humain... Ne pas penser à la quatrième... Tiens, son chiffre préféré, c'est idiot de flasher sur des chiffres, aussi ridicule que sa joie lorsqu'il arrivait à l'entrée du tunnel de Balding et que le feu était vert. Un pari que la journée serait bonne. Et pourtant, il allait y penser, puisqu'il ne pensait qu'à cela. La quatrième, celle qui avait été martyrisée dans le Maine, à soixante-dix kilomètres au sud de Portland, était une grande brune, aux longs cheveux bouclés, les cheveux d'Ann, du moins le croyait-il : il n'avait jamais vu Ann qu'avec un chignon. Et celle-ci s'appelait également Ann, enfin, Sue-Ann. Peut-être que sa Ann à lui s'appelait aussi Sue et qu'elle avait caché ce préfixe prisé par les interminables sitcom télé.

Lorsqu'il avait eu le dossier en main, il lui avait fait parcourir tous les angles de son bureau sans pouvoir l'ouvrir. La photo noir et blanc de ce qui restait de Sue-Ann lui avait fait revenir dans la gorge un liquide amer et salé, tiède. À coup de statistiques, il avait fini par se convaincre qu'il y avait une chance sur cent millions que cette fille soit « son » Ann, et il avait ouvert d'un geste sec la chemise en carton jaune pâle. Lorsqu'il avait lu la fiche signalétique, laquelle précisait que la victime avait les yeux noirs, il avait enfin expiré l'air qui lui empoisonnait le sang. Ann avait les yeux bleus. Un bleu invraisemblable, comme les bébés à la naissance, juste avant qu'il ne tourne au marron, un bleu si profond, si absolu qu'on n'y voit qu'un reflet et que l'iris semble dévorer la pupille. Sue-Ann n'étant plus une menace, elle était devenue *Sa* morte. Il allait coincer ce dégénéré et il le coincerait dans un État où la peine de mort était encore en vigueur. Le reste était indigne d'Ann, indigne de sa peur à lui.

Cagney reposa ses lunettes cerclées de métal juste sur le nom que portait le dossier et sourit : oui, il allait le coincer pour Ann, pour qu'Ann puisse encore rire en renversant lentement la tête vers l'arrière, sans crainte, même si elle riait sans lui. Mais depuis cinq ans que Lady-Killer tuait, et depuis deux ans qu'ils avaient réussi à regrouper tous ses crimes, ils n'avaient pas avancé d'un pouce. Non que la chose fût surprenante. Il est pratiquement impossible de pister un type qui ne laisse aucune trace derrière lui, frappe au petit bonheur la chance et se déplace de toute évidence assez vite.

Sa façon même de tuer, bref son *modus operandi*, était en contradiction avec ses allées et venues et le choix des victimes. Il tuait toujours méticuleusement de la même façon, du moins pour les quatre dernières victimes, mais la localisation de ses crimes et la distribution de ses victimes semblaient totalement aléatoires. L'autre raison pour laquelle ils avaient failli passer à côté des trois premiers meurtres de Lady-Killer, c'est que sa mise en scène avait évolué, se compliquant. L'éventration et l'excision utérine demeuraient à la base du scénario mais d'autres détails sanglants s'y ajoutaient maintenant. Les viscères, toujours rattachés à la cavité abdominale, étaient dévidés et étalées sur le sternum. Les enquêteurs avaient retrouvé les ovaires des quatre dernières victimes pour l'une dans son sac à main, pour l'autre dans l'un de ses escarpins, et les deux dernières fois délicatement posés sur les paupières comme des œufs de pigeon rosés de sang. À chaque fois, on avait découvert la voiture des femmes non loin de la scène du crime, preuve que le tueur avait réussi à les convaincre de se rendre au lieu d'abattage. Comment ? En les menaçant ou en les séduisant ? Cette reproduction minutieuse d'une mise en scène macabre était-elle compulsive, significative de quelque façon que ce soit, ou avait-il simplement cherché à se créer une sorte de signature qui permette aux flics de le reconnaître ? Bon nombre de tueurs en série veulent que l'on sache qu'ils sont bien l'auteur de leurs meurtres. Mais s'il était encore plus retors que Cagney ne le craignait ?

Il ne paraissait y avoir aucun dénominateur commun entre ces différentes femmes ou les mouvements de Lady-Killer. Certaines étaient mariées, d'autres célibataires, les unes blondes, les autres brunes, petites, grandes, rondes, menues. Certaines du signe du Taureau, d'autres du Scorpion. Il tuait de jour ou de nuit, en semaine ou le week-end, en banlieue ou en rase campagne et dans n'importe quel État. Il était donc capable d'une certaine improvisation et surtout d'assimiler un processus reproductif pour l'adapter de façon efficace aux différents lieux dans lesquels il frappait. Le seul point commun entre ces crimes sautait aux yeux : il ne tuait que des femmes adultes et de race blanche, du moins à la connaissance du FBI. En bref, il était pratiquement incoinçable, à moins d'un gigantesque coup de chance. C'était possible, mais quand, au bout de combien de meurtres ?

Cagney s'acheminait vers l'idée qu'il savait inévitable depuis deux mois : *Elle* allait le coincer pour lui. Son sourire mourut. Il ne l'aimait pas. Elle lui faisait une drôle d'impression, désagréable. Il y avait chez elle une sorte d'indifférence étrange et plutôt bienveillante, du moins pas malveillante, qui le mettait mal à l'aise. Mais elle était la meilleure dans son domaine ; du reste, elle se faisait payer très cher. Gloria Parker-Simmons. Un ancien petit génie des mathématiques qui avait fait ses premières armes au Massachusetts Institute of Technology de Cambridge, grâce à l'une des rares bourses attribuées, et qui avait rapidement compris que ses neurones pourraient lui rapporter beaucoup plus d'argent si elle les vendait intelligemment plutôt qu'en les mettant au service d'un poste d'assistant d'université. Elle travaillait pour le FBI au coup par coup et, en dépit de son extrême discrétion sur ses activités annexes et sur sa vie en général, il savait qu'elle louait ses onéreux services à la CIA et à de grosses compagnies privées. Grâce au peu d'informations qu'elle avait accepté de divulguer lors de leur première rencontre, cinq ans plus tôt, pour justifier l'énormité de ses honoraires, Cagney avait compris qu'elle se servait de lois mathématiques pour prévoir. Cette sorte de mathématique prédictive pouvait, selon elle, s'appliquer à n'importe quoi, pour peu que l'on sache trier les données : quel genre de nouveau déodorant attendaient les femmes de trente à cinquante ans, quelle était la route sous-marine la plus susceptible d'être empruntée par un sous-marin espion venant du nord ou de l'est... et, pourquoi pas, où se trouvait Lady-Killer ? Cagney, d'abord intéressé d'un point de vue spéculatif par le système de Gloria Parker-Simmons, s'était senti remis en question lorsqu'il avait réussi à traduire du discours courtois de la jeune femme que les déterminations psychologiques lui semblaient superflues. Elle avait balayé d'un petit sourire contrit l'univers qu'il portait à bout de bras, cette sorte de chapelle très protégée de l'unité des sciences du comportement du FBI. C'était peut-être également une des composantes de l'inimitié qu'elle lui inspirait. Pourtant, il avait la conviction qu'il pouvait emprunter et utiliser certaines de ses théories. De ce ton très monocorde et sans impatience qu'il savait conserver lorsqu'il était exaspéré, il avait demandé :

— Selon vous, le profil psychologique d'un tueur n'a pas d'incidence sur sa façon de tuer ?

Elle avait réprimé un petit rire.

— Mais si voyons, Mr Cagney, mais c'est, comment dire, d'un intérêt purement intellectuel. Même si vous parvenez à diagnostiquer avec certitude qu'un tueur appartient à tel ou tel autre type de pathologie comportementale, vous ne pourrez pas le localiser ou le prévoir. Ce ne sont pas ses intentions ou ses motivations qui peuvent nous aider, ce sont ses actions. Il existe toujours un déterminisme dans les actions d'un individu. Si on parvient à décrypter ce déterminisme, on peut formuler des prédictions. Par exemple, si vous avez l'habitude de vous habiller en commençant par les chaussettes, vous ferez la même chose toute votre vie, sauf si vous vous en apercevez ou qu'un événement inattendu vous contraint à changer. Il existe sûrement une raison psychologique qui explique que vous procédiez ainsi. C'est en cela que je rejoins votre conception des problèmes. Mais si je veux intervenir sur vous ou vous prévoir, la seule chose importante, c'est que vous le fassiez et que je le sache. Voyez-vous, le grand tort de notre époque hâtive, c'est que l'on tente toujours d'appliquer n'importe quoi à n'importe quelle situation. La psychologie est d'un intérêt incontestable dans certains cas, la biologie dans d'autres et les mathématiques dans presque tous parce qu'il s'agit de lois très générales qui évitent les projections personnelles. Ce que l'on cherche, lorsque l'on piste un tueur, par exemple, c'est à l'arrêter, nous sommes d'accord ? On veut donc savoir à quel endroit il se trouvera et à quel moment. Il s'agit de faits, donc de données fixes, pas de paramètres sentimentaux. Dans cette optique, peu importe de connaître ses motivations ou même les nôtres. C'est aussi simple que le tracé d'une droite. Si vous avez deux points fixes et indiscutables, il vous est possible de dessiner la droite. À partir de là, vous pourrez retrouver n'importe quel autre point situé dessus. Vous pouvez même trouver n'importe quel point qui ne s'y trouverait pas pour peu que vous connaissiez l'équation qui le sépare de la droite.

— Et qu'est-ce que vous faites ?

— Je trouve la bonne droite. Je tente de m'écarter du Principe d'Incertitude d'Heisenberg. Je vous expliquerai un jour, c'est très distrayant, même si c'est un concept à rendre fou.

Elle avait ensuite fait habilement dévier la conversation, jugeant sans doute qu'elle en avait assez dit. Cagney avait été impressionné par son habileté à parler d'autre chose sans avoir l'air de se défiler. Il n'avait pas tenté de revenir au sujet qui l'intéressait, convaincu que s'il la pressait, elle lui mentirait.

2

Cagney venait de détecter en lui-même les premiers germes d'incompétence. L'embarrassante lucidité de son cerveau, qui parfois semblait ne plus lui appartenir, venait de l'alerter. Il avait besoin de Gloria parce qu'il commençait à détester ce type, qu'il en avait peur pour Ann. Depuis la quatrième, depuis cette Sue-Ann, les descriptions du labo n'étaient plus pour lui de simples observations cliniques, comme le détail d'une planche d'anatomie vomitive ; c'était maintenant à chaque fois un soulagement parce que l'horreur avait épargné la femme aimée. Cagney comprenait que son indifférence indispensable craquait comme un mauvais blindage. Il devenait nerveux, impulsif. Il risquait donc de commettre des erreurs, et la moindre erreur était intolérable puisqu'elle signifiait que d'autres femmes mourraient et qu'un jour, cette autre femme pourrait être Ann. Il soupira d'exaspération et vida son esprit de Ann pour se concentrer à nouveau sur cette fille blonde qu'il devait appeler même si une nouvelle cohabitation avec elle le mettait mal à l'aise.

Il n'avait de Gloria Parker-Simmons qu'un numéro de téléphone et une adresse à Brookline, près de Boston. Peut-être aurait-il pu se renseigner sur sa vie, chercher à savoir si elle était mariée, si elle avait des enfants, où vivait sa famille, mais à quoi bon ? Puisque le ministère de la Justice l'avait recommandée, c'est qu'ils avaient fait une enquête sur son passé et ses fréquentations.

Cagney était pratiquement incapable de la décrire si ce n'est qu'elle lui semblait jolie, de taille moyenne voire petite. Blonds, oui, ses cheveux devaient être blonds ou châtain clair. Ils avaient pourtant déjà travaillé ensemble.

Il décrocha son téléphone, reconnut parfaitement la voix grave et presque étouffée qui lui répondit et demanda pourtant :

— Bonjour, je souhaite parler à Gloria Parker-Simmons, s'il vous plaît.

— Bonjour, Mr Cagney.

— Vous attendiez mon appel ?

— Non, mais je savais qu'il allait venir. Je pensais même que vous me contacteriez plus tôt.

— Oui... Je n'ai le dossier que depuis peu de temps, enfin relativement.

— Ah, bien sûr... Et il en a tué combien durant ce relatif peu de temps ?

— C'est plus compliqué que cela. On a d'abord cru qu'il n'y avait que trois victimes... enfin, c'est une façon de parler. Et puis d'autres recoupements nous ont permis d'en détecter une quatrième. Jusqu'à ce qu'on s'aperçoive qu'il est sûrement l'auteur de sept meurtres. Mais il est récemment passé à la vitesse supérieure. Les trois dernières se suivent à quelques mois d'intervalle. C'est une fréquence inaccoutumée.

— Ça vous semble une coïncidence ou une accélération délibérée ?

— Très probablement délibérée, mais pas parce que ses envies meurtrières se précipitent... Simplement pour nous semer.

— Hum.

— Hum, quoi, Mrs Parker-Simmons ?

— Hum, c'est aussi mon opinion.

— Qui est ?

D'une voix calme, elle demanda :

— C'est un taré intelligent, n'est-ce pas ?

— A priori je dirais oui, ou alors il a un instinct infaillible.

— Et vous croyez aux instincts infaillibles, Mr Cagney ?

— Non.

— Bien. Où en êtes-vous en ce moment, Mr Cagney ? Vous avez procédé à tous les tests biologiques imaginables et à des comparaisons statistiques. Et vos experts, votre petit génie qui pond des profils à la demande ? Comment s'appelle-t-il déjà ?

Cagney fut convaincu qu'elle se souvenait parfaitement de son nom, parce qu'il ne faisait aucun doute que ce genre de fille se souvient du moindre détail. C'était une façon subtile de lui faire comprendre qu'elle méprisait un peu ce pauvre Richard.

— Richard Ringwood. Qu'est-ce que vous voulez que je vous dise ? Que Lady-Killer a de toute évidence un gros problème avec les femmes et principalement sa maman ?

— Sans blague ?

— Écoutez, Mrs Parker-Simmons, on a tout fait, tout, vous entendez ! Ça ne donne rien. On sait que c'est un tordu intelligent et rusé, qu'il sait découper les organes génitaux d'une femme. Il est précis et minutieux. Il est suffisamment évolué pour créer des symboles. Ce n'est, de toute évidence, pas un sadique au sens psychiatrique du terme et on est pratiquement sûr qu'il s'agit d'un homme de race caucasienne.

— Comment le savez-vous ?

— Quoi, sa race ou sa priorité psychologique ?

D'un ton à peine agacé, elle précisa :

— Qu'il n'est pas sadique ?

— Parce qu'il n'a rien fait pour maintenir ses victimes en vie le plus longtemps possible. Il n'en a rien à foutre de les buter, mais c'est tout. Il ne cherche pas spécifiquement à maximiser la douleur.

— Excusez-le du peu !

— Écoutez, Mrs Parker-Simmons, si vous devez m'infliger votre sensiblerie de...

Cagney s'interrompit brutalement. La voix calme et basse compléta pour lui. Il savait qu'elle souriait.

— Vous vouliez dire de « bonne femme », c'est cela ?

— Non, je suis désolé. Je suis un peu tendu.

— Mais si, c'est exactement ce que vous alliez dire. J'accepte néanmoins vos excuses. Et comment êtes-vous « presque » certain qu'il s'agit d'un homme de race blanche ?

— D'abord à cause du premier témoignage recueilli auprès des clients de cette boîte de nuit dans l'Illinois. Pourtant, Dieu sait que les différentes descriptions étaient floues et contradictoires. Mais personne n'a parlé d'un Noir et tous ont décrit un homme. Ensuite, les tueurs chassent en général dans leur race. C'est très systématique pour les Blancs, un peu moins pour les Noirs. Toutefois, nous avons recueilli un autre témoignage. Il s'agissait de la troisième victime. Le témoin a l'air sérieux et affirme que le tueur pourrait être une femme. Nous ne pouvons donc pas exclure totalement la possibilité d'un tueur de sexe féminin.

— Oui. Bon, vous voulez que je vienne ? En réalité, pour être tout à fait franche, le voyage en Virginie ne m'arrange pas en ce moment. Je suis sur une autre affaire, dans la région de Boston.

— C'est important ?

— Oui.

— Je peux venir au Kennedy Building. De toute façon, sur sept meurtres identifiés, cinq États sont concernés, dont le Massachusetts.

— Ce serait parfait. Quand ?

James Irwin Cagney réfléchit à peine : il n'avait ni chat ni poisson rouge à confier, du reste à qui ? Quant à son unique bonzaï, il était mort de déshydratation au printemps précédent. Sa femme, Tracy, avait oublié de l'embarquer avec tout le reste. Pourtant, elle avait dressé un inventaire scrupuleux de ce qui lui revenait à elle et de ce qui lui appartenait à lui, c'est-à-dire presque rien. Rien n'avait échappé à son extrême vigilance, pas même les différentes babioles qu'elle lui avait offertes et dont ils avaient oublié, l'un comme l'autre, l'histoire, sauf le bonzaï. Le petit arbre torturé, vieux de vingt-quatre ans si l'on en croyait l'étiquette, avait crevé.

— Nous sommes mardi, j'y serai jeudi matin.

— J'y serai aussi.

Elle n'avait pas dit : « Ravie de vous revoir ou de retravailler avec vous. » Peut-être son inimitié pour elle était-elle réciproque ?

3

Gloria contempla le combiné qu'elle venait de reposer. Elle devrait faire vite pour aller de San Francisco à Boston. Elle détestait voyager. En fait, ce n'était pas tellement les voyages qui l'ennuyaient, mais plutôt d'abandonner sa maison. Elle finissait par l'aimer comme un enfant, cette grande demeure carrée qui narguait la pente de Diamond Heights. Elle aimait qu'elle soit abusivement trop spacieuse et trop luxueuse pour elle. Mais peut-être un jour Clare reviendrait-elle habiter avec elle.

Il allait falloir aérer et ranger l'appartement de Brookline, se réadapter à cette foule pressée et inamicale. Et puis cette incessante et versatile pluie bostonienne la déprimait. Certes, c'était moins dérangeant qu'un voyage en Virginie et puis son autre employeur du moment était de Boston.

Elle sourit à la petite boîte magique mise au point par Bell Téléphone, qui permettait de basculer ses appels bostoniens sur sa résidence san-franciscaine sans que son interlocuteur s'en aperçoive. Amusant, ces problèmes de décalage horaire dont ses correspondants n'avaient aucune idée. Maggie viendrait s'occuper de Germaine durant son absence. Maggie aimait le luxe « gratos », comme elle disait, de la maison de Diamond et Germaine était un amour de boxer qui n'en faisait qu'à sa tête, sauf lorsqu'il avait décidé de vous séduire en prétendant qu'il savait obéir. Gloria l'avait acheté pour Clare, parce que Clare adorait les chiens et qu'ils l'apaisaient.

Gloria avait rencontré Maggie dans un bar, un soir de déprime. Cette Irlandaise déjantée et saoulographe chronique l'avait abordée, parce qu'elles étaient seules toutes les deux, qu'elles avaient envie de le rester mais en bonne compagnie. Gloria lui avait confié qu'elle était consultante en informatique. Ce n'était pas faux, dans un certain sens. Elles étaient devenues amies, prudemment dans le cas de Gloria, et de façon désordonnée et trop sentimentale dans celui de Maggie. Maggie posait peu de questions, parce qu'elle s'en foutait et Gloria n'aimait pas les questions, parce que certaines réponses lui faisaient peur. Finalement, elles avaient tout pour devenir d'excellentes copines.

Gloria hésita un peu dans la voiture avant de descendre. Il fallait pourtant qu'elle se décide.

La chaleur qui tapait sur le toit de sa Mercedes coupé se concentrait dans l'habitacle et semblait réduire l'oxygène ambiant. Mais si elle allumait à nouveau la climatisation, elle risquait de rester encore une heure à peser le pour et le contre, et cela ne servirait pas plus aujourd'hui que depuis quatre ans. Elle avait tellement envie que Clare revienne habiter avec elle, mais elle n'était pas sûre d'y parvenir, ni surtout que ce soit la meilleure solution pour Clare. Aujourd'hui, elle allait juste lui expliquer qu'elle s'absentait pour quelques jours, mais qu'elle reviendrait vite, de ne pas s'inquiéter, qu'elle serait là pour son anniversaire, dans trois semaines.

Gloria se contraignit à bâiller profondément. C'était un truc qui lui évitait de pleurer. Cela marchait assez souvent. Elle ouvrit la portière.

Little Bend était la raison majeure pour laquelle elles étaient venues s'installer à San Francisco, quatre ans plus tôt. Gloria ne le regrettait pas. Little Bend était à la hauteur de sa réputation et San Francisco était aussi belle et amicale que dans ses rêves. Elle avait trouvé sans trop de difficultés sa maison, La Maison, le cocon idéal pour Clare et elle. Mais l'argent rend tout tellement plus facile et évident, même Little Bend, cette institution privée et très onéreuse.

Gloria traversa la longue pelouse, judicieusement plantée de gros massifs floraux qui semblaient avoir poussé au hasard mais dont Gloria savait qu'ils avaient été longuement étudiés, afin de ne receler aucun danger pour les habitants de Little Bend.

Gloria aimait la pâleur blonde des grosses pierres rectangulaires du corps de bâtiment central, son toit de tuiles ondulées d'inspiration mexicaine. Les fenêtres étaient bien sûr protégées ; mais on avait eu l'intelligence de leur épargner des barreaux ou des grillages et de les orner de mauresques en fer forgé blanc dont les arabesques compliquées prétendaient ne servir qu'à soutenir les plantes grimpantes. Trois autres bâtiments longs, de même architecture, s'étendaient derrière le bâtiment central. L'ensemble formait le carré typique d'une luxueuse hacienda. Il n'y avait ni piscine, ni bassin, ni même une traditionnelle fontaine dans l'immense patio intérieur. Un grand aquarium scellé offrait aux pensionnaires de Little Bend des heures de contemplation rêveuse, devant le ballet fascinant de ses incroyables poissons et de ses axolotls qui glissaient sur le sable ocre rose du fond de l'aquarium en s'aidant de leurs mains reptiliennes. Leurs branchies plissées et ondulées, comme un petit séisme, vibraient en permanence au gré des courants. Clare avait choisi l'axolotl beige rosé comme un pétale de rose anglaise et Gloria avait opté pour l'un des deux gris tachetés de noir, prétendant qu'elle pourrait le discerner de son jumeau.

Jade apparut en haut des deux marches plates et basses qui menaient à la grande entrée principale. Un sourire heureux aux lèvres, la jeune femme d'origine asiatique s'avança vers Gloria, les bras tendus. Jade ne déposait jamais de baisers rapides et convenus sur sa joue, elle la serrait presque insensiblement dans ses bras, comme elle faisait avec Clare, comme elle faisait avec les autres pensionnaires. Gloria lui rendit son sourire presque sans y penser. Cette ravissante jeune femme, dont la légèreté et la douceur dissimulaient une obstination inflexible mais tendre, l'apaisait.

— Mrs Parker-Simmons... Nous vous attendions. Clare a passé une bonne nuit.

Gloria lui sourit et la suivit à l'intérieur. Elles ressortirent de l'autre côté du bâtiment, par une lourde porte en bois roux de plain-pied avec le patio.

Jade lâcha le bras de Gloria.

— À tout à l'heure, Mrs Parker-Simmons. Nous déjeunons à douze heures trente, n'oubliez pas.

Elle entra à nouveau dans le bâtiment et referma la porte sur elle.

Gloria attendit en souriant, certaine que Clare était cachée derrière un des piliers qui soutenaient le toit de tuiles du patio. Brusquement, elle se sentit agrippée par la ceinture, prétendit l'effroi et cria :

— Oh mon Dieu, mais qui êtes-vous ?

Un rire ravi lui répondit. Elle se retourna et serra Clare contre elle. La jeune fille riait aux éclats, les poings serrés sur ses yeux clos.

— Oh, c'est toi, ma chérie. J'ai eu peur.

Clare balbutia d'une voix nasillarde et essoufflée :

— Tata, Tata, peur ?

— Oui, ma chérie, tu m'as surprise.

Clare, claire comme l'innocence, comme le premier jour du soleil, comme ce qu'il y a de plus tendre et de plus précieux dans ce monde... Gloria fit un gigantesque effort pour revenir au détail de ce que Clare avait mangé hier soir, de ses jeux après qu'elle fut repartie, afin de ne pas fondre en larmes.

Elles se promenèrent dans le parc qui entourait l'hacienda, lentement, en attendant l'heure du déjeuner.

Il n'y avait pas d'animaux et si la chose avait d'abord étonné Gloria, elle en comprenait maintenant la nécessité. Jade n'avait toléré qu'une immense volière, à l'extrémité sud du parc, dont les panneaux en fer forgé ouvragé protégeaient les fragiles oiseaux des mains malhabiles et dévastatrices des pensionnaires humains de Little Bend.

Parfois, Clare articulait un mot d'une voix suraiguë et Gloria l'embrassait. Jade, l'âme et le cœur de Little Bend, avait opéré des miracles. Quatre ans plus tôt, Clare ne savait pas parler. Bien que péniblement, quelques mots lui venaient maintenant et elle était devenue presque continente. Gloria avait toujours su qu'ils avaient tort, tous ces psychologues, neurologues et pédiatres du nord et de l'est du pays qu'elle avait consultés et qui prétendaient d'un ton docte que Clare n'avait aucune faculté d'apprentissage, qu'elle continuerait à se pisser dessus, à maculer les matelas d'excréments, en sanglotant de désespoir, jusqu'à la fin de sa vie.

Elle expliqua lentement à Clare qu'elle ne pourrait pas venir pendant quelques jours, de ne pas s'inquiéter, qu'elle reviendrait bientôt. Elle choisissait des mots simples et de sonorités distinctes, en répétant les mêmes phrases de façon différente comme Jade le lui avait appris. À l'air angoissé de Clare, à sa main qui se crispait sur sa hanche, elle sut que Clare s'affolait parce que les mots ne lui disaient rien. Gloria répéta, calmement, souriante. Enfin, le regard de sa nièce changea et devint triste. Elle avait compris.

— Mais je reviens très vite, bientôt, ma chérie. Tu vas me manquer. Je vais beaucoup penser à toi. Je suis là vite. Je t'aime. Tu es ma chérie.

Clare déposa un baiser mouillé sur la joue de Gloria. Elle était presque aussi grande qu'elle.

— Aime !

— Moi aussi mon ange. Je t'aime très fort. Caille ?

Gloria avait choisi ce petit nom d'amour pour Clare, parce qu'elle voulait un terme tendre qui ne soit pas celui de tout le monde et aussi parce qu'il avait une sonorité distinctive qui permettait à Clare de le mémoriser facilement.

— Oui,... caille, cââââille.

Clare rit de bonheur et l'entraîna, soudain urgente, vers le bâtiment. Elle avait faim. Gloria n'eut pas à regarder sa montre pour savoir qu'il était midi et demi. Clare n'aurait jamais besoin de comprendre à quoi servait une montre, son corps lui donnait l'heure à la minute près.

Arrivée en haut des deux marches, Clare s'immobilisa brusquement et demanda d'un ton tendu à Gloria :

— Cadeau ?

Gloria éclata de rire :

— Non, ma chérie. Pas plus qu'hier. C'est dans trois semaines ton anniversaire. Pas aujourd'hui. Dans trois semaines. Ma caille aura un gros cadeau d'anniversaire. Ma caille a dix-sept ans.

Clare eut l'air un peu déçue mais son sourire revint rapidement.

Ne pas penser à cet autre anniversaire, *ne plus jamais penser à cela*. Jamais, parce que Clare sentirait la haine de Gloria sans comprendre qu'elle était destinée à quelqu'un d'autre, à quelqu'un qui hanterait Gloria pour l'éternité et aussi la vie de Clare, bien qu'elle ne le comprît pas.

Il fallait que Clare puisse frapper dans ses mains de bonheur toute sa vie durant, lorsque le grand paon prétentieux de la volière ferait la roue devant elle ou lorsque son axolotl rose tendre embrasserait la vitre qui le séparait d'elle. Et Gloria y veillerait, quoi qu'il en coûte.

4

James Irwin Cagney avait beau se dire qu'il devait la détailler pour pouvoir ensuite la décrire, il y avait un certain quelque chose chez cette fille qui défiait l'observation. Elle se tenait droite, en face de lui, la tête légèrement inclinée vers la droite, comme si elle portait une attention toute particulière au silence qui s'était installé entre eux.

Sans un mot, il lui tendit la compilation des dossiers d'autopsie, de profils psychologiques et autres rapports de police qui s'essayaient sans succès à cerner les actes, motivations et si possible la localisation de Lady-Killer. Sans succès et sans génie. Gloria le remercia d'un regard. Comment avait-il pu oublier ce regard ? Immense et vague, bleu comme la lavande anglaise, enfin du moins ce qu'on en disait puisqu'il n'en avait jamais vu.

Elle portait des lunettes légèrement teintées, et il se demanda si elles lui étaient vraiment utiles pour voir ou s'il s'agissait d'une sorte de camouflage. Leur reflet plat, lorsqu'elle penchait la tête vers la fenêtre, lui rappelait celui du verre blanc. C'est son parfum qui lui fournit l'explication, ou plutôt le fait que Gloria était à peu près la seule jeune femme de sa connaissance qui n'en portât pas. Il l'examina différemment. Rien chez elle n'attirait l'attention, et elle semblait avoir apporté un soin méticuleux à l'élaboration d'une allure à la fois banale et agréable. Elle portait un tailleur classique, gris moyen, et un chemisier de soie blanc cassé. Ses cheveux châtain blond étaient ramassés en catogan. Ni maquillage, ni parfum, ni talons sonores, ni bijou à l'exception de la traditionnelle petite paire de boucles d'oreilles en perles. Rien qui n'attire ni retienne l'attention ou la mémoire. Il fut soudain convaincu que nul — ni ancien petit ami, ni grande copine de toujours — ne possédait de photo d'elle, le genre de photo débile qu'on adore regarder et montrer : Gloria à la plage léchant une glace qui dégoulinait sur son short, Gloria jouant avec un bon gros chien, Gloria rêveuse. Elle écrivait sûrement le plus rarement possible et toujours des lettres d'une affligeante platitude. Et pourtant, il était convaincu que tournaient, derrière ce front pâle et bombé qui s'inclinait vers l'horreur sans froncer, des choses qu'il n'avait pas envie de connaître.

Elle releva la tête et conclut :

— « Beaucoup de bruit pour rien », n'est-ce pas ?

S'il reconnut immédiatement le titre d'une pièce de William Shakespeare, il fut d'abord étonné qu'elle la connût. Cagney se dit ensuite qu'il devait être prudent et ne pas coller à cette fille tous les poncifs idiots dont on caractérise les scientifiques lorsqu'on ne les connaît pas. Certes, Richard Ringwood, en dépit de sa vive intelligence d'ordinateur, était un abruti fini et un inculte fier de l'être, mais il pouvait se révéler n'être qu'un cas d'espèce. Non, c'était elle le cas d'espèce.

— En substance, oui. Rien ne vous intéresse là-dedans ?

— Mais si, tout m'intéresse, seulement, il convient de sérier les informations utiles et utilisables.

— Pour nourrir votre logiciel ? C'est bien un logiciel que vous utilisez, n'est-ce pas ?

Il plaidait le faux pour savoir le vrai, puisqu'elle ne lui avait jamais rien dit de précis sur sa façon de travailler.

Elle demeura courtoise et lointaine et ne tomba pas dans le panneau.

— En quelque sorte. Enfin, c'est plus complexe que cela.

— Et vous n'avez aucune envie de m'en parler.

— Et je n'ai aucune envie de vous en parler. Je ne tiens pas à ce que l'on puisse se passer de mes services. J'en vis, Mr Cagney.

— Tant mieux pour vous, mais pendant ce temps-là, il y a des femmes qui meurent.

— Allons, je vous en prie, Mr Cagney. Je pensais que mon cerveau, au moins, avait mérité votre estime. Que ce soit Mr Ringwood ou moi qui pianote, les choses reviendront au même pour ces femmes, même si elles sont plus chères pour vous. D'autant qu'il ne s'agit pas vraiment d'un logiciel qu'il suffit d'entrer sur un disque dur pour le faire tourner. Comme je vous le disais, c'est plus complexe que cela et je doute, en toute modestie, que Mr Ringwood exploite mon outil au mieux de ses possibilités.

— C'est un programme mathématique, si je me souviens bien ?

— C'est basé sur des lois mathématiques, mais ce n'est qu'une base de travail.

Cagney, en expert de la psychologie déviante, admira le calme sans arrogance ni agressivité de sa voix. Souriante, elle poursuivit :

— Bien. Si nous en revenions aux choses importantes pour l'heure ? Je ne sais pas qui a eu l'idée de ce tableau récapitulatif de comparaisons, mais c'est à peu près le seul outil utilisable jusqu'ici.

Elle fit glisser sur son bureau la liasse de dossiers qu'il lui avait tendue un peu plus tôt, ne conservant à la main qu'une large feuille blanche, divisée en colonnes.

— C'est moi.

— A-t-on des indices, quelque chose de révélateur sur le tueur ?

James Irwin Cagney soupira et se leva de son fauteuil pour se diriger vers un des nombreux casiers situés derrière lui. Il en sortit un petit magnétophone, se rassit, et enfonça posément le bouton « lecture ».

D'abord un crissement étouffé, comme le bruit un peu lointain de papiers froissés ou de pas dans la neige. Une respiration haletante, celle d'un homme probablement. Cagney la vit froncer le front et tendre l'oreille. Des mots sans suite, parfois proches du micro, parfois plus distants, prononcés par une voix de femme :

— Mais... Qu'est-ce que... Oh non... Mon Dieu... Supplie... Non...

Gloria fixa Cagney. Elle ne cherchait plus l'identité des bruits mais le détaillait. L'écho de quelque chose qui ressemblait à une lutte. Des bourrasques de sons en arrière-plan, comme le passage à grande vitesse de camions sur une autoroute, ou celui d'un train. Un premier cri de femme qui mourait dans un sanglot. Gloria ne quittait pas Cagney des yeux et il se demanda si elle entendait ou si elle s'en foutait. Et puis, le hurlement qui s'élevait, s'élevait toujours plus haut, toujours plus fort, qui mourait quelques fractions de seconde, puis reprenait, durant des secondes. Et Cagney, qui passait la bande pour la dixième fois, savait qu'il s'agissait des secondes les plus longues de sa vie et qu'il ne parviendrait jamais à les effacer de sa mémoire. Ensuite, une espèce de bruit de gorge, de soupir et encore ce bruit de pas ou de papiers froissés. Puis plus rien.

Gloria demeura quelques instants à le fixer derrière ses lunettes, inspira et demanda d'une voix douce :

— C'était laquelle ?

— L'avant-dernière, répondit-il. Mais j'ai la dernière. Du reste, j'en ai trois.

— Trois ?

— Oui, les deux dernières et la quatrième. Il ne nous a rien envoyé pour les trois premières, celles qu'il a tuées avant de prendre une retraite provisoire. Ça vous intéresse ?

— Non, Mr Cagney.

Il soupira. Elle poursuivit, toujours de cette même voix calme et douce :

— Pourquoi, à votre avis, n'a-t-il pas enregistré les trois premières ?

— Il n'y a pas pensé, ou alors il n'avait pas de magnétophone, ou encore c'est une petite touche d'artiste qui lui est venue avec l'expérience et le besoin d'avoir un lien direct avec nous. Ou alors, peut-être n'avait-il pas envie que l'on sache qu'il était l'auteur des trois premiers meurtres. Du reste, ce point est à rapprocher de l'évolution de sa mise en scène à partir de la quatrième.

— Parce qu'il aurait commis une erreur qui puisse vous aider ?

— On y a pensé, mais on ne voit rien de particulier.

— A contrario, pourquoi a-t-il envoyé les bandes des derniers meurtres ? interrogea-t-elle.

— Mais il est content de lui, ce connard, et il veut qu'on le sache ! Et puis, il joue au chat et à la souris. Il nous envoie des indices dont on ne peut rien tirer. Il établit un lien avec le camp adverse mais il garde le pouvoir.

— Cela sous-entend-il que vous représentez ce dont il tente de se venger ? Surtout n'y voyez aucune mise en doute de votre efficacité, mais êtes-vous sûr qu'il s'agisse du même tueur ? Peut-être un premier meurtrier a-t-il disparu dans la nature et un autre a-t-il pris la relève en peaufinant le travail de son prédécesseur ?

— On y a pensé mais il existe une telle similitude en ce qui concerne la base de tous les crimes que c'est peu probable. S'il n'y avait eu qu'une victime supplémentaire, on aurait pu se dire qu'un mari jaloux ou un héritier impatient avait saisi l'occasion de se débarrasser de quelqu'un en reproduisant ce qu'il avait lu dans les journaux.

Mais quatre meurtres successifs à trois ans d'intervalle des précédents, c'est assez évocateur.

— Hum. Bien, vous ne me payez pas pour des spéculations gratuites...

Cagney, d'une voix qu'il espérait aussi neutre que la sienne, déclara :

— Non, vous avez encore une fois raison. Je vous paye pour arrêter au plus vite ce tordu et pour qu'on lui fasse griller sa cervelle de merde.

— Mon travail consiste juste à vous permettre de l'arrêter, le reste ne me concerne pas, Mr Cagney. Reprenons ce tableau ensemble, s'il vous plaît.

Elle secoua la large feuille devant ses yeux et lut :

— Janet Wilde, trente ans. Le même âge que moi. Secrétaire, célibataire sans enfant. Assassinée en mars 1990 à cinquante kilomètres de Springfield, Illinois. De toute évidence, il l'a levée dans une boîte. Melissa Stanford, mariée, mère de deux enfants. Blonde. Vingt-six ans, femme au foyer, tuée aux environs de Kokomo, Indiana. Décembre 1990. Donc à neuf mois d'intervalle. On pense qu'il l'a pistée à la sortie du centre commercial. Vanessa Katzman, trente-deux ans, divorcée, un petit garçon, sous-directrice d'une agence bancaire. Rousse. Lima, Ohio. Son corps a été retrouvé à trente kilomètres de Lima. Septembre 1991. Neuf mois, encore. Les employés de la banque se souviennent d'un nouveau client qui voulait ouvrir un compte et qu'elle a reçu, l'après-midi, juste avant sa mort. Les descriptions concordent. Il avait moins de la trentaine, était très blond, presque platine, et très mince. Une des filles du guichet a insisté en précisant qu'il était très fin et de taille moyenne et qu'elle n'était pas complètement certaine qu'il s'agisse d'un homme... Intéressant. C'est à ce témoignage que vous faisiez allusion lors de votre appel, n'est-ce pas ?

— Oui. On a interrogé ce témoin durant des heures. Elle n'en démord pas et elle a l'air fiable. Elle est convaincue qu'il pouvait, éventuellement, s'agir d'une femme travestie.

— Vous pensez que c'est voulu, cet intervalle de neuf mois ? C'est le temps d'une gestation. Ce serait assez cohérent avec le scénario qu'il a adopté.

D'un ton las, Cagney répliqua :

— On y a pensé. C'est peut-être un symbole mais c'est peut-être également un écran de fumée.

— Continuons. Marissa Vargas, vingt-cinq ans, mécanicienne automobile. Homosexuelle déclarée, célibataire, sans enfant, vivant avec une certaine Renée Lebecque, québecoise. Needham, Massachusetts. Octobre 1993. Son corps a été retrouvé en contrebas de l'autoroute, à la sortie de la ville. Donc dans ce cas, l'intervalle est de plus de deux ans.

— Oui. C'est la raison pour laquelle il nous a fallu un peu de temps pour rassembler tous les faits. Les policiers locaux ont pensé que le tueur de ces trois premières femmes avait quitté le pays, qu'il s'était fait boucler pour autre chose ou qu'il était mort. Les dossiers étaient un peu passés aux oubliettes.

— Ou qu'il s'était calmé.

— Ces types-là ne se calment jamais, Mrs Parker-Simmons. S'ils arrêtent de tuer, c'est qu'ils sont morts, en tôle ou qu'ils tuent ailleurs.

— Pourquoi cette fille l'a-t-elle suivi ? Il ne l'a pas draguée, quand même ?

— Non. On pense qu'il s'agit de l'homme qui avait téléphoné au garage pour demander un remorquage. Marissa était de service cette nuit-là, avec un autre mécanicien. La voiture du type était en carafe sur l'autoroute. C'est du moins ce qu'il a prétendu au téléphone. D'après cette Renée Lebecque, la compagne de Marissa, le tueur a dû avoir des difficultés physiques avec son amie. Elle était body-builder et pas particulièrement impressionnée par les hommes. C'est également la raison pour laquelle je suis presque sûr que Lady-Killer est bien un homme, en dehors du fait que les femmes, même les rares serial killers que nous avons arrêtées, ne tuent pas de cette façon. Marissa avait un corps d'athlète. C'était une fille musclée, puissante, une Latinos immigrée de fraîche date, pas une petite chose peureuse. Une autre femme, même une dingue, n'aurait pas fait le poids. Cela indique également qu'en dépit de sa petite taille et de sa minceur, ce type est d'une force herculéenne.

— Oui, mais une femme n'a pas la force physique d'un homme.

— Sans doute, Mrs Parker-Simmons, mais nous sommes en train de parler d'une femme qui mesurait plus d'un mètre soixante-dix et d'un poids respectable. C'est très important, le poids, dans un combat. Marissa Vargas n'avait aucune inhibition physique vis-à-vis des hommes. C'était une sportive et elle était entraînée. Par ailleurs, au début, elle a dû croire qu'il tentait de la violer et cela l'a probablement radicalisée dans la rage. Elle militait dans les mouvements féministes et homosexuels. En d'autres termes, il fallait qu'il soit vraiment fort pour parvenir à lui faire la peau.

— Oui, vos arguments se tiennent. On continue ?

— Faites.

— Août 1994, donc encore neuf mois plus tard, Debra Glover, blonde, trente-quatre ans. Divorcée, un enfant. Serveuse dans un fast-food de Concord, Massachusetts. Le corps a été retrouvé non loin d'un terrain de sport situé à quelques kilomètres au sud de Concord. Tiens, c'est dans le même État deux fois de suite, mais il reprend la fréquence qu'il avait adoptée avant cette interruption de deux ans.

— On se demande s'il n'est pas resté quelques mois dans le Massachusetts. Il se déplace beaucoup et très vite.

— C'est inhabituel ?

— Assez, oui. Mais continuez, c'est à partir de maintenant que la fréquence s'accélère.

Lorsque Gloria pencha à nouveau la tête vers la feuille,

Cagney sentit son cœur s'emballer. Et pourtant, il savait que ce n'était pas Elle. Cette autre Ann brune n'était pas son Ann, mais il déglutit avec peine et tenta de se maîtriser parce qu'il savait que le petit monstre blond calmement installé en face de lui percevrait son émotion.

— Sue-Ann Dillon, vingt-huit ans, célibataire, décembre 1994. En effet, quatre mois entre elle et la précédente. Brune. Informaticienne au bureau de l'état civil de Portland, Maine. Donc pour ces deux-là, Sue-Ann Dillon et Debra Glover, on ne sait rien sur la façon dont il les a rencontrées.

— Non. Les deux femmes vivaient assez seules. On n'a aucune idée de ce qui a pu les convaincre de le suivre.

— Vous pensez que le fait que Sue-Ann ait travaillé au bureau de l'état civil a une importance particulière ?

— Je n'en ai pas la moindre idée. À quoi pensez-vous ?

— Falsification d'état civil, modifications d'actes de décès...

— On a interrogé les collègues de la fille. Elle travaillait aux archives. Elle n'était pas en contact avec le public. Il ne semble pas qu'elle ait reçu de visites le jour de sa mort.

— Hum. Susan Webb, rousse, trente-huit ans. Mariée, mère de trois enfants, femme au foyer. Retrouvée à dix kilomètres de Trenton, État de New York, dans les bâtiments désaffectés d'une ancienne imprimerie. Avril 1995, donc quatre mois encore. On a retrouvé sa voiture non loin du corps. De toute évidence, il l'a accostée alors qu'elle sortait du centre commercial de Trenton sud.

— C'est elle, la bande ?

— Oui.

Gloria murmura :

— Ce type est vraiment un dément.

D'un ton haineux mais plat, Cagney rectifia :

— Mais justement, ce n'est pas un dément.

— Je vous demande pardon, Mr Cagney ?

— Non, ces types-là ne sont pas des déments. C'est

ce que croient les bonnes gens pour se rassurer, mais c'est faux. Leur logique est sans doute perverse, mais ils n'entrent en général pas dans la définition des aliénés, du moins, ceux qu'on a coincés. Ce sont des tordus parfaitement sains d'esprit, Mrs Parker-Simmons.

— Mais on ne peut pas être sain d'esprit, intelligent et faire des choses comme celles-ci.

— Mais si. Du reste, il y a assez peu de sujets très intelligents chez eux, heureusement pour nous. Manque de chance, il semble bien que Lady-Killer s'apparente davantage aux Ted Bundy qu'aux presque débiles mentaux que nous avons arrêtés. Les serial killers ne sont pas des aliénés. Ce sont des gens qui tuent et torturent sans motif objectif.

— Parce qu'il y a des motifs objectifs de torturer ?

— Mais bien sûr, et aussi monstrueuse que la chose soit. Nous ne sommes pas en train de discuter d'éthique ou de morale judéo-chrétienne, Mrs Parker-Simmons, nous parlons de tueurs. Détester et se venger de quelqu'un, voler ses biens, se débarrasser de lui, ce sont des motifs objectifs qui expliquent la totalité des meurtres classiques. Tuer au hasard n'importe qui, sans aucune raison objective, caractérise spécifiquement les serial killers.

Un peu déconcertée, Gloria répondit :

— Ah oui ?

— Oui. Mais vous ne croyez pas à la psychologie, n'est-ce pas ? Nous en reparlerons un autre jour.

D'un ton qui avait retrouvé son calme et son indifférence, elle insista :

— Non, parlons-en maintenant. J'ai besoin du maximum d'éléments. Vous savez, mes activités alternent de la conception d'un nouvel aliment pour minous chics, à la prévision des infiltrations territoriales. Les tueurs en série constituent un domaine neuf pour moi. Il me faut des repères pour parvenir à trier les informations que je dénicherai et savoir si elles sont utilisables ou pas.

— Bien, si vous y tenez. Comprenez bien que tout

cela est un peu théorique. Il existe toujours des exceptions, mais globalement ce que nous savons de la réalité conforte assez bien la théorie. Donc, si l'on s'en réfère à la classification de Maslow, il existe quatre degrés dans les besoins d'un être humain. Le premier, c'est manger, survivre donc. Vient ensuite le besoin d'une certaine sécurité domestique : une maison, une tanière. Suit l'assouvissement du désir sexuel, l'amour, la satisfaction des émotions.

— Il s'agit jusque-là d'un schéma animal assez classique, non ?

— En effet. Si l'individu ne parvient pas à trouver satisfaction, il tue. Il tue pour manger, pour se protéger, protéger les siens, survivre et se perpétuer. Certains des crimes les plus monstrueux rentrent dans cette catégorie. Vient ensuite le quatrième stade, celui où l'Homo erectus devient Homo sapiens. Il a besoin d'être connu, apprécié, reconnu par les siens. C'est schématiquement de cette catégorie-là que sortent presque tous les serial killers. La grande majorité des individus assouvira ce besoin de reconnaissance d'une façon normale, civilisée, grâce à leur travail, leur famille, leurs occupations. Une certaine frange n'y parviendra pas. Les individus de cette sous-population rendront les autres, et la société en général, responsables de leur échec. Certains prendront leur revanche d'une façon extrême, en tuant, en s'accordant le droit de vie et de mort sur leurs semblables. Cela, c'est pour le tronc commun. Les détails de la mise en scène sont extrêmement variables, depuis la femme qui empoisonne les membres de sa famille et ses enfants, lentement, avec des infusions de naphtaline, jusqu'à Lady-Killer.

— Mais pourquoi cette nécessité de répéter des crimes ? Un seul devrait suffire à vous assouvir.

— S'il s'agissait d'une vengeance objective, ciblée sur un individu précis dont vous croyez, à tort ou à raison, qu'il vous a lésé, certainement. Mais rappelez-vous qu'il s'agit de meurtres subjectifs. La sensation de soulagement et de pouvoir, donc l'auto-estime, va monter avec le nombre des meurtres, et les tueurs vont s'intoxiquer progressivement. Ils n'arrêteront plus de tuer. Ils ont besoin de leur dose de plus en plus fréquente d'auto-estime. On ne peut donc pas parler d'aliénation puisqu'il s'agit de gens qui savent parfaitement ce qu'ils font et pourquoi ils le font. La majorité de ces sujets se classe entre sociopathie et sadisme.

— Pourquoi insistez-vous tant sur ce point ?

— Parce qu'il faut que vous compreniez, Mrs Parker-Simmons, qu'il n'y aura pas de remords, ni de pitié, ni de rédemption. Il faut que vous gommiez de votre esprit tout ce qu'on vous a appris et qui constitue un comportement normal. Ces types aiment tuer, même si, une fois pris, ils tentent de se faire passer pour des victimes repentantes. De surcroît, les plus intelligents d'entre eux savent parfaitement exploiter les faiblesses de notre système judiciaire. (Cagney s'interrompit quelques instants, parut réfléchir, les yeux tournés vers la fenêtre puis son regard se posa à nouveau sur Gloria.) Savez-vous pourquoi il n'y a pas de repentir, Mrs Parker-Simmons ? Parce qu'ils n'ont pas la notion de l'autre. Dans le cas des sadiques, ils aiment provoquer la souffrance, torturer, tuer très lentement, avec en général des connotations très sexuelles qui sautent aux yeux dans les rites dont ils entourent la mise à mort. Pour les autres, notamment les sociopathes, il s'agit d'une pulsion d'emprise.

— C'est-à-dire ?

— Ils veulent atteindre un but qui n'est pas lié au sadisme. La conséquence pour la victime est la même et l'horreur de ces crimes-là n'a rien à envier aux autres. Cependant, le but premier n'est ni de faire mal ni de détruire, même si cela leur est parfaitement indifférent. Ils cherchent le symbole, l'évocation. Nous pensons que Lady-Killer se range dans cette catégorie-là.

— Mais comment pouvez-vous être tellement certain

qu'il ne s'agit pas d'un sadique ? À ce que je vois, il ne fait pas dans l'euthanasie.

— Certes. Mais le but d'un sadique est de faire souffrir. Il a donc intérêt à maintenir sa victime le plus longtemps en vie et consciente, pour prolonger le plaisir. Ainsi que je vous l'ai dit, il y a des trucs très simples. Pendre la victime par les pieds par exemple. Cela garantit une lente agonie en raison de l'afflux de sang qui irrigue le cerveau, et bien d'autres dont je vous fais grâce. Lady-Killer ne fait rien de ce genre.

Cagney était passé maître dans l'art de déchiffrer les pulsations, les contractions et les dilatations de l'iris de ses vis-à-vis. On peut tout lire dans les contractions involontaires d'un iris, l'amour, la peur, le désir, le mensonge, l'envie de tuer. Pourtant, il se demanda ce qu'elle pensait. Elle ne commenta pas. Se replongeant dans le grand tableau dont les longues colonnes tirées à la règle relataient en pattes de mouche un effroyable cauchemar multiplié par sept, elle demeura silencieuse. Puis, relevant la tête, elle murmura :

— C'est curieux, on a retrouvé la voiture de la victime à proximité des lieux du crime dans tous les cas.

— En effet.

— Je n'arrive pas à comprendre pourquoi certaines de ces femmes l'ont suivi si rapidement. Il ne les a tout de même pas braquées en plein centre commercial. Bon, cette Janet Wilde chassait l'âme sœur dans une boîte. Le fait qu'elle soit sortie avec lui s'explique. Marissa Vargas est allée dépanner de nuit un client sur l'autoroute, cela aussi est logique. Il peut également exister une explication rationnelle, que nous ignorons, pour plusieurs autres victimes. Mais c'est beaucoup plus difficile à comprendre dans le cas de ces deux femmes au foyer qu'il a levées en quelques minutes à la sortie d'un supermarché.

— D'où son surnom de tombeur de femmes.

— Oui, les flics ont fait assaut d'élégance !

— C'est sans doute parce qu'ils ne pensaient pas

qu'ils avaient affaire à un vrai tordu et qu'il allait en découper sept.

— Excusez-moi d'insister, mais êtes-vous absolument certain qu'il soit également l'auteur des trois premiers ? Si vous avez quelques réserves à ce sujet, dites-le-moi, c'est très important pour la suite.

— J'en suis presque sûr, oui. Vous avez déjà une idée ?

— Je n'ai jamais d'idée, Mr Cagney, du moins a priori. Mais *ab uno disce omnes*.

Les bribes de latin qui lui restaient de la fac ne lui suffirent pas à traduire cette locution.

— C'est-à-dire ?

— À partir de l'un d'entre eux, apprends à connaître tous les autres, traduisit-elle dans un vague sourire.

— C'est de cette façon que vous procédez ?

— En quelque sorte, oui. Les mathématiques font souvent appel au raisonnement analogique. (Puis, changeant rapidement de sujet.) Je vois que vous avez réalisé une analyse des différentes fibres retrouvées sur les victimes. Elle conforte dans tous les cas le fait que ces femmes se sont bien rendues à leur dernière destination dans leur propre voiture.

— Oui, mais on a prélevé des fibres qui semblent provenir du tueur parce qu'elles ne correspondent à rien dans l'environnement de la victime, ni à leur voiture, ni à leurs vêtements, ni à leur maison. Cependant, la nature des diverses fibres comme des teintures est tellement banale que le quart de la population américaine aurait pu les laisser.

Gloria s'absorba dans la lecture des rapports d'analyses. Il en ressortait que la caractérisation des fibres de coton avait été réalisée par une technique classique puisqu'elles prenaient sous l'objectif d'un microscope la forme d'un long ruban étranglé et torsadé à intervalles irréguliers. Le rapport insistait sur le fait que la détection des fibres synthétiques avait été plus délicate en raison du peu de matériau retrouvé sur le corps de la victime et puisqu'il existe plus de 27 marques de polyester. La méthode utilisée, dans ce cas, avait été celle des indices de réfraction parallèle ou perpendiculaire de la lumière qui différencient chaque fibre. Cette particularité tient au fait que lorsque le magma synthétique est propulsé au travers des filières, les trous des filières confèrent au fil une certaine géométrie qui conditionne la façon dont il réfléchira la lumière.

Gloria lut le résumé des analyses à haute voix.

— Oui. Les fibres étrangères retrouvées dans le cas de Janet Wilde étaient du coton teint en bleu pâle. Coton bleu pâle encore pour les deux autres, cependant, il ne s'agissait pas du même mélange de couleurs, donc pas du même vêtement, comme en témoigne l'analyse par chromatographie en couche mince qui a été réalisée. De plus, ces teintures sont d'origine industrielle et donc banales. Coton et laine pour Marissa Vargas. Coton et polyester dans le cas de Debra Glover. Il s'agissait de polyester Dacron, le plus commun, dont l'indice de biréfringence est différent de celui du polyester Kodel. Ceci a été confirmé par une analyse d'absorption en lumière infrarouge. Dans ce cas, ils n'ont pas pu pratiquer d'analyse sur la teinture puisqu'ils n'ont recueilli que trois fragments de fibres. Laine pour Sue-Ann Dillon et enfin, laine et soie pour Susan Webb. En d'autres termes, rien.

— En substance, oui.

— Bien. Je peux emmener tout ceci ?

Elle désigna d'un geste du poignet l'ensemble des dossiers qu'elle avait poussés sur le bureau un peu plus tôt.

— Oui. Quand aurai-je de vos nouvelles, Mrs Parker-Simmons ?

— Je ne sais pas. Deux, trois jours.

— Le temps presse, Mrs Parker-Simmons... Nous sommes en juillet. Août est à quelques jours.

— Je ferai mon possible, Mr Cagney. D'un autre côté,

et au risque de me répéter, vous auriez dû penser à moi plus tôt.

Elle ramassa les dossiers lentement et sortit sur un « bonsoir » neutre et sans animosité apparente.

James Irwin Cagney la regarda sortir sans songer à la raccompagner jusqu'à la porte. Quelqu'un, Marilyn, sa secrétaire de Boston ou un planton l'escorterait jusqu'à la sortie.

Il resta là, pensif, laissant vagabonder son esprit sans vraiment chercher à le concentrer sur un sujet précis. Il se leva en soupirant, sortit d'un tiroir le gros attaché-case qui contenait ses dossiers et une chemise de rechange et quitta le grand building de verre de Government Center. Il rentrait dans son antre de Quantico, le seul endroit où il parvenait encore à vivre normalement, en dépit de ses fréquentations cauchemardesques. Il attendrait l'appel de Gloria Parker-Simmons des cubes de béton aveugles et souterrains qui constituaient l'Unité des Sciences du Comportement. L'unité avait été récemment rebaptisée, mais le flou volontaire de son nouvel intitulé ne lui plaisait pas.

Cagney eut la vague idée qu'il aurait pu inviter Gloria Parker-Simmons à dîner ce soir, avant de reprendre l'avion, pour se changer les idées, parler d'autre chose, du temps, de la prochaine migration des baleines au large de la baie de Boston, de la circulation aérienne, de tout ce qui ne laissait pas de traînées rouges ou de hurlements. Mais il ne savait plus parler d'autre chose et n'avait pas vraiment envie de partager un moment plus intime qu'une discussion de bureau avec cette femme, même si c'était une jolie femme. Du reste, rien ne prouvait qu'elle en eût envie, elle non plus.

5

Gloria Parker-Simmons s'arrêta devant la petite boutique de delicatessen, non loin de chez elle. Elle aurait pu la reconnaître les yeux fermés. Avant même de pousser la porte à grelots, l'odeur d'épices et d'huile d'olive mêlées qui parvenait au-dehors était comme une invitation au voyage. L'invraisemblable accent de Sam, le colosse propriétaire de cette caverne chaotique et odorante, ajoutait à l'impression qu'on avait de se trouver à des années-lumière de Boston, Massachusetts. Se mélangeaient entre les consonnes qu'il roulait ou qu'il avalait selon les cas, des traces d'italien, de russe, de yiddish, peut-être même d'allemand. La boutique, si encombrée qu'elle semblait minuscule, regorgeait de boîtes de thés fumés aux noms étranges, de fromages qui ressemblaient à des balles de base-ball liées entre elles par des filets de cordelette grise, de viandes rouges ou orange aux saveurs piquantes.

Clare adorait venir ici, autrefois. Il fallait la surveiller parce que la vue de toutes ces choses à manger la rendait folle de convoitise. Elle aurait volontiers plongé le visage dans les gros tonneaux de saumure qui contenaient des harengs gris, minces comme des lacets ou de gros cornichons au sel. Sam la suivait du regard, un sourire aussi enfantin que le sien aux lèvres. Il riait à faire trembler les murs lorsqu'elle gloussait de bonheur, en remerciement des petits bouts de charcuterie ou de gâteaux qu'il enfournait dans sa bouche ouverte.

— Mais c'est la petite Mrs Parker-Simmons. Alors, ça c'est la meilleure nouvelle de la journée. Vous revenez nous voir un peu. Et votre nièce ? Elle est avec vous ?

— Non, elle est restée en Californie.

Il eut l'air triste, puis sourit :

— Dommage, j'avais des petites choses pour elle. Je vous ferai un paquet. C'est pas avec toutes leurs crudités californiennes que vous allez la nourrir, pauvre gosse. Bon, tant pis. Vous au moins, je vous tiens, je vais pouvoir vous engraisser un peu. Mon Dieu, qu'elle est maigrichonne.

Gloria sourit au géant débonnaire et bavard et lui fut reconnaissante de ne pas demander si Clare avait fait des progrès.

— Je vais prendre un sandwich au pastrami avec des cornichons au sel.

— Et c'est tout ?

— Eh bien... Une livre de Tari Souchong et un peu de gorgonzola.

D'un ton peiné, il conclut :

— Vous avez l'intention de nourrir une armée, avec toutes ces victuailles ?

— Je n'ai pas très faim, Sam. Cela suffira amplement.

— C'est la plaie du siècle, les petites dames n'ont plus jamais faim.

— Je prendrais également une bouteille de votre excellent chablis français, Sam. Si vous en avez encore.

Dans un lent sourire qui lui faisait remonter les yeux vers les tempes, Sam glousse :

— Vous savez bien que je n'ai pas de licence pour vendre de l'alcool, voyons.

Gloria sourit à son tour et répondit dans un murmure :

— Et vous n'avez plus de réserve secrète pour vos amis ?

— Ah, je ne peux pas vous résister quand vous me souriez comme ça.

Il disparut dans l'arrière-boutique et réapparut quelques instants plus tard avec un petit sac en papier kraft.

Ils échangèrent encore quelques banalités sur le temps, la Californie, des banalités amicales et sans ennui.

Gloria monta à son appartement, son petit sac en papier marron dans la main et sous le bras l'épaisse enveloppe blanche remplie de cauchemars dont le bord hachuré de noir tranchait comme un avis de décès. Elle portait en grandes lettres grasses l'inscription « Federal Bureau of Investigation ». Gloria déposa le tout sur la petite table carrée Queen Ann de son salon et passa sous la douche.

L'appartement qu'elle avait acheté quatre ans plus tôt, juste avant de se décider à partir pour l'ouest, était au deuxième étage d'une grande maison bourgeoise au cœur de Brookline, l'une des banlieues immédiates de Boston, une des plus huppées. La maison occupait une petite place circulaire, plantée de réverbères à l'anglaise. Elle était entourée d'un minuscule jardinet soigneusement entretenu qui, en dépit de son exiguïté, était la marque incontestable de l'ancienne richesse des propriétaires. La maison avait été vendue aux enchères lors d'une débâcle boursière et divisée en deux grands appartements cossus. Gloria avait été immédiatement séduite par les lambris de bois peint qui montaient à mi-hauteur des murs des deux pièces principales. Elle les avait d'ailleurs fait décaper à grand prix pour se rendre compte qu'il s'agissait d'un bois quelconque alors qu'elle croyait découvrir du chêne. Elle les avait fait repeindre, choisissant une teinte ivoire soutenue qui ressemblait à de la crème glacée.

Clare y avait passé quelques mois avec elle, mais la surveillance permanente dont elle avait besoin était devenue trop compliquée. La moindre banalité prenait des allures de catastrophe, le moindre objet recelait de terribles dangers, le moindre énervement de Gloria la désespérait.

Gloria sortit de la grande baignoire à pieds griffus et enfila un peignoir. En dépit du soleil couchant, elle abaissa les persiennes du salon, se servit un verre de chablis et s'installa sur le canapé bleu-gris qui faisait face à la fenêtre. Elle appela d'abord Maggie à San Francisco, écouta sans s'impatienter le détail des bêtises et traits de génie de Germaine, la rassura sur son prochain retour.

Parfait, tout allait bien. Elle composa ensuite le numéro de Little Bend. Elle subit durant quelques instants les incontournables accords des *Quatre Saisons*, puisqu'il semblait n'y avoir que quelques-unes des mesures vivaces de « l'Été » qui fussent dignes d'une attente téléphonique. Enfin la voix calme et douce de Jade lui répondit :

— Avez-vous fait bon voyage, Mrs Parker-Simmons ?

— Oui, je vous remercie, Jade. Comment va Clare ?

— Très bien. Elle a un peu boudé lorsqu'elle ne vous a pas vue cet après-midi. Nous lui avons rappelé que vous l'aviez prévenue de votre absence. Nous avons encore diminué d'un quart les neuroleptiques. Elle est calme et dort bien.

— C'est bien. Puis-je lui parler ?

Au moment où elle prononçait cette requête, elle se souvint que la réponse était toujours la même :

— Non, je suis désolée, Mrs Parker-Simmons. Je ne crois pas que cela soit souhaitable. Elle va vous entendre, croire que vous êtes proche d'elle et ne pas supporter que vous ne veniez pas la voir aussitôt. Clare n'a pas saisi le problème de la distance et du téléphone.

— Je comprends, excusez-moi.

— Mais je vous en prie. Nous attendons votre retour avec impatience.

— Merci, Jade. Je vous rappellerai demain.

— Avec plaisir. Bonsoir, Mrs Parker-Simmons.

Elle se dit qu'elle devrait encore une fois insister pour que Jade l'appelle par son prénom, mais ses tentatives avaient été infructueuses jusque-là. Cela n'avait, du reste, pas grande importance, si ce n'est que son nom était long à prononcer.

Elle se leva, déballa le petit sandwich, puis le reposa. Elle se servit un autre verre de vin et attrapa l'enveloppe de dossiers jaune pâle.

Lorsque Gloria leva les yeux des dossiers éparpillés, il était presque minuit. Elle se servit la fin de la bouteille de chablis. La légère ivresse que provoquait l'excellent vin la détendait.

Elle avait mené à bien la première partie de son programme, sans doute la plus compliquée : trouver le bon système d'expression. Elle finissait par parler comme Hugues de Barzan, cet étrange Français qui lui avait enseigné les mathématiques fondamentales au MIT et tant d'autres choses. Il martelait en tapant de son poing fermé dans sa main droite « *sui generis, sui generis,* qu'est-ce qui n'appartient qu'à la chose, quelle est son essence caractéristique ? ». Hugues de Barzan était sans doute à l'origine de la passion de Gloria pour les systèmes abstraits et pour la philosophie, du moins ce qu'elle en savait. Barzan à l'époque lui semblait déjà tellement vieux, qu'elle se demanda s'il était encore en vie. Peut-être irait-elle s'informer au MIT ? Gloria sourit de ces souvenirs, et rares étaient les souvenirs qui l'amusaient.

Elle attrapa le cahier à spirales sur lequel elle avait noté ses réflexions.

Elle avait commencé par vérifier l'exactitude du tableau récapitulatif réalisé par Cagney. Bien qu'ayant, a priori, confiance en ses capacités intellectuelles, elle ne se fiait totalement qu'à elle. Il n'avait pas commis d'erreur et avait fait preuve d'un remarquable esprit de synthèse, mais comme il fallait s'y attendre, il n'avait pas perçu tout l'essentiel. Cagney s'était focalisé sur le profil psychologique du tueur, ce qui était inévitable venant d'un spécialiste du comportement. Il avait passé au peigne fin les résultats d'autopsie et de laboratoire, lesquels tournaient en rond et ne donnaient rien. Les tentatives de recoupements entre les différentes victimes et les lieux du crime s'étant avérées vaines, il en avait déduit qu'il s'agissait d'un facteur aléatoire, sans lien commun. Cependant, le lien sautait aux yeux d'une mathématicienne et constituait la première variable. Ce qui liait les victimes et les endroits dans lesquels elles avaient été retrouvées, c'était le tueur, le « x » pour lequel il allait falloir trouver une équation. L'étape suivante avait été la plus délicate pour Gloria puisqu'il s'agissait de comprendre la nature des données, leur essence. « Trouver l'essence caractéristique pour trouver le bon système d'expression et de détermination. » Elle avait injecté dans son ordinateur un arsenal de déterminations mathématiques qui allait des plus enfantines jusqu'aux casse-tête paramétriques. Mais elle avait failli passer à côté parce qu'elle s'était laissé influencer par le raisonnement de Cagney et Ringwood. Les deux hommes avaient calculé les distances qui séparaient les différentes villes dans lesquelles Lady-Killer avait frappé. Puis, ils avaient cherché un point central à partir duquel le tueur rayonnerait, en vain. En d'autres termes, ils avaient, sans même y réfléchir, pris le parti que ces différentes localisations constituaient des variables quantitatives, que ce qui était important, c'était leur éloignement, chiffrable en kilomètres. Et soudain Gloria avait su qu'il s'agissait d'une erreur. L'éloignement des différentes villes, toutes ces dates, étaient d'essence qualitative, parce que le tueur n'avait choisi ni date, ni distance. Ce qui comptait pour lui n'était ni un kilométrage, ni un calendrier. Ce qui l'avait fait passer à l'action n'était pas exprimable en chiffres. Il avait suivi une opportunité, une qualité particulière qu'il retrouvait dans tous les cas. Il avait tenté de masquer ce choix en appliquant d'abord une fréquence de neuf mois entre chaque meurtre, une périodicité hautement symbolique mais dont Gloria était maintenant convaincue qu'elle était artificielle. Lady-Killer espérait ainsi faire croire que l'agenda de ses meurtres était compulsif. Que pour tuer à nouveau il avait besoin d'une gestation. C'était également pour cette raison que la périodicité de ses derniers crimes s'était accélérée. Du reste, il n'avait envoyé de bandes que pour les trois dernières femmes, et il avait modifié son scénario, sans parvenir toutefois à se détacher de l'essentiel pour lui : une mutilation typiquement féminine. Il tentait de créer une différence qui puisse faire croire au FBI qu'il n'était peut-être pas l'auteur des premiers crimes et il avait failli réussir. Pourquoi ? Pourquoi ne pas revendiquer les trois premiers meurtres alors qu'il s'acharnait à signer de façon évidente tous les autres ? Un écart de deux ans séparait la troisième victime de la quatrième.

Gloria ferma les yeux et laissa son cerveau passer en revue toutes les possibilités. La réponse s'imposa. Ce n'était pas parce que le tueur avait commis une erreur lors d'un des trois premiers meurtres qu'il avait modifié son scénario. Il avait été contraint pour une raison ou une autre, mais en tout cas indépendante de sa volonté, de s'interrompre durant deux ans et il savait que cette interruption, en elle-même, était révélatrice, et qu'elle pouvait les aider.

Gloria soupira de soulagement : elle tenait son test. Une analyse en composantes principales ne conviendrait pas. Elle supposait que l'on possède des variables chiffrées donc quantitatives. Elle aurait pu s'appliquer si le tueur avait choisi les villes de ses meurtres en fonction de leur distance. Cette particularité des variables éliminait également nombre d'autres systèmes mathématiques.

Gloria résuma ses conclusions. Elle devait exprimer plusieurs variables qualitatives : « où » et « quand ». L'identité du tueur, le « x » n'avait aucun intérêt, puisque d'un point de vue mathématique il pouvait s'agir de n'importe qui sans que cela modifie l'essence du problème. De plus, « x » se retrouverait sur l'axe, à l'intersection de « où » et de « quand ». C'était la raison principale pour laquelle le FBI s'était fourvoyé : ils tentaient de découvrir l'identité du tueur. Non, le seul test qui s'imposât était une analyse factorielle des correspondances multiples : plusieurs variables, toutes qualitatives.

Gloria sourit, amusée. Si Cagney avait su comment elle comptait entrer les données sur son ordinateur pour trouver le lien qui les unissait, il en aurait fait une jaunisse : une date-une ville, une date-une date, et une ville-une ville. Les deux dernières combinaisons lui sembleraient totalement incongrues, mais d'un point de vue mathématique, elles ne l'étaient pas. Elle alla se coucher, assez satisfaite. Elle appellerait Cagney demain matin.

6

Un calme lourd et incontrôlable comme un anesthésique coula dans le cerveau d'Ignacio. Un bonheur en forme d'anémone de mer qui semblait étirer des métastases de bien-être. Elles s'insinuaient, têtues et tendres, le long de sa colonne vertébrale, descendaient jusqu'aux cornes nerveuses et de là, voyageaient jusqu'à ses muscles.

Ignacio tomba à genoux dans l'herbe, tout près de l'eau, avec un rire de ravissement. Il caressa amoureusement la surface tendre du ruisseau qui gazouillait comme un bébé repu. L'eau presque froide donnait naissance, entre deux cailloux, à une petite éponge d'écume et lorsqu'il la frôla il eut presque l'impression que les bulles ivoire embrassaient sa paume.

Les longs neurones bienveillants de l'Anémone avaient achevé leur cheminement. Pourquoi avait-Elle tant tardé à s'installer en lui ? Qu'importe, maintenant, Elle était là.

Avec l'Anémone s'était installé tout un monde de nuances, de subtilités, et de choses merveilleuses. Il s'était d'abord jugé coupable de tous ces gestes destructeurs qu'il avait commis par sottise ou par paresse dans le passé. Sa bêtise dévastatrice l'avait même fait pleurer. Toutefois, cette stupidité était à la fois sa faute et son rachat. Après tout, à l'époque, il ne savait pas ! On ne saurait être tenu pour responsable des erreurs commises par ignorance, aussi graves fussent-elles, n'est-ce pas ?

Mais non voyons, évidemment que cela n'était pas une vraie anémone de mer ! Mais la métaphore était jolie et surtout assez juste. C'était, comment dire... un ensemble compact et précis de données nouvelles. Ignacio avait peu à peu appris à ordonner ce magma d'impacts. Au début, il se trompait. L'Anémone renâclait, se rétractait et la Douleur et la Brume revenaient, comme une punition. Au fil du temps, il avait apprivoisé l'Anémone en apprenant à diriger toute son énergie dans cette seule direction : l'Harmonie. Ce long et pénible apprentissage de la sublime cohésion des choses le faisait frissonner de délice. Ignacio aurait tant aimé Lui parler de toutes ces nouvelles choses, parce qu'il savait que Lui seul aurait pu le comprendre. Mais il ignorait où Le retrouver.

Des tas de problèmes avaient surgi, quel éveil n'en produit pas ? Certains paraissaient presque insurmontables mais Ignacio avait su trouver les moyens de les résoudre. Tiens, par exemple : il avait cessé de désorganiser la perfection en apprenant à se nourrir convenablement. Le lait, ça c'était parfait, les œufs aussi, tout ce qui ne vivait pas vraiment sauf d'un souffle purement organique qui ne grandirait plus mais achevait son cycle dans la plénitude, un peu comme le blé mûr ou les fruits qui s'évadent d'un arbre pour aller ensemencer à leur tour la Terre. Sa maigreur récente était un signe de ses progrès, de sa compréhension. Sa pâleur aussi.

Ignacio était consterné par la brutalité de ses congénères, des amas de cellules sans étincelle. Pourtant la tolérance lui était venue avec l'Anémone et il se rassurait en se convainquant que les hommes pouvaient apprendre, comme lui. Les femelles, elles, ne pourraient pas, pire, elles ne voudraient jamais ! Confortablement à l'aise dans leurs petits privilèges frileux et mépri-

sables, elles ne consentiraient jamais aucun effort. Tiens, exactement comme cette si jolie cressonnière ! Elle s'épanouissait quelques années plus tôt à l'endroit où il était assis. Les feuilles épatées d'un vert presque noir frissonnaient sous les mouvements enjôleurs du léger courant. Et ces connes meurtrières l'avaient tuée avec leurs grotesques machines à laver. Certes, le raisonnement pouvait paraître outrancier et sans doute l'était-il à première vue, mais si on s'y arrêtait un peu, il reposait sur un axiome parfait. Bien sûr, elles n'avaient pas inventé la machine à laver, ni même la lessive : elles étaient incapables d'abstraction, l'Anémone ou la lessive sans phosphate. Mais les hommes l'avaient inventé pour elles. Elles étaient toujours à la base de la destruction et de la désorganisation de l'Harmonie. On dépeçait les fauves pour parer leurs épaules, on débitait les derniers grands mammifères marins pour lustrer leurs poils de scalp. Et le supplice des billes de verre qu'on infligeait aux huîtres perlières pour que les femelles entourent leur cou de petites boules de nacre. Qu'y a-t-il de plus merveilleusement fini qu'une huître ? À l'idée de leurs gonades martyrisées par la présence de la petite sphère irritante et qui sécrétaient en vain pour s'en débarrasser une écorce de la plus pure nacre, la salive envahit la bouche d'Ignacio. Et tout leur paraissait normal, comme un tribut à peine digne de leur satisfaction. Et puis, elles avaient toujours, flottant autour d'elles, une odeur, comme un présage de mort, comme la réminiscence d'une blessure à dévorer les mâles. Sa mère avait la même, il s'en souvenait parfaitement, même à l'église lorsqu'elle était assise, faussement contrite et investie, alors que son petit cerveau obtus ne savait que calculer. L'odeur semblait tisser une espèce de gaze invisible qui l'enveloppait comme un inacceptable sacrilège.

Il ne devait pas penser à cela. Cela lui faisait remon-

ter la salive derrière les incisives, et l'Anémone n'aimait pas cela...

Son aigreur tomba d'un coup.

Jenny Manworth marchait lentement, le regard rivé au sol comme si elle cherchait un objet égaré. Un sourire étirait par moments ses lèvres et parfois une envie de rire chahutait dans sa gorge. Quelqu'un qui a longtemps rampé dans un tunnel lisse et qui aperçoit plus loin une lueur doit ressentir la même hilarité, comme si rien ne pouvait être pire que ce qu'il abandonne. Et elle avait attendu si longtemps ce présage de joie. Pourquoi n'avait-elle pas divorcé plus tôt ? Quelle était la raison véritable de cet acharnement à souffrir ?

Jenny avait d'abord cru que la venue du bébé calmerait Ben. Pourquoi ? Sans doute parce que ça fait partie des boniments consolateurs qu'on se serine de mère en fille, une panacée ou un philtre d'amour. Comme si les bébés n'étaient pas les réceptacles de l'amour lorsqu'il existe déjà. La naissance de l'enfant n'avait bien sûr pas calmé Ben, au contraire. Ce bébé était pour lui une version miniature et supplémentaire de ce qui l'empêchait de vivre et qu'il n'avait jamais vraiment supporté : elle !

Les femmes ont toujours la conviction que l'Amour est une force rédemptrice, un exorcisme si puissant que rien ne saurait lui résister. Foutaises. L'amour est un luxe coûteux et il lui avait fallu huit ans d'humiliation et de violence pour le comprendre. Elizabeth, sa sœur, avait raison quand elle s'exclamait en riant que les femmes sont des midinettes, même les plus coriaces. Il suffit qu'elles reniflent le moindre soupçon d'histoire de cœur pour qu'elles s'attendrissent et que, pis encore, tout leur devienne logique. Comme si l'Amour devenait l'instrument de mesure et d'évaluation de toutes les affaires humaines. Quelle connerie. En réalité, Jenny avait voulu gagner Ben à son amour par son amour. Si l'amour était une denrée qui s'échange équitablement, ça se saurait. Curieusement, cette évidence ne l'avait pas frappée avant.

La première fois que Ben l'avait frappée, six mois après leur mariage, c'était parce qu'elle avait oublié de faire le plein d'essence. Les coups avaient plu, mauvais. Des coups destinés à blesser, à faire mal. Il lui avait coupé le souffle avec un direct, juste sous la ligne du soutien-gorge. Recroquevillée à terre, sur le carrelage de leur cuisine, Jenny avait appris d'un coup qu'il y a vraiment des hommes qui frappent les femmes, que ça n'est pas un conte ni forcément l'expression d'une juste colère destinée à l'épouse parjure et aussi qu'on ne pleure pas quand on a trop mal, parce qu'on ne peut plus respirer. Ben était sorti comme on fuit. Lorsqu'il était rentré, deux heures plus tard, elle terminait sa valise. C'était davantage un geste convenu, un vague symbole de rébellion qu'un acte réfléchi : elle ne savait pas où aller. Retourner chez ses parents c'était avouer aux autres et surtout à elle-même qu'elle avait échoué à se faire aimer, comme de publier une effroyable difformité. Ben s'était traîné à ses genoux, protestant d'excuses qu'elle n'avait pas saisies, jurant son amour comme s'il mourait. Elle l'avait cru parce qu'il disait des mots réservés aux amants de roman. Elle avait donc pu trouver une justification presque flatteuse aux coups puisqu'ils étaient en quelque sorte inspirés par la passion.

Un éclair de haine, brûlant bien que fugace, la fit s'immobiliser au bord du ruisseau. Pas tellement envers Ben ; après tout, lui était resté entier, lui n'avait jamais rien changé pour elle. Non, plutôt envers elle. Comment avait-elle pu se détester au point de tolérer craintivement mais volontairement qu'on cherche à la détruire ? Comment avait-elle pu se laisser entraîner à cette logique perverse du châtiment comme prix d'un hypothétique amour ? C'est l'argument qu'avancent tous les bourreaux pour accuser leurs victimes de complaisance mais, à l'époque, elle l'ignorait.

Et durant huit ans, elle avait appris à éviter les coups, à fuir, à prévenir les situations qui feraient de Ben une brute. Pourquoi n'être pas simplement partie ? Même la haine de Ben pour leur fils Steven n'avait pas été un détonateur suffisant. Il est vrai que Ben ne cognait qu'elle. Peut-être que s'il avait également frappé Steven, elle l'aurait tué ? Et peut-être que Ben savait qu'il y a des limites à respecter si l'on veut préserver ses sources de satisfaction ?

Et puis, Christopher était arrivé. Il venait acheter des chevaux en ville. Elle sortait du supermarché au moment où il faisait marche arrière avec son van. Il avait renversé son caddie plein. Jenny avait fondu en larmes, comme si la course des pommes de terre sur l'asphalte du parking symbolisait la fin du monde. Elle pouvait à peine se baisser. La veille au soir, Ben était rentré, mécontent. Quelque chose manquait sur la table, le sel, la moutarde ou un rond de serviette, elle avait oublié et... Christopher avait sauté de voiture, et sans rien savoir l'avait serrée dans ses bras, comme une sœur. Elle lui avait tout raconté, pêle-mêle, en hoquetant. Ils étaient devenus amants, ce même après-midi, dans la chambre d'un motel, juste à l'extérieur de la ville. Et dans cette chambre aux murs moquettés de bouclettes vert bronze, il lui avait fait l'amour avec une telle joie de vivre, une telle amitié qu'elle était tombée amoureuse. Il avait caressé les ecchymoses de son dos, mâchoires crispées. Elle avait fait constater un peu plus tard son état au poste de police.

Le divorce avait été d'une telle simplicité qu'elle parvenait encore difficilement à croire qu'elle venait d'accepter d'épouser un Christopher qui avait demandé sa main en rougissant comme une demoiselle de province. Mon Dieu, comme elle aimait cet homme bon, lourd et timide !

Un jour qu'il levait la main pour tirer vers l'arrière une mèche de cheveux échappée de sa queue de cheval, elle avait vivement reculé son visage, se protégeant de son avant-bras replié. D'une voix hachée, il avait murmuré :

— Ça n'existera plus jamais, ma Belle, tu m'entends, plus jamais ! Si l'un de nous doit frapper l'autre, ce sera toujours toi. (Puis riant :) Tu peux y aller cocotte, j'ai des muscles durs comme l'acier. Attention à tes jolis doigts.

Jenny gloussa et s'assit à quelques mètres de la rive. Le gazouillement de ce petit ruisseau têtu la fit sourire.

Le jeu, interminable mais toujours aussi délectable, consistait à s'imaginer dans la peau de Mrs Christopher Frazer. Elle ne se lassait pas d'inventer les mille et un petits gestes qu'ils apprendraient, les endroits qu'ils visiteraient main dans la main pour les vacances. Un soir, une chanson, n'importe laquelle, deviendrait la leur parce qu'ils danseraient sur ses accords en se sentant seuls au monde et amoureux comme s'ils venaient d'inventer la sensation. Et puis, un jour son fils Steven se marierait à son tour. Elle pleurerait, bien sûr, et Christopher se moquerait d'elle gentiment.

Jenny cueillit machinalement des boutons-d'or et de minuscules pâquerettes qui naissaient dans l'herbe grasse, et en fit un bouquet miniature qui tenait dans le creux de sa main. Il fallait cesser de rêver : Steven sortait bientôt de l'école et elle avait promis d'aller le chercher.

Son fils et Christopher s'entendaient déjà comme larrons en foire. Elle s'attendrit de ce gentil clan d'hommes qu'ils s'inventaient pour l'agacer ou simplement pour s'amuser.

Jenny se releva à regret, lissa sa jupe et jeta le petit bouquet au fil du courant.

7

Après plusieurs tentatives infructueuses pour joindre James Irwin Cagney sur ses différentes lignes privées, Gloria finit par laisser son numéro sur son pager. Il la rappela quelques minutes plus tard alors qu'elle s'apprêtait à prendre un long bain bouillant.

— Bonjour Mr Cagney, merci de me rappeler si vite. J'ai pas mal débroussaillé notre problème hier soir. Souhaitez-vous que nous en parlions ?

À son « Ce n'est pas urgent », elle comprit que quelque chose de nouveau s'était produit.

— Il en a tué une autre, n'est-ce pas ?

— En effet, Mrs Parker-Simmons, hier soir.

— Puis-je avoir des détails ?

— Non, ces renseignements sont de nature ultraconfidentielle et...

— ... Vous vous méfiez des téléphones.

— Exact. Je crois que le mieux serait que vous fassiez l'effort de me rejoindre en Virginie, en dépit de vos autres engagements. Ou même à Washington, si vous préférez. J'y serai dans quelques heures.

— Vous avez une piste, Mr Cagney ?

— Disons que nous avons enfin un espoir.

— Bien. Où à Washington, et quand ?

— Au Russell Building, au quartier général du FBI. Nous y possédons d'excellents laboratoires.

— Quelle heure ?

Il sembla réfléchir puis proposa :

— Disons 17 heures 30. Vous pensez y arriver ?

— Oui, je devrais pouvoir trouver un vol. Dans le cas contraire, je vous rappelle.

— Attendez-moi dans le hall principal, devant les portes vitrées.

D'un ton acide, il ajouta :

— Et surtout, Mrs Parker-Simmons, n'oubliez pas de

conserver vos justificatifs de vol, nous vous les rembourserons. Vous savez ce que c'est, nous sommes une administration.

Passant outre le sarcasme, elle répliqua d'un ton neutre :

— Comptez sur moi.

Gloria n'eut aucun mal à trouver une place sur un vol qui quittait Logan Airport pour l'amener à temps à Washington. Elle choisit un aller-retour dans la journée : elle n'avait aucune envie de passer une soirée dans la capitale, surtout si c'était en compagnie de Cagney. Il ne manquait pourtant pas de charme, une sorte de séduction élégante et distante. C'était un homme assez grand, mince, d'une cinquantaine d'années probablement, bien qu'il fût malaisé de donner un âge à ce genre de visage. À première vue, il se dégageait de lui une sorte de classicisme sans aspérité, quelque chose de conventionnel sans être banal. Ses cheveux poivre et sel, coupés en brosse, renforçaient l'impression de masculinité de ses traits. Seul son regard semblait inapproprié dans cet ensemble : des yeux très bleus, très pâles et très doux. Pourtant, et aussi incohérente que fût cette impression, Gloria sentait qu'il s'agissait d'un regard sans pitié. L'espace d'une seconde, Gloria se demanda ce qui intéressait le plus Cagney : le tueur ou les victimes, la chasse à l'homme ou la fin des meurtres ? Et elle, qu'est-ce qui la fascinait dans cette histoire ? Elle décida d'abandonner cette dérive de ses pensées et suivit les indications d'une voix véhiculée par les haut-parleurs de l'aéroport pour se diriger vers la porte d'embarquement.

Durant tout le vol, elle se concentra sur l'heure de son retour à Brookline, calculant qu'avec le décalage horaire, elle aurait encore probablement le temps d'appeler Jade. Elle ne tenait pas à appeler d'un bureau quelconque du

Russel Building parce qu'elle ne voulait pas parler de Clare devant des inconnus. L'idée que Cagney avait probablement lu le dossier confidentiel réalisé sur son passé par le ministère de la Justice lui traversa l'esprit. Il avait donc probablement appris qu'elle s'occupait de sa nièce, attardée mentale. Qu'il fût au courant n'avait au demeurant aucune importance.

L'impact du train d'atterrissage et le frottement agressif des pneus sur l'asphalte de la piste la ramenèrent au présent.

Elle descendit la passerelle du petit avion, saisie par la canicule, encore plus suffocante que celle qu'elle avait abandonnée à Boston, et traversa la piste. Le bitume collait aux talons de ses escarpins et elle se demanda comment les avions parvenaient encore à décoller de ce ruban noir et mou.

Un taxi la conduisit au Russell Building. Le chauffeur, qui tint à lui préciser à trois reprises qu'il était américain de souche, la prit pour une touriste désœuvrée en ce début de vacances. Il lui proposa un forfait, compteur éteint, pour lui faire visiter les « places d'intérêt » et se renfrogna d'un coup lorsqu'elle lui conseilla d'un ton glacial d'accélérer pour lui permettre d'arriver à l'heure à un rendez-vous professionnel dans les locaux du FBI.

Elle pénétra dans le Russell Building à 17 heures 30 précises. Cagney l'attendait, adossé aux lourdes portes vitrées qui protégeaient l'entrée du saint des saints — les bureaux et les laboratoires — du hall de réception.

Elle remarqua qu'en dépit de la chaleur et de son état probable de fatigue, il était toujours impeccablement vêtu et qu'il ne transpirait pas. Il lui tendit une petite carte magnétique en plastique et lui indiqua du doigt le revers de sa veste de tailleur. Gloria épingla son passe-visiteur sans dire un mot. Cagney se tourna vers le verrou électronique et composa son code d'accès. Il protégeait le boîtier de sa main gauche repliée comme s'il craignait que Gloria ne tente de mémoriser son code par-dessus son épaule. Un déclic se fit entendre et les lourds panneaux de verre coulissèrent pour les laisser passer. Cagney précéda Gloria jusqu'aux ascenseurs, lui faisant des petits gestes du poignet, comme un guide de musée pressé d'en finir avec la visite et menant un troupeau de touristes traînards. Gloria dut allonger sa foulée pour se maintenir presque à sa hauteur. Il ponctuait parfois leurs tours et leurs détours dans ces interminables couloirs tous identiques de « Venez, venez » et elle se retint de rétorquer qu'elle ne faisait pas du lèche-vitrines. La multitude d'ascenseurs, de portes battantes, de portes en bois peint toutes jumelles qu'ils dépassèrent et de couloirs gris qu'ils parcoururent à la hâte lui fit perdre tout repère. Enfin, Cagney s'immobilisa d'un coup devant une porte que rien ne semblait distinguer des autres et elle faillit s'affaler contre lui. Il frappa, entra sans attendre la réponse et la prit par le bras pour la propulser à l'intérieur comme si elle avait manifesté une quelconque résistance. Deux hommes et une femme étaient déjà présents dans la pièce. Tous se levèrent dans un ensemble militaire.

Il sembla à Gloria qu'elle avait déjà croisé le plus jeune des deux hommes que Cagney lui présenta comme l'agent spécial Jude Morris, chargé plus spécifiquement de l'enquête sur Lady-Killer et des relations avec les forces de police locales. Il la contemplait, attendant, vaguement gêné, qu'elle tende la main. Elle ne bougea pas.

— Mrs Parker-Simmons, permettez-moi de vous présenter le Dr Matthew Hopkins. La lourde tâche de la coordination de nos laboratoires d'analyses biologiques lui incombe.

Hopkins devait frôler la soixantaine. Il avait une carrure d'athlète et dépassait d'une demi-tête les autres hommes présents, même Cagney. Son sourire intelligent et bienveillant qui découvrait de belles incisives écartées lui rappela celui du professeur de Barzan. Elle tendit la main.

— Enchanté, Mrs Parker-Simmons. Dieu que c'est long, ce nom. L'utilisation de votre prénom vous semblerait-elle trop familière ?

— Non, pas venant de vous.

Il sourit et reprit :

— Gloria, permettez-moi de faire les présentations. Cette jeune femme est le Dr Amy Daniels. Elle dirige le laboratoire de biochimie et d'analyses génétiques.

Gloria aima sa poignée de main, franche, robuste, sans ostentation. La jeune femme avait les traits tirés et son sourire vacillait de fatigue.

Amy Daniels passa sans attendre au sujet qui l'intéressait :

— J'ai entendu dire, Mrs Parker-Simmons, que vous utilisiez un système mathématique de traque.

— C'est un peu ça oui, et vous pouvez m'appeler Gloria.

Morris intervint :

— Mrs Parker-Simmons est très discrète sur ce sujet.

Gloria se tourna vers lui et répondit d'un ton calme mais vaguement ironique :

— En effet, Mr Morris, vous avez trouvé le terme juste.

D'où le connaissait-elle ? Elle sentait qu'il aurait dû lui laisser un souvenir particulier, qu'il fût bon ou mauvais, mais dont elle se méfiait, a priori. Pourquoi avait-il l'air si mal à l'aise ?

Ils s'installèrent autour du grand bureau encombré. Il occupait à lui seul un bon tiers de la surface de cette petite pièce aveugle qui ressemblait à la cellule d'une prison de haute sécurité en plus aseptisé. Le bourdonnement incessant de l'air conditionné s'imposa quelques secondes au milieu de leur silence. Cagney prit enfin la parole :

— J'ai souhaité que vous veniez, Mrs Parker-Simmons,

parce que nous avons un nouvel élément dont je pense qu'il peut se révéler crucial pour coincer ce type...

Gloria finit pour elle seule sa pensée : « Donc, ils n'auraient plus besoin de ses onéreux services. » Elle se demanda si son insistance à la faire venir aujourd'hui avait pour objet de lui prouver qu'il disait la vérité, ou s'il souhaitait juste lui river son clou, lui démontrer publiquement qu'ils étaient plus efficaces qu'elle.

Cagney poursuivit sans la quitter des yeux :

— ... Il semble que le cérémonial de Lady-Killer vienne de subir une nouvelle altération. La femme a été tuée hier soir, aux environs de 18 h 30, non loin de Scranton, en Pennsylvanie. Il est en avance de près d'un mois. La victime a été retrouvée quatre heures plus tard dans un hangar, assez peu protégé puisqu'une entreprise locale s'en sert seulement pour stocker des plaques de plexiglas. Elle s'appelait Jennifer Manworth, âgée de trente et un ans, récemment divorcée, mère d'un petit garçon. C'est l'enfant qui a donné l'alerte. Sa mère devait passer le prendre à la sortie de l'école. Elle n'est jamais arrivée.

— Et cette modification du cérémonial ?

Cagney songea que s'il pouvait s'autoriser à perdre son calme, s'il pouvait hurler des injures, il se sentirait probablement mieux. D'un ton neutre, il répondit :

— Il lui a pissé dessus, une fois le reste fini.

— À votre avis, il craignait que nous n'ayons pas encore compris à quel point il détestait et méprisait les femmes en général, et ses victimes en particulier ?

— Non, Mrs Parker-Simmons, il se fout de nous. Il sait qu'il a les honneurs de notre unité et de ses psychologues, alors il nous fourgue de la psychanalyse de supermarché, du bas de gamme au même titre que sa première modification : le retrait des ovaires et les viscères.

— Vous avez probablement raison dans ce dernier cas, mais je suis presque convaincue que la première modification avait une explication logique.

— Qui serait ?

— Ce serait un peu long à expliquer, mais en résumé, je crois qu'il ne voulait pas que l'on puisse rapprocher ses trois premiers meurtres des quatre autres. D'où les bandes enregistrées, le changement de mise en scène, mais également le resserrement de la localisation des meurtres dans un quart nord-est du pays, celui-ci inclus.

Impressionné, Morris s'enquit :

— Je dois dire que cela me sidère. Vous avez trouvé cela avec vos maths ?

— Mais oui, Mr Morris, à ceci près que ce ne sont pas « mes » maths.

Cagney ne put s'empêcher de ressentir une certaine admiration. Elle confirmait par le raisonnement ce qu'il avait pressenti. Il était cependant assez satisfait de pouvoir se passer d'elle, et de le lui faire savoir. Lady-Killer en avait trop fait, et cette fois c'était l'erreur qu'ils attendaient.

— Le docteur Amy Daniels va vous expliquer la suite, Mrs Parker-Simmons. Cela devient beaucoup trop technique pour moi.

Amy fixa Gloria comme si elle parlait pour son seul bénéfice. D'une voix lente et chaleureuse, elle expliqua :

— Il a, de toute évidence, entraîné Jenny Manworth dans ce hangar et l'a éventrée sur un tas de plaques en plexiglas. Ça lui évitait de se baisser et cela facilitait sa prise sur elle. Nous avons travaillé dessus toute la nuit.

Gloria l'interrompit :

— Y a-t-il une chance pour que le choix de ce hangar ne soit pas fortuit ?

— Nous cherchons de ce côté-là, répondit Morris.

— Il semble qu'il connaissait les lieux. En tout cas, il savait qu'ils n'étaient pas l'objet d'une surveillance ou de protection particulières. (Amy Daniels s'interrompit quelques secondes, sembla hésiter, fixant Gloria, puis elle se décida.) De plus, le hangar est assez distant des habitations pour qu'on ne puisse pas entendre les hurlements.

Gloria eut soudain envie de lui parler de cette bande que Cagney lui avait fait écouter. Peut-être l'aurait-elle fait s'il n'y avait pas eu les trois hommes. Elle s'enquit :

— Mais comment pouvez-vous être si précis sur l'heure de la mort ? Je croyais que ce genre de détermination était très approximative.

Amy Daniels répondit en souriant :

— Elles l'étaient jusqu'à la trouvaille géniale de John Coe, le médecin expert du comté de Hennepin. Avant, nous ne disposions que de la température rectale et d'une formule assez floue pour calculer l'heure de la mort. Le problème, c'est que le refroidissement d'un corps dépend de beaucoup de choses, notamment de la température ambiante et de l'état physique du sujet au moment du décès. On se rabattait également sur l'hypostase mais...

— L'hypostase ?

— Oui, l'installation des lividités cadavériques. Elles commencent juste après la mort, sont visibles 30 à 60 minutes plus tard et fixées vingt-quatre heures après le décès. Mais tout cela est encore très approximatif, sauf dans le cas d'empoisonnement au cyanure ou au gaz d'échappement, le monoxyde de carbone, parce que dans ce dernier cas les lividités sont rouge cerise. Et puis bien sûr, il y avait la fameuse *rigor mortis*, qu'on trouve dans tous les romans. Mais si une chose est fluctuante, c'est bien celle-là. La rigidité musculaire s'installe à peu près trois heures après la mort. Elle commence par les muscles des paupières puis descend du visage vers les membres supérieurs et inférieurs. Théoriquement, elle est complète en douze heures. Elle disparaît dans le même sens après trente-six heures. Mais cela dépend de tellement de choses, la cause de la mort, les conditions physiques... Un de nos légistes dit toujours que la seule chose dont on peut être certain lorsqu'un cadavre est flasque, c'est que la mort vient de survenir ou qu'elle est éloignée de plus de quarante-huit heures. Avec cela...

— Et cette détermination de John Coe, c'est quoi ?

— C'est très futé. Il s'agit de déterminer le taux de potassium du corps vitré de l'œil. Vous savez, Gloria, le milieu extra-cellulaire est riche en sodium et pauvre en potassium. C'est exactement l'inverse pour le milieu intracellulaire qui est très riche en potassium. Dès que quelqu'un meurt, ses globules rouges se rompent et libèrent le potassium. Cette rupture et cette libération de potassium sont proportionnelles au temps. Ce qui veut dire qu'en dosant le potassium on sait exactement à quelle heure la victime a été tuée. Enfin du moins jusqu'à 120 heures après la mort. La concentration en potassium s'accroît de 0,20 millimole par litre de corps vitré et par heure. Il est donc aisé de trouver l'heure du décès. C'est pour cela que nous pouvons être formels : Jenny est morte à 18 h 30, à un quart d'heure près.

Amy Daniels attendit quelques secondes, puis poursuivit :

— Mr Cagney vous a précisé que dans l'ensemble le scénario était le même, à l'exception de cette émission d'urine. Le gros avantage pour nous, Gloria, c'est que l'urine a été retenue par le plexiglas, et que la découverte du cadavre de Jenny a été assez rapide.

Gloria apprécia qu'elle ait appelé la victime par son prénom à deux reprises.

— Et vous pouvez pratiquer une analyse génétique ?

Hopkins intervint :

— On va essayer. Cependant nous avons peu d'urine et comme en plus c'est un milieu beaucoup plus pauvre en cellules que le sang ou le sperme, c'est beaucoup moins facile. D'autant que si le type a une infection bactérienne ou virale, on n'est pas sortis de l'auberge.

Amy Daniels renchérit :

— En effet. On tente quand même le coup avec une technique de PCR...

— Amy, peut-être vaudrait-il mieux expliquer à Mrs Parker-Simmons ce qu'est une PCR.

— Excusez-moi. C'est une Polymérase Chain Reaction. C'est un système d'amplification, de copiage du matériel génétique. C'est comme une cocotte minute. En théorie, il suffit de mettre dedans le bout d'ADN qui vous intéresse, une enzyme qui est capable de le recopier *ad infinitum*, et des amorces de quelques gènes précis, parce que l'enzyme ne peut pas recopier l'ADN sans elles. C'est clair jusqu'ici ?

— Oui, tout à fait.

— Dans la pratique, bien sûr, plus vous avez de matériel génétique de départ, plus les choses sont fiables, et rapides. Nous avons quand même commencé l'amplification. Ainsi que vous l'a dit le Dr Hopkins, c'est beaucoup plus facile avec du sperme, ou du sang puisque ces deux milieux sont bourrés de cellules. Et, effectivement, l'autre handicap, c'est que l'on risque par cette méthode de recopier des ADN étrangers, comme celui d'un virus ou d'une bactérie et qu'il faut s'en débarrasser avant.

Cagney intervint soudain en précisant :

— Vous savez, Mrs Parker-Simmons, l'empreinte génétique, c'est avant tout le meilleur moyen d'innocenter quelqu'un si son ADN n'est pas conforme à celui que l'on a retrouvé sur les lieux d'un crime. L'inverse est beaucoup plus délicat. Et puis, de toute façon, même si nous possédions une cartographie complète de son génome, cela ne nous permettrait pas de l'arrêter, parce que pour l'arrêter, il faut d'abord le localiser. Une fois que nous l'aurons épinglé, cela nous confortera dans la certitude que c'est bien lui, c'est tout. En réalité, ce que nous voulions vérifier, en premier lieu, c'est si le tueur est vraiment un homme, à cause du témoignage de cette employée de banque que rien n'a pu convaincre que le tueur n'était pas éventuellement une femme.

— La victime s'appelait Vanessa Katzman, je me souviens, murmura Gloria.

Amy Daniels reprit la parole :

— Oui, c'est cela. Elle faisait partie des trois premières. On a donc recherché l'excrétion urinaire de testostérone, l'hormone mâle par excellence. En réalité, on en trouve également dans l'urine de la femme, puisque la progestérone dérive de la testostérone, mais de façon bien moindre, sauf durant la grossesse. Cependant, même dans ce cas, les concentrations n'ont rien de comparable. Le dosage urinaire de la testostérone est d'une détection assez fiable avec les techniques d'immuno-chimie actuelles. On sait qu'on retrouve dans l'urine 2 % de la testostérone qui circule dans le sang. Tout ceci pour vous expliquer qu'il s'agit d'un dosage proportionnel : si on retrouve une concentration plus élevée de testostérone dans l'urine, c'est que le sujet en sécrétait davantage. Nous avons trouvé un taux anormalement important de glucurono-testostérone dans l'urine qui a été recueillie sur la plaque.

— Anormal dans quel sens ? Cette glucurono-testostérone, c'est un dérivé ?

— La glucurono-testostérone est la forme conjuguée de la testostérone. C'est sous cette forme qu'elle est émise dans l'urine. Le taux de testostérone urinaire excède exceptionnellement 150 millionièmes de gramme par jour chez l'homme adulte. Si l'on rapporte au volume moyen d'urine excrétée par jour, nous en avons détecté cinq fois plus. Pourtant, tous les autres paramètres vont dans le sens d'un fonctionnement rénal normal, qu'il s'agisse de la concentration de sodium ou de potassium urinaire, de l'urée ou de la créatinine, lesquelles sont augmentées ou déplétées en cas de dysfonctionnement.

loria tentait d'assimiler toutes ces données sans pourtant comprendre où Amy voulait en venir.

— Attendez, ce que vous voulez dire, c'est qu'au vu de vos analyses, le tueur n'est pas malade mais qu'il a quand même un taux d'hormone mâle aberrant ?

— C'est exactement cela, Gloria.

Brusquement amusée, elle se tourna vers Cagney, qui l'observait depuis le début de l'explication d'Amy, et demanda :

— Si je comprends bien, Mr Cagney, c'est avec ce résultat hormonal que vous comptez l'arrêter ?

— Absolument.

— Vous envisagez d'exiger une analyse d'urine de presque deux cents millions d'Américains de sexe mâle, un peu moins si l'on exclut les petits garçons prépubères ?

Ironique, il répondit sur un ton doucereux :

— Mais non, Mrs Parker-Simmons. Il y a quelques années, un grand programme de traitement a été lancé pour calmer les hyper-violents sexuels, les violeurs récidivistes, entre autres. Les inculpés bénéficiaient d'une remise de peine s'ils acceptaient de le suivre scrupuleusement et sous contrôle permanent. On leur distribuait des anti-androgènes pour bloquer l'action de leur testostérone. Matthew, venez à mon secours. Vous allez expliquer cela à notre invitée bien mieux que moi.

Hopkins sembla réfléchir durant quelques instants et Gloria eut envie de rire. Il était comme tous les médecins et scientifiques qu'elle avait rencontrés jusque-là. La recherche d'une explication simple et compréhensible par le commun des mortels le paniquait parce qu'il craignait de perdre en précision et en prudence. Enfin, il se lança :

— Voyez-vous, Mrs Parker-Simmons, la testostérone est produite par les testicules. Elle est responsable de la libido chez l'homme, et également, et de façon plus ou moins indirecte, du passage à la violence que peut impliquer la satisfaction de cette libido. L'idée des chercheurs a donc été de supprimer l'action de la testostérone, produite en grandes quantités chez l'homme, grâce à des substances anti-androgènes, dont la Cyprotérone et ses dérivés. Ces substances se fixent sur les récepteurs des centres sexuels à la place de la testostérone. En d'autres termes, lorsque la testostérone arrive à son site d'action, la place est prise. Il n'y a donc plus d'activation. Mais l'organisme va répondre à ce blocage chimique et tenter de le faire sauter en sécrétant de plus en plus de testostérone.

— Et comme la testostérone urinaire est proportionnelle à la testostérone sécrétée, on en retrouvera beaucoup plus dans l'urine, acheva Gloria.

— Voilà. Un autre point en faveur de cette hypothèse dans le cas qui nous occupe, ce sont les rares témoignages que nous avons et qui sont au moins d'accord sur un point : la minceur du tueur. D'après la littérature, ce traitement anti-androgène provoque un amaigrissement parfois très significatif.

Gloria plongea dans son cerveau, se laissant guider par le cheminement de ses impulsions. Elle avait par moments l'impression de cohabiter à deux dans sa tête : elle, Gloria, d'un côté, et cette masse molle et grisâtre de l'autre. Avant même de réfléchir à la question que formulait la masse, elle s'entendit prononcer :

— Mais ce traitement est-il efficace ?

— Oui, cela marchait bien. On parvenait à supprimer la libido et donc les comportements sexuels aberrants. Attention, on ne parvenait pas à supprimer, ni même à contrôler, la délectation sadique des patients, car, à mon avis, cela appartient à un autre domaine qu'à la biochimie pure. Simplement, l'envie sexuelle ayant disparu, ils ne passaient plus à l'acte. Il s'agissait davantage d'une sorte de camisole chimique que du règlement d'un problème d'hyper-agressivité.

— Pourquoi parlez-vous au passé ?

Ce fut Cagney qui lui fournit la réponse :

— Parce que ce traitement n'est presque plus utilisé maintenant, sauf cas exceptionnels. Il semble, d'une part, qu'à plus ou moins long terme, ces anti-androgènes perdent leur efficacité thérapeutique, en raison — je ne crois pas me tromper, n'est-ce pas Matthew ?— de l'augmentation considérable de la sécrétion endogène de testostérone qui finit par les décrocher des récepteurs, mais également, et surtout, du marché noir qui s'est installé en parallèle.

— Du marché noir ?

Cagney eut un sourire hargneux :

— Mais oui. Des petits malins ont compris tout l'argent qu'ils pourraient tirer d'un nouveau genre de trafic. Ils ont proposé des injections de testostérone aux condamnés qui acceptaient de suivre le traitement. Les types sortaient plus vite de prison une fois traités, ils contactaient les réseaux parallèles et ils se faisaient shooter à la testostérone pure. C'était un excellent plan pour eux, mais nous nous retrouvions avec des taureaux de combat, gonflés aux hormones pures. C'est encore pourquoi je vous affirme, Mrs Parker-Simmons, que dans la majorité des cas ces tordus ne sont pas des déments au sens clinique du terme. Ils aiment ce qu'ils font et ils ne veulent pas s'arrêter. En plus, nous avons eu contre nous toutes les bonnes âmes qui nous ont reproché de « castrer » chimiquement ces types, même si, en l'occurrence, la castration était réversible et volontaire. Je doute que la prison à vie ou la peine de mort soient plus douces, mais l'idée qu'on puisse bidouiller la libido de tueurs sexuels incurables avec une molécule a donné des vapeurs à certains penseurs. Il est vrai que leur gros avantage sur nous est qu'ils ne se sont jamais retrouvés face à face avec un de ces meurtriers et qu'ils n'ont jamais eu à rassembler les bouts de leurs victimes.

Gloria le fixa, songeant que pour rien au monde elle n'aurait voulu le rejoindre dans son univers de terreur, de férocité, de démence saine. Elle réprima pourtant toute compassion ou sympathie pour lui. Après tout, lui avait choisi, comme elle, comme eux tous ici. Mais Jenny ou les autres n'en avaient pas eu l'opportunité.

— Votre idée, c'est donc que ce tueur est un des rares individus qui suivent encore le traitement. Dans ce cas, l'augmentation de sa testostérone est la conséquence du traitement, et peut-être d'une prise supplémentaire d'hormones. De surcroît, cela signifie que la police le connaît, car s'il bénéficie du traitement, c'est qu'il a déjà été arrêté.

— C'est exactement cela. Si l'on exclut les types dont on est certain qu'ils sont décédés ou qu'ils ont été exécutés, il ne nous en reste que quelques-uns. Ringwood tente de les identifier et de les localiser.

La conversation traîna encore un peu, puis ils prirent congé amicalement des docteurs Daniels et Hopkins. Morris et Cagney l'escortèrent jusqu'aux portes vitrées. Elle ne tenta pas cette fois de trouver une logique topographique au labyrinthe de couloirs, mais se laissa conduire par les deux hommes étrangement silencieux. Ils la quittèrent courtoisement à l'entrée. Dans un demi-sourire, Cagney insista :

— N'oubliez pas, Mrs Parker-Simmons, de m'envoyer votre facture et vos justificatifs à Quantico. Bon retour.

— Certainement, Mr Cagney. À bientôt.

Gloria ne lui en voulut pas de ce congé. Après tout, il n'avait aucune raison de la payer s'il n'avait plus besoin d'elle. Elle était un peu déçue par la satisfaction qu'elle avait perçue chez lui et chez Morris, comme s'ils avaient l'impression d'avoir marqué un point, ou pris une revanche. Elle se demanda vaguement pourquoi Cagney éprouvait une telle animosité à son égard. L'autre, Morris, n'avait pas d'intérêt, c'était sans doute un suiveur qui levait la patte derrière le chef de meute. Gloria avait remarqué cette façon presque imperceptible qu'il avait eue de se redresser lorsque Cagney le lui avait présenté en mentionnant son rôle au Bureau. Il était si fier et si plein de son appartenance à une élite de flics. Mais Cagney était un homme fin, intelligent et retors. Des motivations primaires ne collaient pas à l'idée qu'elle se faisait de lui. En toute logique, il aurait dû se trouver une parenté intellectuelle avec elle. Toutefois, s'il reconnaissait la valeur de son cerveau, elle semblait l'insupporter. Gloria décida de mettre un terme à ses spéculations sans objet puisque sans réponse lorsque le taxi la déposa devant l'entrée principale de l'aéroport de Washington. De toute façon, cette histoire ne la concernait plus. Elle rentrerait dès après-demain à San Francisco, le temps pour elle de ramasser suffisamment d'informations pour le compte de son autre client du moment. Il s'agissait d'une énorme multinationale du secteur agroalimentaire qui venait d'essuyer un gros échec commercial avec des fruits génétiquement recombinés. Les questions posées à Gloria étaient d'une rare difficulté conceptuelle en dépit de leur formulation très simple : pourquoi avaient-ils échoué ? Les fruits et légumes transgéniques seraient-ils systématiquement exposés à une rebuffade de la part des consommateurs ? Comment présenter le produit ? Gloria songea dans un demi-sourire qu'un peu de bon sens aurait pu leur faire économiser beaucoup d'argent et qu'il est des questions qu'il convient de poser avant que les réponses ne surgissent, surtout lorsqu'elles vous sont défavorables. Il lui suffisait simplement d'entrer les données sur une disquette. Elle pourrait les traiter de Californie et rien ne justifiait plus sa présence à Boston.

Elle avança vers le terminal qui abritait les lignes intérieures et s'assit. Son regard balaya le grand hall, s'attardant sur les arrivants ou les partants, se demandant quel foyer, quelles urgences professionnelles ou amoureuses leur faisaient ainsi presser le pas.

Son vol ne décollait pas avant deux heures et elle ne voulait pas appeler Jade de l'aéroport. Rapidement lassée par les allées et venues de ses semblables, elle se dirigea vers le kiosque à journaux, décidée à acheter une provision de magazines de décoration pour tromper l'attente. Elle allait faire recarreler la maison de Diamond Heights dès son retour à San Francisco. Elle avait vu une fois, dans un film français dont elle avait oublié le titre et l'histoire, le carrelage dont elle rêvait : des petits pavés carrés de terre cuite, rose et ocre. Elle les cherchait depuis dans les magazines, sans succès jusque-là. Elle sélectionna tous les périodiques qui lui tombaient sous la main et se dirigea vers la caissière, une grosse fille trop maquillée qui mâchait du chewing-gum, bouche ouverte, avec une énergie et une application que devait lui envier son cerveau. Au moment où la fille lui rendait la monnaie en anônnant entre deux battements de maxillaires « ...et qui nous font cent dollars », le regard de Gloria tomba sur une photo en noir et blanc. La photo d'une première page d'un quotidien du soir, celle de Jenny, Jenny Manworth. Elle acheta le journal et retourna s'asseoir précisément à l'endroit qu'elle venait de quitter. L'article, d'une affligeante mièvrerie, signé d'une Emily Dawson, retraçait la vie de Jenny. Jennifer Connors avait épousé à vingt-deux ans un certain Ben Manworth, réparateur d'électroménager de profession et, si l'on en croyait l'article, dragueur, saoulographe et violent de nature. À la suite de son mariage, elle avait abandonné son emploi de coiffeuse pour s'occuper de son mari et de sa maison. Les parents de Jenny avaient toujours cru que le mariage de leur fille était une réussite, surtout lorsque le petit garçon, Stephen, était né. Les voisins, eux, savaient, mais la fermaient, après tout ce n'était pas leurs affaires. Jenny s'était progressivement éloignée de toutes ses anciennes amies. Emily Dawson se laissait aller à des spéculations consternées de petite-bourgeoise mélangeant peur de l'avenir sans travail, peur des complications juridiques et du qu'en-dira-t-on. Elle tentait de trouver une explication bien ficelée et logique à l'absence de réaction de Jenny lorsque Ben avait commencé à la cogner de façon chronique et à préférer le viol systématique à l'échange de caresses entre amants. Gloria refoula la bouffée de haine qui montait dans sa gorge. Elle aurait volontiers giflé cette gourde sentencieuse de Dawson. Elle se calma progressivement et reprit la lecture de l'article.

Lorsqu'on annonça l'embarquement pour son vol, elle

plia soigneusement le journal, le rangea dans son attaché-case et se dirigea vers la porte 17 en oubliant les magazines de décoration sur le siège voisin.

Gloria réunit les dossiers encore éparpillés sur la table Queen Ann de son appartement bostonien et fonça à deux rues de là, au Copy-Giant ouvert 24 heures sur 24.

Elle photocopia toutes les pièces des différents dossiers, refermant d'un geste sec les chemises jaune pâle portant le sceau du ministère de la Justice, dès que le gérant, qui s'ennuyait à cette heure tardive, faisait mine de s'approcher pour lui proposer son aide. Elle rentra chez elle satisfaite. Elle pourrait faire porter les originaux dès demain au John Fitzgerald Kennedy Federal Building. Elle demanderait la facture au coursier et la joindrait à celles qu'elle comptait envoyer à Cagney. Puis elle redescendit, heureuse de trouver la boutique de Sam encore ouverte.

Sam était veuf. Un jour de grande déprime, il avait confié à Gloria que son Esther avait laissé sa trace partout chez eux. Lorsqu'il allait bien, le petit fantôme amical de sa femme lui tenait chaud, le rassurait et l'accompagnait dans sa solitude. Mais lorsque par moments la vie le quittait un peu, il ne pouvait plus penser qu'à la mort d'Esther, à cette bête cancéreuse qui lui avait dévoré le ventre. Il aurait pu lui donner un peu de sa force, un peu de cette énergie qui dévalait en lui comme un torrent, mais elle n'en avait pas voulu, Esther n'avait jamais voulu le priver de rien. Les enfants ? Oh oui, ils avaient des enfants, qui n'en a pas ? Et moitié pleurant, moitié riant, il lui avait appris en yiddish un proverbe qui disait : « Un père suffit à nourrir dix enfants, mais dix enfants ne peuvent pas nourrir un père. » Il avait ajouté d'un ton grave :

— Malgré le malheur, Gloria, vous avez de la chance d'avoir votre nièce. Clare, c'est comme un petit enfant qu'il faudrait nourrir toute sa vie. Et à quoi ça sert d'autre une vie si c'est pas à nourrir des enfants, n'importe lesquels ? Pas d'offense, hein ?

— Non, Sam, aucune offense.

Gloria poussa la porte et attendit qu'il lui sourie pour interrompre sa rêverie.

— On a senti l'écurie, hein, Gloria ?

— L'abreuvoir plutôt. Je n'ai pas très faim, Sam. Allez, mettez-moi un peu de coleslaw. Par contre, je vais reprendre une, non, deux bouteilles de chablis français.

— Oh, mais ça ne va pas, ça. Il ne faut pas boire sur un estomac vide, et c'est un Polack à moitié hongrois et à moitié italien qui vous le dit.

— Ça fait quatre moitiés, Sam.

— Il vaut mieux faire envie que pitié et abondance de biens ne nuit pas.

Gloria éclata de rire, et Sam en profita pour glisser subrepticement dans le petit sac en papier un cœur en chocolat Perugina. Pas une « petite dame » de sa connaissance ne résistait aux cœurs en chocolat noir Perugina avec un nœud en ruban rose autour. Ça ferait toujours quelques calories de gagnées.

Gloria remonta chez elle et jeta le petit récipient de coleslaw à la poubelle. Elle téléphona à Jade, pour lui expliquer qu'elle avait espéré pouvoir rentrer le lendemain, mais qu'une affaire importante la retenait encore ici. La voix égale et calme de Jade lui répondit :

— Je vais l'expliquer à Clare, ne vous inquiétez pas. Mais, Mrs Parker-Simmons, il faut impérativement que vous soyez rentrée pour l'anniversaire de votre nièce. Elle a un peu compris de quoi il s'agissait et elle coche les jours.

— Quoi qu'il advienne, je serai là, Jade. Rassurez-la.

— Bien. À demain, Mrs Parker-Simmons.

Gloria sortit une des bouteilles de chablis et sourit lorsqu'elle découvrit le cœur enrubanné. Elle se demanda par quel ventricule elle allait l'attaquer : le gauche, bien sûr, le côté du cœur, celui de Clare et puis de Sam.

Lorsqu'elle eut descendu le deuxième verre de chablis, elle se sentit mieux. Elle avait dévoré la moitié du cœur. Elle ouvrit son attaché-case et en sortit le journal. Elle défroissa du tranchant de la main la pliure qui entamait le visage de Jenny. La jeune femme n'était pas très jolie, un peu lourde. Ses cheveux devaient être châtain moyen mais il était difficile de se faire une idée précise de leur couleur sur cette photo de journal en noir et blanc. Le sourire à la fois triste et enfantin de Jenny bouleversa Gloria parce qu'il lui rappela celui de Clare, lorsqu'elle partait dans ses rêves éveillés, ou même peut-être le sien, celui qu'un jour, il y a longtemps, elle avait dû avoir. Gloria tenta de ressentir ce qu'avait ressenti ce Christopher Frazer que Jenny devait épouser dans quelques semaines. La photo de son visage dévasté, volé au sortir du poste de police, s'étalait au dos de la première page. Les yeux arrondis de stupeur et de chagrin, la bouche ouverte, Christopher n'avait même pas songé à protéger son visage du flash en levant une main ou un bras. Gloria caressa du bout des doigts la photo de Jenny, suivant de l'index les contours un peu flous de son menton. Elle replia soigneusement le journal en prenant garde de ne pas abîmer la photo de Jenny une nouvelle fois et étala devant elle les photocopies des dossiers.

Jenny était devenue une amie, une sœur, et elle continuait l'enquête. Elle se foutait de savoir si Cagney parviendrait à un résultat avant elle. Au contraire, elle l'espérait parce que cela signifierait que le tortionnaire de Jenny serait arrêté plus vite.

Sans le savoir, elle rejoignait Cagney. Ils ne se mesuraient plus à une ombre théorique et malfaisante, ils chassaient un ennemi commun qui avait tué Sue-Ann pour l'un et Jenny pour l'autre.

8

James Irwin Cagney sourit à la liasse de feuilles informatiques qu'avait déposée Richard Ringwood un peu plus tôt sur son bureau.

Cagney avait dormi à peine cinq heures au cours de ces deux nuits. Il retrouvait l'excitation fébrile et épuisée des années de chasse. S'il méprisait vaguement Ringwood parce que les programmes informatiques créés par les autres constituaient l'essentiel de sa vie, il reconnaissait en lui un irremplaçable collaborateur. C'était un admirable exécutant. Jude Morris lui semblait d'une intelligence supérieure. Il inventait. Cagney ne pouvait cependant pas se défaire d'une certaine compassion pour lui. Morris véhiculait les inhibitions de son milieu d'origine. C'était un individu complexe, revendiquant d'un côté son appartenance à une couche pauvre et prolétaire, comme s'il avait peur de trahir, mais fasciné par l'aisance de la bourgeoisie à laquelle appartenaient Cagney et Ringwood. Il demeurait le cul entre deux chaises, tout en sachant qu'un jour ou l'autre, il lui faudrait choisir une des deux chaises et que ce choix serait irrévocable. Cagney avait été frappé par le soin que Morris prenait de ne pas commettre de bévue de savoir-vivre. Il reproduisait la façon que Ringwood avait de manger, de sourire, de se taire ou de rire aux éclats.

D'où sortait Gloria Parker-Simmons ? L'élégance banale de sa tenue, l'absence de maquillage ou de bijoux ostentatoires, cette voix calme et sûre d'elle, la certitude de sa valeur auraient pu laisser penser qu'elle était issue d'une couche favorisée. Mais l'intensité, l'urgence contrôlée qu'il sentait chez elle démentaient ce pronostic. Les choses ne lui étaient pas indifférentes parce qu'elles n'étaient pas évidentes, et son petit sourire désinvolte ne le trompait pas. Il allait demander son dossier au ministère de la Justice.

Pourquoi s'intéressait-il à cette fille alors qu'il avait conçu pour elle une sorte de mépris profond ? La puissance du cerveau de Gloria Parker-Simmons lui conférait un statut à part, celui que l'on réserve d'habitude aux artistes géniaux qui n'appartiennent à personne mais que tout le monde revendique. En dépit de son animosité viscérale pour elle, Cagney ne parvenait pas à se défaire d'une sorte de fascination pour Gloria Parker-Simmons, et le joli petit monstre lui posait un problème de compréhension. Cagney était suffisamment fin et intelligent pour ne pas s'offusquer de ce que le cerveau d'une femme soit égal sinon supérieur au sien, mais ce qui l'exaspérait c'était de ne pas saisir d'où venait cette supériorité. Les méandres de l'intelligence humaine avaient toujours fasciné Cagney. Pourtant, il trouvait Gloria Parker-Simmons vulgaire dans l'âme. C'était une mercenaire, quelqu'un pour qui l'argent servait d'étalon à ses capacités. Peut-être, sûrement, aurait-il pu tomber amoureux d'elle si son intelligence avait été gratuite.

Sa femme, Tracy, était jolie, parfaite maîtresse de maison, mais son manque d'intelligence, ce vide, son admiration inconditionnelle pour son cerveau à lui, l'avaient rapidement ennuyé. L'intelligence n'existe vraiment que lorsqu'on la menace. Et Ann, finalement, savait-il si Ann était vraiment intelligente ? Son aisance invraisemblable, son insolence l'avaient fait tomber amoureux, mais pour le reste, qu'en savait-il ? Où vivait Ann, maintenant qu'elle l'avait quitté ? Savait-elle seulement que Tracy, sa femme, avait demandé le divorce, lasse de cette rivale dont le mystère et l'absence défaisaient son mariage plus définitivement que l'ennui de leur vie de couple, ou que leurs petites habitudes qui ne s'accordaient plus ? Sans doute l'ignorait-elle. Comment l'aurait-elle su ? Ne pas replonger dans Ann, dans ce qui aurait pu être s'il s'était décidé plus vite, s'il n'était pas resté immobile, défait, bouleversé dans l'immense salle de ce restaurant, à la regarder partir, quitter sa vie, sans rien oser.

James Irwin Cagney frôla d'un geste machinal la poche intérieure de son veston gris sombre. Il ne sortirait pas son portefeuille, il ne regarderait pas le Polaroïd fatigué d'être contemplé. La dernière photo d'Ann ; en fait, la seule qu'il possédât. Ann détestait qu'on la prenne en photo... Les photos de cette fille éventrée du Maine... Ce soir-là, dans la salle carrelée de bleu et de blanc de cet immense restaurant de poissons et de fruits de mer de Boston, une table voisine fêtait l'anniversaire de l'un de leurs convives. Parmi les cadeaux, les papiers déchirés à la hâte, l'homme passablement éméché dont c'était le bruyant anniversaire avait trouvé un Polaroïd qu'il avait voulu essayer aussitôt. Il avait pris quelques clichés des autres invités, sans doute pour leur faire plaisir. Puis son regard avait été captivé par Ann, par le chignon presque bleu, par ses lèvres entrouvertes sur un sourire sans raison. L'éclair d'un flash. Ann s'était retournée vers l'homme, tendue, violente. Cagney se souvenait avec une précision insoutenable du changement de son regard, de la crispation de ses maxillaires. L'homme était saoul, vulgaire et elle le détestait. Le rire de l'homme était mort, et un étrange silence s'était abattu à la table hilare. Le regard bleu sombre d'Ann avait épinglé celui de l'homme. Hésitant, il avait nié de la tête comme en réponse à une question. Pourtant ses bras s'étaient levés, pourtant il avait encore pris une photo.

Lorsque plus tard Ann était partie, Cagney était resté là, incapable d'aligner deux pensées. Les convives de la table voisine s'étaient levés peu de temps après, chancelants, pour sortir à leur tour. Cagney avait bondi vers l'homme, sans même réfléchir, et lui avait proposé cent dollars pour sa photo. L'homme avait d'abord balbutié un « non » pâteux et Cagney, conscient de son ridicule, avait brandi son insigne du FBI, doublant le prix. Il avait fait agrandir, reproduire la photo une bonne dizaine de fois. C'est sur l'une de ces copies dissimulées un peu partout dans leur maison que Tracy était tombée. Cette photo allait devenir la seule arme de sa femme lors de leur procès de divorce. Quelle étrange ironie du sort.

Il déplia la liasse de feuillets informatiques rayés de bleu.

Deux heures plus tard, il ôta ses lunettes et les posa sur le tas de feuilles froissées. Il en restait quatre. Sur les neuf hyper-excréteurs de testostérone, il n'en demeurait que quatre en vie, encore son chiffre préféré. Les autres étaient morts ou avaient été exécutés dans différents États. Les uns faisant l'objet d'un chassé-croisé de piqûre de cyanure, les autres subissant la chaise, les entraves de cuir noir, la décharge faramineuse d'électricité qui parfois n'était pas efficace. Tant pis, on recommençait dans un relent de chair grillée. L'un était mort, brûlé vif dans l'incendie de son gourbi. L'enquête avait conclu qu'il s'était endormi avec une cigarette incandescente. Sur les quatre restants ayant subi le traitement anti-hormonal, deux étaient en prison et n'avaient bénéficié d'aucune remise de peine ni de ce genre de faveur qui leur permet de sortir pour les fêtes, de déballer leurs cadeaux au pied de l'arbre de Noël, d'embrasser leur vieille maman... Et de tuer parce que c'est essentiel à leur vie.

Parmi les incarcérés, l'un, Desmond Millard, un bon petit gros aux yeux émerveillés en permanence, était un fou de botanique qui entretenait son herbier consacré aux espèces végétales du Sud américain avec un soin méticuleux. Il avait égorgé une dizaine de petits garçons, buvant leur sang parce qu'il était convaincu qu'il lui conférait la vie éternelle. Pour l'avoir personnellement interrogé, Cagney se souvenait parfaitement de lui. Millard avait pénétré dans la petite cellule de la prison d'Atlanta, réservée aux entretiens des prisonniers avec leurs avocats. En réalité, il s'agissait davantage d'une grande cage faite d'épais barreaux, posée au milieu d'un couloir, que d'une cellule. Il avait tendu les deux mains à Cagney comme s'il retrouvait un vieux camarade. Comme tous les autres, il était assez flatté de l'intérêt qu'on lui portait. Cagney avait commencé à parler de choses et d'autres puis s'était servi des questions habilement déterminées par ses psychologues pour interroger Millard sur ses meurtres, sa soif de sang, les petits garçons. Agacé, le prisonnier avait balayé d'un petit geste du poignet ces choses sans intérêt. Il avait répondu à toute vitesse, détaillant ses crimes sans ciller, ses sensations lorsqu'il buvait le sang chaud à la gorge de ses victimes, pour en arriver au plus vite à la chose qui le préoccupait vraiment : son herbier. Qu'avait-on fait de son herbier ? Si jamais on le lui avait abîmé, il intenterait un procès avec demande de dommages et intérêts à l'État. On n'a pas le droit de toucher à la propriété privée d'un citoyen, d'autant que cet herbier représentait des années de patient travail.

Cagney n'avait jamais rencontré l'autre, Raul Estevan. Il avait tué deux femmes, au moins, pour les voler. L'une était sa maîtresse. Estevan était une espèce de gigolo, beau mec et charmeur, qui aurait pu faire une carrière au cinéma. De toute évidence, celui-ci n'appartenait pas strictement à la classe des tueurs en série. C'était un meurtrier crapuleux. Il existait un motif objectif à ses crimes : le vol. Selon le rapport de Ringwood, il semblait que ce Raul Estevan jouisse maintenant de la considération des autres taulards et même de la direction du pénitencier de Chicago. Mais ces deux hommes étaient en prison, sans aucune chance de sortie. Il en restait donc deux, en liberté conditionnelle, traités aux anti-androgènes, et dont l'urine pouvait correspondre à celle du tueur de Jenny : George Sterling et Kirk Ford, tous deux toxicomanes. Sterling avait un penchant pour l'héroïne. Il s'agissait d'un violeur récidiviste qui tabassait ses victimes à coups de pied en les traitant de putain. Il n'avait jamais été jusqu'au meurtre. A priori, Cagney ne pensait pas que son profil psychologique puisse correspondre à celui de Lady-Killer. Non pas parce qu'il n'avait jamais tué, une dernière barrière psychologique peut toujours sauter ultérieurement et faire d'un violeur un meurtrier, mais justement parce que l'acte sexuel imposé et réel ne semblait pas intéresser Lady-Killer.

Kirk Ford, lui, avait tué, à deux reprises au moins, une femme et un jeune homme. Si sa façon de mettre à mort semblait beaucoup moins systématique que celle de Lady-Killer, il n'en demeurait pas moins qu'il avait poignardé ses deux victimes avec un acharnement qui lui avait sauvé la peau. Son avocat, un ténor qui avait flairé le coup médiatique et avait accepté de le défendre pour une somme symbolique, avait utilisé cet acharnement comme preuve irréfutable que son client n'était pas responsable au moment des faits. Il avait argué que Ford, toxicomane notoire, était sous l'emprise d'une forte dose de PCP. La mine contrite, la nouvelle coupe de cheveux et le regard désespéré de l'accusé que son avocat avait dû faire répéter avant l'audience avaient achevé de convaincre les jurés. Il avait été reconnu coupable d'homicide, passant ainsi de justesse à côté d'un jugement de meurtre avec préméditation. C'est au demeurant cette subtilité qui lui avait permis d'intégrer le programme de réhabilitation et de libération conditionnelle.

Cagney se leva, s'étira. Ses épaules lui faisaient mal, comme s'il avait parcouru un long chemin chargé d'un lourd sac à dos. Il était suffisamment soulagé par le rapport de Ringwood pour avoir un peu faim. Il sortit de son bureau, emprunta l'ascenseur qui le remonta au rez-de-chaussée et pénétra dans la grande cafétéria dont les murs en baies vitrées donnaient sur un petit parc au relief paisible comme un jardin anglais. Une impression trompeuse, puisque se dissimulaient, juste derrière les arbres, les champs de tir où s'entraînaient les agents du FBI et les unités de Marines. Des plaques de tôle ayant la forme d'une silhouette humaine servaient de cible de tir. Parfois, la nuit, lorsque Cagney sortait pour prendre un peu l'air et contrer ses débuts de migraine, les contours sombres et un peu flous des silhouettes lui donnaient l'impression qu'une armée de morts s'était levée et qu'elle avançait vers eux à pas presque imperceptibles et silencieux.

Il expédia rapidement un bol de soupe de palourdes et une grande assiette de crudités, regrettant de ne pas avoir commandé un verre de vin pour s'offrir une petite célébration solitaire. Ils allaient le coincer. Il en était sûr maintenant.

Il alla déposer son plateau sur le chariot et se dirigea vers le comptoir pour demander un thé. Morris le rejoignit.

— Bonjour, Monsieur, vous avez déjà fini ?

— Oui. Servez-vous. Si vous le permettez, je vais me joindre à vous pour boire mon thé.

— Avec plaisir.

Ils s'installèrent à une table. La cafétéria était à peu près déserte à cette heure intermédiaire entre le déjeuner et le dîner. Ils regardèrent, comme s'ils s'étaient consultés, le bosquet d'arbres qui leur dissimulait les champs de tir.

Morris prit la parole le premier :

— Je n'ai pas vu beaucoup de nouvelles têtes cette année.

— Non. Le recrutement est pratiquement arrêté. Vous avez eu de la chance, Morris, vous faisiez partie d'une des dernières promotions des années glorieuses.

— Il y a des jeunes intéressants ?

— Une fille qui a l'air de tenir le choc. Une deuxième année. Un peu trop théoricienne peut-être, mais elle a du potentiel.

Morris demanda, plus pour meubler la conversation que parce qu'il était intéressé :

— Théoricienne ?

— Oui, ses résultats académiques sont parfaits, mais en action, elle ne tiendrait pas deux minutes. Elle a suivi mon module de cours sur le comportement et celui de Ringwood sur le profiling. Questions judicieuses et incisives mais d'après Brownson, elle tire en fermant les yeux.

— Cela doit pouvoir se corriger.

— Sans doute. Morris, la recherche de Ringwood permet de cibler deux hommes. Deux ex-taulards qui sont toujours en traitement. Les autres sont soit morts, soit bouclés. Je voudrais que vous vous en chargiez.

— À vos ordres, Monsieur.

— Pour l'instant, il s'agit d'un débroussaillage, n'est-ce pas ? Pas de conneries. Le budget passe devant le Congrès dans deux mois. Ce n'est vraiment pas le moment de faire des vagues.

— J'entends bien, Monsieur. D'un autre côté, si nous arrêtions ce Lady-Killer avant les discussions politiques, ce serait un plus pour nous, n'est-ce pas ?

— Oui, si nous arrêtons le bon, sans jouer aux cowboys. Vous savez que notre unité est en permanence sur la sellette. Les politiques ne comprennent pas très bien ce que l'on fait ni notre utilité, donc ils hésitent à en parler et à soutenir notre existence.

— On pourrait peut-être sortir un peu de notre mutisme et informer les citoyens sur ce que nous faisons. C'est vrai, nous sommes assez secrets. Les gens aiment bien savoir où passe leur argent. Si on créait un mouvement d'opinion en notre faveur, le travail des politiques serait plus facile.

Cagney réprima un sourire devant sa naïveté enfantine et se contenta de répondre :

— Morris, toutes les enveloppes fédérales se réduisent. De surcroît, on ne peut pas expliquer en détail à une population, et donc à ses tueurs potentiels, de quels moyens nous disposons pour les coincer. Et puis, vous nous imaginez, détaillant pour le public les photos des victimes de Lady-Killer ou des autres pour justifier notre budget ?

— Bien sûr, je comprends.

Il plongea le nez dans ses lasagne.

Soudain impatient, Cagney se leva, étira ses lèvres en guise de sourire et dit :

— Rejoignez-moi lorsque vous aurez fini. Je veux que nous parlions de ces deux ex-détenus.

— Bien, Monsieur.

Lorsque Cagney rejoignit son bureau, sa secrétaire lui annonça que maître Stevenson avait tenté de le joindre à deux reprises. Brusquement, Cagney se souvint qu'il comparaissait pour son divorce, en début de semaine prochaine. Il rappela l'avocate. À son ton pincé, il comprit qu'elle était exaspérée par ce qu'elle appelait « son absence de coopération ».

— Enfin, Mr Cagney, votre femme tente de vous soutirer une pension alimentaire substantielle. Si la chose vous est indifférente, c'est un autre problème.

— Je suppose qu'on essaie toujours de se rembourser de sa rancœur en faisant payer l'autre au sens propre, lorsqu'on n'a pas d'autres moyens.

— Sans doute, mais mon métier c'est le droit, pas la psychologie. Le dossier de la partie adverse est assez maigre. Les deux reproches de votre femme sont cette photo de femme qu'elle a trouvée dans votre bureau et l'absence d'enfant de votre union. C'est du reste avec cela qu'elle justifie sa demande exorbitante de pension alimentaire. Son argument est le suivant : puisque c'était vous qui étiez stérile, vous l'avez amputée d'une part de sa vie de femme. Elle aurait accepté par amour et se serait consacrée à votre carrière. En d'autres termes, elle réclame une sorte de salaire.

— Elle a vraiment avancé cela comme argument ?

— Oui, Mr Cagney. Les déballages privés lors des procès de divorce sont rarement élégants, vous savez.

— Non, je découvre, comme je découvre une femme que je ne connaissais pas vraiment.

— C'est fréquemment le cas, Mr Cagney. Je souhaiterais que vous soyez un peu moins cryptique au sujet de cette femme, celle de la photo. A-t-elle été, oui ou non, votre maîtresse, si oui, quand et pendant combien de temps ?

— Non. Enfin, c'est plus qu'une maîtresse.

— Vous utilisez le présent parce que vous la voyez toujours ?

— Non.

— « Plus qu'une maîtresse » signifie que vous aviez l'intention de quitter votre femme pour elle ?

— Je n'y ai pas pensé, mais cela aurait pu être le cas.

Agacée, elle lança :

— Si vous ne m'aidez pas davantage, nous allons perdre, Mr Cagney.

— Pour tout vous avouer, maître Stevenson, la chose m'est assez indifférente.

— Eh bien en ce cas, advienne que pourra. Je vous reverrai mardi matin, au tribunal. Bonsoir, Mr Cagney.

— Bonsoir, maître.

James Irwin Cagney demeura pensif quelques minutes. Il était bouleversé par l'indécence de sa femme, parce qu'il la découvrait. Que Tracy réclamât de l'argent, la maison, lui semblait somme toute assez normal, du moins dans la logique des choses. Après tout, c'était un peu comme le partage des acquis d'une collaboration. Mais qu'elle l'attaquât d'une façon aussi médiocre, alors qu'elle savait qu'il acceptait ses conditions financières, lui semblait indigne de ce qu'ils avaient été, de ces années partagées.

Lorsque Cagney avait appris que son sperme était infertile, il avait été consterné pour Tracy. Il lui avait doucement proposé d'avoir recours à une insémination artificielle. En réalité, il ne s'agissait pas d'une décision difficile pour Cagney : il n'avait jamais pensé que la perpétuation de ses gènes fût essentielle. Mais, à l'époque, il avait cru de son devoir d'évoquer la possibilité d'un don de sperme, pour rassurer sa femme et peut-être la déculpabiliser. Tracy avait écarté cette solution, sans même y réfléchir, insistant sur le fait que son désir d'enfant n'était pas assez puissant pour porter celui d'un autre. Il ne devait plus jamais être question de cela entre eux.

L'entretien avec Jude Morris fut bref. Cagney lui montra le rapport de Ringwood et lui expliqua que la première priorité était de loger Kirk Ford parce qu'il collait davantage avec l'idée que Cagney se faisait du tueur. Chose intéressante, Ford était sous surveillance médicale au Charlotte's Hospital de Boston, Massachusetts, État dans lequel deux des meurtres avaient été commis. Quant à Sterling, il était sous contrôle médical et policier à Chicago, Illinois.

9

Gloria Parker-Simmons soupira d'exaspération devant son écran. Merde, merde, merde ! Quelque chose ne collait pas. Elle avait rentré les données de trois façons différentes, considérant d'abord que toutes les victimes appartenaient au même ensemble, puis entrant deux sous-ensembles distincts, les trois premiers meurtres et les cinq autres. Elle s'était ensuite demandé s'il n'existait pas en réalité une seule variable « où » et non pas deux, comme elle l'avait d'abord cru, « où et quand ». En ce cas, cette hypothèse aurait signifié que seul comptait le lieu et qu'il suffisait que Lady-Killer rencontre une femme à un certain endroit pour passer à l'acte. Des points épars apparaissaient au milieu des deux axes, comme s'il n'existait aucun lien entre ces femmes. Et pourtant, il en existait au moins un, le tueur.

Gloria se leva et se prépara une théière de Tari Souchong. Si elle attaquait le chablis à cette heure, elle serait saoule avant la fin de la soirée, et elle se prévoyait une longue nuit.

Le souvenir d'Hugues de Barzan fit une nouvelle incursion dans sa mémoire. La chose l'étonna puisqu'elle n'avait pas pensé à son professeur durant des années. *Sui generis !*

Elle avait seize ans lorsqu'elle avait rencontré Hugues de Barzan, et venait juste de décrocher une bourse d'études et de logement dans la prestigieuse université. Cette bourse la consacrait comme partie intégrante du gratin intellectuel américain, mais elle ne s'en était pas souciée. À l'époque, elle cherchait juste le moyen de survivre. Barzan lui avait d'abord fait l'effet d'un excentrique, un de plus dans ces lieux. Il refusait de s'abriter sous des parapluies ou des chapeaux parce que, disait-il, rien ne sèche plus rapidement que les cheveux [1].

Le mathématicien s'était pris d'une étrange amitié pour elle, une amitié initiatique parce que, disait-il, il était las des abrutis et des techniciens de la pensée. Il lui distribuait son génie par petits bouts, lors de cours privés qu'il lui donnait par envie ou peut-être parce qu'elle l'amusait.

Gloria se souvenait très précisément de cette scène lors de laquelle elle avait senti que l'univers s'entrouvrait devant elle. Ils s'étaient donné rendez-vous dans la rotonde de la bibliothèque de littérature. Seul un Coréen amoureux de Stendhal s'y trouvait encore à cette heure tardive. C'était en plein mois de novembre. Le Coréen avait fui rapidement, affolé par les emportements, les exagérations de Barzan dont l'accent français s'amplifiait à mesure que la passion l'emportait. Les bras levés au ciel, le mathématicien s'était planté devant la baie vitrée de la rotonde qui donnait sur les pelouses du campus. Il

1. Emprunté à Albert Einstein.

regardait sans les voir les lumières de Harvard Bridge. Barzan s'était retourné brusquement vers elle, lui avait posé un problème dont elle avait trouvé la solution assez rapidement. Elle s'attendait à des félicitations, à une marque quelconque d'estime. Au lieu de cela, il s'était écrié, hargneux :

— Pourquoi avez-vous trouvé la solution ?

— Mais j'ai calculé, enfin je...

— Si vous êtes une autre de ces calculatrices, nous n'avons pas besoin de vous. Il y a des machines plus performantes que vous ne le serez jamais, et largement moins délicates d'utilisation. Vous n'avez pas calculé, Gloria. Qu'avez-vous fait ? Utilisez votre cerveau. Bon sang, Parker, utilisez-le ! Ne répétez pas comme un perroquet ce que les autres vous ont appris.

Affolée, elle avait cherché la réponse, en vain. Fou de rage, il l'avait lâchée au milieu de la bibliothèque déserte, lui lançant :

— Il est inutile de continuer ces discussions tant que vous n'aurez pas la réponse, Parker. Je n'ai pas de temps à perdre. Peut-être me suis-je trompé à votre sujet.

Gloria était rentrée dans sa chambre, consternée. Elle ne comprenait pas ce qui avait pu provoquer la colère d'Hugues de Barzan. Après tout, elle avait trouvé la solution du problème qu'il lui avait posé. En dépit de sa panique, elle n'avait pas pleuré, parce qu'elle avait compris des années plus tôt que les larmes ne font pas survivre. Elle avait passé la nuit assise sur son lit, plongée dans l'obscurité. Au petit matin, elle avait trouvé. Elle s'était installée devant la porte du réfectoire où les professeurs déjeunaient. Hugues de Barzan était enfin sorti. Il avait l'air d'exécrable humeur. Il s'était planté devant elle, les poings sur les hanches et avait demandé en français :

— Alors ?

— Je crois que l'important ce n'est pas la particularité ou la nouveauté du problème posé, c'est son essence, sa nature caractéristique. L'important, c'est de savoir où est la question, ce qu'elle est, ce ne sont ni les chiffres ni même les formulations du problème. La solution découle obligatoirement de l'essence du problème.

Il avait soupiré de satisfaction, souri et lui avait passé le bras autour des épaules :

— Voilà, *sui generis*. Venez, il faut que je vous montre quelques petites choses. *Felix qui potuit rerum cognoscere causas.* C'est de Virgile, ma chère et à votre œil rond, je sens que cette sagesse millénaire mérite une traduction : heureux celui qui pénètre la cause secrète des choses.

Ils étaient retournés en flânant et en plaisantant jusqu'à la bibliothèque de littérature. Des étudiants y bruissaient ce matin-là, d'une activité à la fois fébrile et ennuyée. Le Coréen les avait vus arriver avec une certaine appréhension et s'était replongé dans *La Chartreuse de Parme* en leur lançant parfois des coups d'œil méfiants. Hugues de Barzan avait entraîné Gloria vers la seule travée déserte dont les flancs abritaient la collection des philosophes.

Il avait sélectionné quelques ouvrages qu'il lui avait tendus en affirmant :

— Si vous ne sentez pas l'importance de ce qu'ils ont pensé, qu'ils parviennent à vous convaincre ou pas, c'est que vous ne serez jamais mathématicienne. Vous appliquerez des théorèmes et ferez du calcul, c'est tout.

Elle était devenue mathématicienne.

Gloria termina sa tasse de thé devant l'évier de la cuisine et revint s'asseoir à l'ordinateur. Un pénible sentiment de frustration lui faisait perdre son calme. En dépit des énormes honoraires que lui versait son client bostonien du secteur agroalimentaire, il ne lui avait fallu que quelques jours pour parvenir à trouver une réponse fiable à ses questions. Et pourtant, Lady-Killer lui filait entre les doigts. Pourtant, la solution de ce problème lui échappait. Qu'avait-elle fait dans un cas qu'elle avait omis dans l'autre ? Où se situait son insuffisance intellectuelle ?

Barzan serinait jusqu'à la nausée durant ses cours que lorsqu'on ne trouve pas la solution d'un problème, c'est qu'on a mal posé ou mal compris la question. Elle se rendit soudain compte qu'elle avait voulu griller les étapes et qu'elle avait eu tort. Elle était partie d'un présupposé raccourci selon lequel tous les meurtres avaient un lien : Lady-Killer. Il ne lui restait alors qu'à trouver ce qui avait déterminé le choix des lieux.

Ce faisant, elle avait éludé la première question fondamentale : tous ces meurtres avaient-ils vraiment le même lien ? Avaient-ils tous été commis par Lady-Killer ?

10

Jude Morris avait hésité, se demandant s'il valait mieux rendre visite à l'officier de police chargé de la surveillance de la conduite de Ford durant sa libération sur parole ou au médecin désigné pour suivre la progression de son traitement antihormonal. Il s'était convaincu que Ford était un vieux routard et qu'il était assez malin pour bluffer un flic. Il se laisserait probablement davantage aller avec un médecin.

Jude Morris fut reçu par le praticien chargé de surveiller le traitement de Kirk Ford. Il tenta de ne pas s'offusquer du ton condescendant du médecin qui ponctuait chaque explication d'un « vous me suivez ? ».

— Et Mr Kirk Ford se présente-t-il à tous les rendez-vous ?

— Oui, scrupuleusement. Il a parfaitement compris qu'il jouissait d'une liberté suspensive, et que s'il interrompt le traitement, il retourne en prison, vous me suivez ?

— À votre avis, le traitement est-il efficace ?

— Je ne suis pas dans sa tête, Mr Morris. Tout ce que je peux dire, c'est que lorsque je le reçois, il semble calme et de bonne compagnie. D'un autre côté, il me fait l'effet d'un malin. Il n'arriverait pas en consultation en hurlant ou en menaçant les infirmières. Vous me suivez ?

— Avez-vous des dosages récents de testostérone urinaire ?

— Oui. Le taux est élevé d'un facteur 4, ce qui est prévisible dans ce genre de traitement, puisqu'il provoque une réaction contraire de l'organisme, une sorte de rétro-activation en quelque sorte, vous me suivez ?

— Oui, je vous suis. Savez-vous où demeure Mr Ford, en ce moment ?

— Oui, la secrétaire vous donnera son adresse. Il s'agit d'une sorte de chapelle virtuelle.

— Je vous demande pardon ?

— Ah ? Vous ne saviez pas ? Ford a donné récemment dans la religiosité. À ce que j'en sais, il semble que ce soit assez fréquent chez ce genre de sujet, n'est-ce pas ?

— En effet, oui.

— Il m'a longuement entretenu de Vérité, la dernière fois que je l'ai vu, il y a un peu plus d'une semaine. Il m'a semblé... Particulièrement enthousiaste.

— Vous voulez dire violent, tendu ?

— Non, nerveux mais sans agressivité. J'ai pensé un moment qu'il était sous amphétamines, j'ai prévenu la police métropolitaine. Nous avons pratiqué un dosage urinaire des dérivés amphétaminiques. Nous n'avons rien trouvé, pas plus du reste que de traces de cocaïne. Ford est un ancien cocaïnomane qui ne dédaignait pas non plus le PCB. Les addictions à la cocaïne sont particulièrement tenaces et rebelles au sevrage. Il existe donc toujours un risque qu'il replonge. Vous me suivez ?

— Comment expliquez-vous alors cet état de grande nervosité ?

— Peut-être a-t-il vraiment eu une illumination ?

— Et que vous a-t-il dit au sujet de cette chapelle virtuelle ?

Le médecin consulta sa montre avec ostentation, son air courtois se nuançant d'exaspération. Morris prétendit ne pas comprendre.

— En réalité, c'était davantage une hyperloquacité qu'une explication. Il était assez confus. (Le praticien soupira.) Il semble que Kirk Ford ait entendu des sortes de voix qui l'ont averti d'un prochain jugement dernier. En résumé, il est convaincu que nous n'avons rien compris, nous nous sommes fourvoyés par manque de clairvoyance. Enfin, bref, vous voyez, ce genre de choses. Toujours est-il qu'il a réussi à trouver suffisamment d'argent pour acheter un hangar désaffecté dans le coin de Roxbury. Il y reçoit des fidèles. Ils « voient » ensemble. J'ai eu droit à une invitation gratuite comme marque de sa reconnaissance. Voilà, c'est tout ce que je puis vous dire. Si, à propos, je crois me souvenir que leurs petites réunions commencent à vingt heures. Vous m'excuserez, mais j'ai une visite et je...

— Mais bien sûr. Merci infiniment pour votre aide précieuse. Je suis désolé d'avoir abusé de votre temps.

— Oui, oui. Ma secrétaire vous donnera l'adresse du hangar. Eh bien, bonne chance.

Il disparut dans le couloir, ses élégantes chaussures anglaises gémissant sur le linoléum vert pâle, les pans de sa blouse blanche entrouverte claquant à chacun de ses pas. Morris suivit du regard le dos légèrement penché vers l'avant, les mains croisées sur la martingale de la blouse : il n'avait à aucun moment demandé pour quelle raison le FBI s'intéressait à nouveau à son patient.

Morris flâna une bonne partie de la journée. Il ne

connaissait pas très bien Boston. Il y avait passé quelques mois, des années plus tôt, grâce à une petite bourse d'études pour un module de sciences « dures » du MIT. À l'époque, il lui semblait que toute sa vie était suspendue à cet examen, et peut-être l'était-elle vraiment. Il avait bachoté dans sa chambre du campus des nuits entières. Depuis, il avait bien fait quelques entrées et sorties éclairs au JFK Federal Building de Government Center, mais il était toujours en mission, accompagné d'autres agents.

Il s'offrit un déjeuner de homard grillé au *Legal Sea-Food* de Colombus Avenue parce qu'il se souvenait que Cagney l'avait mentionné un jour. Il attendit au bar qu'une table se libère, regarda autour de lui furtivement pour ne pas avoir l'air d'un provincial. Lorsqu'on lui apporta son verre de vin blanc accompagné d'une petite assiette sur laquelle s'allongeaient quatre huîtres longues et vertes, il se demanda s'il ne devait pas les renvoyer en prétextant qu'il était allergique, ou n'importe quoi. Il n'avait jamais mangé d'huîtres et ignorait comment il convenait de les attraper. Le homard, il savait. Il en avait mangé un jour avec Cagney et Ringwood. Enfin, c'est-à-dire qu'eux en avaient commandé et que Morris s'était contenté d'un steak, mais il avait vu comment ils faisaient. Une femme et un homme s'installèrent au bar, juste à côté de lui. La femme héla le barman :

— Salut, Charles. On est affreusement pressés. On va déjeuner au bar, ça ira plus vite. Ça ne te pose pas de problèmes, n'est-ce pas ?

Le monde lui appartenait et elle s'y sentait partout chez elle, mais heureusement, elle commanda des huîtres.

Lorsqu'il passa à table, Morris comprit qu'il y avait deux sortes de gens dans cet univers, ceux qui avaient besoin de la bavette en plastique ornée d'un énorme homard rouge aux pinces béantes et menaçantes et ceux qui avaient appris à s'en passer. Morris refusa la bavette.

Lorsqu'il eut terminé son expresso, qui lui sembla affreusement fort et amer, mais que tout le monde autour de lui commandait, Morris se dirigea vers les toilettes. Deux hommes se lavaient les mains en riant d'une histoire de bons fictifs de marchés parallèles à laquelle il ne comprit rien. Il demeura suffisamment longtemps dans les toilettes pour les entendre partir. Il se savonna soigneusement les mains avec un savon en poudre *Old Gentleman*. L'odeur très légère de l'eau de toilette des deux hommes persistait encore dans l'air. Il s'essuya les mains dans une serviette champagne aux armes du restaurant, si moelleuse que ses doigts s'enfonçaient dans l'éponge. Morris s'interdit de penser à son père parce qu'il savait qu'à ce moment précis il lui en aurait mortellement voulu.

Pourquoi ne lui avait-elle pas tendu la main ? Elle l'avait fait pour tous les autres, pourquoi pas lui ? Se souvenait-elle de lui ? Il lui avait semblé lire une sorte de perplexité dans son regard lorsqu'elle l'avait fixé, puis plus rien. Elle était encore plus belle que lorsqu'il l'avait rencontrée la dernière fois, plus froide aussi. Il se souvenait : c'était lors d'une conférence qu'elle donnait au MIT sur l'application quotidienne des mathématiques. Morris bénéficiait d'un stage de trois mois dans la colossale université. Il avait brillamment réussi ses examens et il savait déjà qu'il entrerait au FBI. Gloria devait avoir vingt-quatre ou vingt-cinq ans à l'époque, lui tout juste vingt. Ce vieux type aux trop longs cheveux gris, un génie des mathématiques, disait-on, un Français, virevoltait autour d'elle. Il souriait de bonheur à la moindre de ses paroles, remplissait son verre d'eau lorsqu'il était vide. Morris avait été ébloui par l'intelligence de Gloria, par sa classe et sa beauté. Son châle en laine fine vert bronze avait glissé de ses épaules et Morris s'était retenu de justesse pour ne pas monter sur l'estrade et le rattraper. Mais le vieux type s'était déjà précipité. Elle l'avait remercié d'un sourire qui ne devrait pas avoir le droit d'exister pour plus d'une seule personne.

À l'issue de la conférence, Morris avait cherché désespérément une question, n'importe laquelle, pour qu'elle le regarde, qu'elle lui parle à lui. La question était idiote, il l'avait su à son regard et à sa voix.

Non, elle l'avait probablement oublié. Lui pas.

Il se promena, cherchant à se préoccuper d'odeurs, de visions, pour éviter de se souvenir de choses qui n'avaient plus lieu d'être puisqu'elles étaient passées. Il visita Fanieul Hall, Beacon Street, s'arrêta dans une petite boutique au charme faussement vieillot pour acheter des cartes postales humoristiques, puis se ravisa : il n'avait personne à qui les écrire. Il choisit une vue banale de Hancock Tower pour ses parents, et une autre de Long Fellow Bridge pour sa sœur qui vivait avec une bruyante marmaille qui ne cessait de s'agrandir non loin de chez eux, en Caroline du Nord.

Il dîna rapidement d'une assiette de spaghettis aux boulettes de viande dans Market Street et se décida à visiter cette fameuse église virtuelle. Il était presque vingt heures et aucun des taxis qu'il héla n'accepta de le conduire jusqu'à Roxbury. Il remonta vers Government Center, où était garée sa petite Chevrolet de location.

Il n'avait jamais mis les pieds dans Roxbury mais comprit en y arrivant le refus systématique des chauffeurs de taxi. Il gara la voiture non loin du hangar de Ford en se demandant s'il y avait une chance sur un million pour qu'il la retrouve intacte un peu plus tard.

Des hangars déserts aux vitres pulvérisées, aux rideaux de tôle froissés par des vandales hargneux, se serraient entre des immeubles de brique rouge sale dont toutes les fenêtres étaient protégées de grillages. Il leva le regard et constata que la plupart des escaliers d'incendie étaient soigneusement repliés.

Les détritus des grandes poubelles en aluminium renversées s'écoulaient sur les trottoirs et la chaleur intense des derniers jours faisait monter dans l'atmosphère une étrange odeur de décomposition et d'urine humaine. Morris aperçut du coin du regard un type bourré ou défoncé qui s'avançait vers lui en titubant et dont le rictus découvrait de grandes gencives presque blanches. Instinctivement, il dégagea la patte de cuir qui maintenait son revolver. L'homme dégueula à quelques centimètres du capot, en geignant. Morris le regarda durant quelques secondes, hésitant entre hargne et compassion. L'homme hoqueta en tendant la main vers lui :

— Mec, merde, mec ! Mon frère, oh, putain, mon frère.

Il s'écroula en pleurant contre les pneus de la voiture. Morris ne bougea pas. Rien ne lui prouvait que ce camé ne tenterait pas de l'égorger s'il se baissait pour l'aider. Il contourna la voiture, attrapa le téléphone intérieur par la vitre baissée et appela le service paramédical.

Il boucla la voiture, sans trop d'espoir, et se dirigea vers le rideau de fer à moitié baissé qui condamnait l'entrée du hangar de Ford. Une fille aux longs cheveux ondulés presque orange, vêtue d'une sorte de pantalon kaki de Marine dont les larges poches de cuisse semblaient avoir été bourrées de papier et d'un débardeur très échancré, se précipita vers lui. À son regard, il sut qu'elle était en pleine défonce. Les assauts d'une musique hard rock parvenaient de l'autre bout du hangar. La fille le saisit par les avant-bras et d'un ton extatique murmura :

— Vous êtes un nouveau frère ?

— Disons que je viens pour voir. On m'a parlé de Kirk Ford.

— Il est éblouissant, c'est un sensitif. Il a des messages.

— C'est ce que j'ai cru comprendre, oui.

Il remarqua qu'elle portait de fins bracelets de cuir autour des bras, si serrés que la chair les recouvrait, et il se demanda s'il s'agissait d'ornements inconfortables ou de symboles religieux. La peau pâle de ses mains et de ses avant-bras était marquée de taches ovales et brunâtres. Des clous en rangs sertissaient la crête de ses narines et le tour de ses oreilles.

— Je suis forcée de vous demander une contribution. Les marionnettes de la fausse religion nous détestent. Ils savent que nous disons la Vérité, et ils ont peur pour leurs privilèges. Nous ne sommes pas mercantiles comme eux, et nous n'avons d'autres revenus que la générosité de nos frères et de nos sœurs.

— Bien sûr.

Il sortit un billet de cent dollars. Elle eut l'air satisfait. Il se dit qu'il ne pouvait pas lui demander de facture et qu'il aurait du mal à se faire rembourser.

— Frère Kirk va bientôt prendre la parole. Dépêchez-vous, surtout ne manquez pas le début de son sermon. Laissez-vous prendre par la contagion, c'est le seul salut. À bientôt, mon frère.

Lorsqu'il pénétra dans le saint des saints, il fut surpris par le calme extraordinaire des fidèles, têtes baissées, sur lesquels se déversaient les décibels assommants du hard rock.

Morris subit sans broncher cette avalanche de sons durant quelques minutes. Puis le silence. Il comprit que ce calme soudain signifiait le début du bien-être pour ces gens. Kirk apparut sur la petite estrade, glissant comme une danseuse, les pieds nus, vêtu d'un pantalon de cuir noir et d'une sorte de chasuble en laine vierge. Des lanières de cuirs serraient ses deux poignets, et une succession de petites boucles en argent sillonnaient le contour de ses oreilles. Sa voix, apaisante comme une douche tiède après l'orage sonore, montait lentement pour redescendre en murmure. Même Morris se sentit bercé et calmé par les notes graves et douces. Le sermon de Kirk Ford portait sur la destruction de l'Homme, la nécessaire souffrance vers le salut :

— Car je vous le dis, en vérité, la destruction de

l'harmonie nous conduira à notre propre destruction. Lorsqu'Il a dit « mon Père, pardonnez-leur, car ils ne savent pas », Il pensait que nous apprendrions. Nous n'avons rien appris, nous avons persisté à mutiler Ses œuvres. Nous sommes coupables, et ne pouvons encore que tenter d'alléger notre légitime châtiment. Il a dit « laissez les enfants venir à moi », mais les enfants sont devenus des loups. Tant que nous n'aurons pas fait taire la voracité des chefs de meute, nous mériterons la damnation.

Un frisson parcourut la foule. Jude Morris ne pouvait se défendre de ressentir une certaine communauté de raisonnement avec ce dingue. Peut-être même aurait-il été convaincu s'il n'avait pas eu son dossier meurtrier en main. Kirk Ford leva les bras au ciel pour un soupir qui ressemblait au souffle très secret d'un orgasme. Morris remarqua des taches identiques à celles de la fille... Des brûlures de cigarette. Kirk Ford disparut derrière un rideau. La foule hésita puis se retira paisiblement.

Lorsque la fille vint le chercher pour le raccompagner à la sortie, il lui tendit son insigne. Elle le regarda sans ciller et demanda d'un ton haineux mais sans peur :

— Oui, et alors ? Vous avez vu, ni drogue, ni acte anti-américain.

— Ni drogue ? Vous voulez que je demande qu'on vous fasse un prélèvement ?

— Kirk est en train de m'en sortir. De temps en temps c'est difficile, mais sans son aide je serais déjà morte.

— Je suis ravi pour vous, mademoiselle. Maintenant, je veux le voir, et je ne plaisante pas.

— Suivez-moi. On a l'habitude des descentes, vous savez.

Ils gravirent une passerelle métallique et Morris pénétra dans une salle nue à l'exception d'un bureau fait de tréteaux et d'une plaque de contre-plaqué et de coussins qui jonchaient le sol.

Kirk Ford l'attendait avec un sourire.

— Je vous ai repéré tout de suite. Les gens du FBI sont rarement discrets. Je prends ma dose médicale, vous le savez. Je ne deale plus et je ne me came plus. Qu'est-ce que vous voulez ?

— Je ne crois pas à votre rédemption, Ford. Je crois qu'il y a un truc dessous.

— Vous êtes libre de croire ce que vous voulez. Pour le reste, il faudra le prouver et de toute façon, vous êtes damné.

— Êtes-vous en contact ou avez-vous connaissance de réseaux qui dealeraient de la testostérone ?

— Non.

— Vous savez, bien sûr, que si je peux prouver le contraire et que je fais la preuve que vous m'avez menti, les choses seront beaucoup plus graves pour vous.

— Oui. Je ne connais pas ces types. Puis-je savoir ce qui motive ce renouveau d'intérêt pour moi ? Cela fait cinq ans que je ne vous avais pas vus. C'est un « vous » collectif.

— Nous sommes en train d'enquêter sur la série de meurtres de femmes qui a eu lieu récemment.

— Ce Lady-Killer ?

— C'est cela.

— Et bien sûr, vous tentez de me mettre les meurtres sur le dos ?

— Nous ne faisons rien de tel, Mr Ford. Nous cherchons une piste. De surcroît, vous êtes l'auteur de deux meurtres particulièrement abjects. En revenir à vous n'est donc pas illogique.

— J'étais défoncé, mais c'est fini maintenant.

— Oui, je sais. C'est ce que votre avocat a brillamment fait gober au jury.

— Gober, mon cul. J'étais vraiment défoncé !

— Vous m'excuserez si je juge que cela ne vous absout pas.

Ford se leva d'un bond de son fauteuil et hurla :

— Tirez-vous, vous n'avez rien, aucun mandat ! Je n'ai

rien à voir avec ces crimes. J'ai été libéré sur parole et je figure dans un programme de réhabilitation. Je suis mon traitement et je peux le prouver et le flic que vous m'avez collé sur le dos vous le dira. Ce n'est pas parce que vous pataugez qu'il faut trouver un bouc émissaire !

Morris lui sourit d'un air mauvais. Il aurait bien aimé que l'autre lui saute dessus, cela lui aurait donné un excellent prétexte pour cogner.

— J'ai l'impression que nous allons nous revoir bientôt, Mr Ford. Je vous rappelle que vous n'avez pas le droit de quitter la ville ni de manquer un rendez-vous au Charlotte's Hospital. À bientôt, Mr Ford.

Morris retrouva sa Chevette intacte. Un petit miracle. Le type défoncé avait quitté le dossier de ses pneus. L'ambulance avait dû passer.

Quelque chose le perturbait dans cette histoire. Un détail.

Gloria Parker-Simmons habitait non loin d'ici, Morris l'avait lu sur le Rolodex de Cagney, qu'il avait consulté furtivement, comme un voleur. Un geste lamentable qui avait atterré Morris et dont il s'était demandé comment il avait pu s'y résoudre. Il avait fouillé pendant que Cagney parlait à sa secrétaire qui occupait un bureau mitoyen. Morris n'avait pas eu le courage de demander son adresse, ni surtout de s'enferrer dans des explications ridicules qui ne tenaient pas debout. Il avait vu Gloria deux fois dans sa vie, trois si l'on comptait le Russel Building.

Il démarra et fit demi-tour en direction de Brookline.

Il trouva la maison sans difficulté, se gara et resta là. Enfin, il sortit de voiture et se dirigea vers le beau porche d'entrée qui conduisait à une large porte bleu marine avec un heurtoir en cuivre. Deux petites lampes de calèche flanquaient l'entrée. Il n'y avait que deux noms sur la plaque d'interphone : un certain Sidney Bingham, qui partageait son appartement avec une Rebecca Stark, et en haut la petite plaque en plastique lumineux de G. Parker-Simmons. Il frôla la plaque puis fourra la main dans sa poche de veston. Il hésita quelques minutes. Une musique classique, dont il ignorait l'auteur, filtrait par à-coups de la maison. Il se recula. Seul l'étage supérieur était allumé, celui de Gloria. Il sut qu'il n'aurait jamais le courage de sonner parce qu'il ne voulait pas entendre les explications qu'elle donnerait. Il ne voulait pas qu'elle s'excuse d'un ton gêné de l'avoir totalement oublié. Morris imagina son ton à la fois courtois et vaguement méprisant, sa hâte alors qu'elle attendait qu'il parte enfin.

Il remonta dans la Chevette et démarra brutalement. Son avion pour Chicago décollait demain à neuf heures moins le quart, il fallait qu'il dorme, il fallait qu'il pense à Kirk Ford et qu'il téléphone à Cagney. Quelque chose lui semblait bizarrement familier dans ce qu'il avait vu.

Ce vieux professeur aux cheveux gris avait-il été son amant ?

11

Morris avait préféré réserver une chambre dans un hôtel de taille et de standing moyens situé à Cambridge, plutôt qu'au centre de Boston. Il s'était souvenu de cet établissement situé au bout de Vassar Street, non loin d'Audrey Street, et que fréquentaient les professeurs ou les conférenciers en visite au MIT. Le *Boathouse Hotel*, sans doute baptisé en référence au grand hangar qui abritait les bateaux de l'université de Boston, faisait face à la Charles River de toute l'ancienne splendeur un peu décrépite de ses trois étages à colonnades.

Cinq ans plus tôt, après cette mémorable conférence de Gloria Parker-Simmons, il avait réussi à apprendre qu'elle logeait au *Boathouse Hotel* pour les quelques jours que durerait son cycle d'interventions. Il avait longuement hésité, se demandant si elle partageait sa chambre avec le vieux professeur de mathématiques fondamentales. Le lendemain soir, il s'était décidé. Il avait préparé une série de questions qui pourrait fournir une explication valable à sa visite. À 19 heures précises, il s'était avancé vers le réceptionniste puis, hésitant encore, avait bifurqué vers la grande salle qui abritait le bar. Il s'était assis, s'enfonçant dans le cuir havane des fauteuils profonds, comme s'il souhaitait disparaître. Il avait commandé un double whisky, pour se donner une raison de demeurer assis encore un peu de temps.

L'hôtel avait été aménagé dans l'une de ces gigantesques demeures, comme il en existe tant à Boston, témoin de la richesse et de la gloire passées des descendants du *Mayflower*, élégantes et pleines de morgue jusque dans leur déclin. L'ancien jardin d'hiver avait été transformé en salle de réception. La grande coupole en verre, soutenue d'armatures de fer forgé ouvragé, renvoyait aux rares convives présents ce soir-là les échos étouffés de leurs conversations. Des palmiers en pots de terre cuite protégeaient chaque petite enclave de fauteuils et de tables basses des regards et des oreilles indélicats. Pour la première fois, Morris, qui voulait devenir riche pour devenir quelqu'un, avait compris que cette vieille ville, belle et arrogante, échappait encore à l'idéologie des tirelires. Comptaient toujours ici les manières et la culture. Cette révélation l'avait bouleversé, parce que s'il se sentait de taille à devenir riche, il n'était pas sûr de pouvoir apprendre le reste. Il s'était enfui, sans demander Gloria Parker-Simmons.

Cinq ans plus tard, il s'interrogeait en s'asseyant sur ce lit, en rabattant le quilt molletonné bien trop chaud pour la saison. Avait-elle occupé cette chambre, un jour ?

Jude Morris était conscient que son étrange passion pour Gloria Parker-Simmons, cet amour suspendu dans le vide, nourri d'absence, était une sorte de thérapeutique qu'il s'était trouvée pour se pousser, faire, vivre. Mais, après tout, on aime toujours les autres parce qu'ils vous aident à vivre même lorsqu'ils vous blessent.

Il composa le numéro personnel de Cagney. La voix calme et régulière à l'autre bout du fil le fit sortir de ses souvenirs. Il relata rapidement sa journée, puis déclara :

— Kirk Ford est sur la défensive, Monsieur.

— C'est en général la réaction que nous produisons.

— Il affiche un grand calme et donne dans la phraséologie de visionnaire. En réalité, son Église virtuelle n'est ni plus ni moins qu'une mini-secte. Il a peur. Tout son charabia, c'est de l'esbroufe et j'ai l'impression que cela cache quelque chose.

— Et leur « philosophie » c'est quel genre ?

— Oh, une sorte de mélange christique, judaïque, avec un soupçon de bouddhisme, dans le genre catastrophisme apocalyptique.

— Rien que cela ? Et qu'est-ce que ça donne ce genre de mixture ?

— Un truc assez dur. Obéissance aveugle à Dieu et à son émissaire, damnation éternelle en cas de désobéissance, mais il y est également question de réincarnation pour les Justes. Ils donnent également dans le masochisme illuminé, brûlures de cigarettes, piercing et garrottage des membres. Cela fait recette en ce moment.

— Je vois. C'est en effet devenu classique. Je suppose que « l'émissaire » en question, c'est Kirk Ford, non ?

— Évidemment. Son affaire a l'air prospère. L'Église virtuelle est située dans un quartier pourri et complètement désespéré. Ford passe pour l'ultime recours. Il a la sagesse de s'en tenir à des choses que les gens connaissent bien, la Bible, les Évangiles, le Christ et Bouddha, en en donnant une interprétation biaisée mais de façon subtile. Il ne fait pas intervenir d'extraterrestres, de gnomes ou l'Atlantide. Ses fidèles sont assez hétérogènes, depuis les agités jusqu'aux cadres supérieurs en passant par les paumés toutes catégories. J'ai l'impression, Monsieur, qu'il y a une sorte de lien avec l'histoire qui nous intéresse, mais je n'arrive pas à mettre le doigt dessus. D'un autre côté, avons-nous eu raison d'aller lui rendre visite ? S'il est impliqué dans cette histoire, il risque de se méfier, maintenant.

— En effet, mais le temps nous fait défaut, Morris. Nous ne pouvons plus nous offrir le luxe d'infiltrer sa foutue Église virtuelle. J'aimerais que vous alliez rendre rapidement visite au capitaine de Sicca qui s'occupe du dossier George Sterling à Chicago. Cela pourrait éclaircir certains points. Inutile de faire convoquer Sterling. Emilio de Sicca est un flic remarquable, bien qu'un tantinet ombrageux. Si quelque chose cloche avec Sterling, il le saura, mais si nous nous contentons de l'appeler, il nous enverra au bain.

— J'y serai demain en fin de matinée, mais...

— Bonsoir, Morris. Vous avez une rude journée devant vous demain.

12

Avant même de décrocher le téléphone, Gloria sut que c'était Jade qui l'appelait. Du reste, rares étaient les gens qui possédaient son numéro à Brookline.

— Mrs Parker-Simmons ?

— Oui, Jade, que se passe-t-il ?

— Clare a été très agitée. Nous avons dû réaugmenter les neuroleptiques.

— Que s'est-il passé ?

— Oh, une broutille, mais très importante pour elle. Un de nos pensionnaires a dérobé son calendrier, celui sur lequel elle cochait les jours jusqu'à son anniversaire. Elle l'a surpris et s'est jetée sur lui.

— Je vous avais prévenue que Clare était sujette à des crises de violence.

— Oui, je sais. Nous pensions cependant qu'elle oubliait ses hargnes aussi vite que le reste. Nous les avons séparés. Elle a paru se calmer. Mais le lendemain, elle a pisté le garçon jusqu'aux douches. Elle l'a roué de coups et nous avons eu toutes les peines du monde à le lui arracher des mains. Elle a failli le tuer, Mrs Parker-Simmons.

— Vous voulez dire qu'elle l'a sérieusement blessé ?

— Il souffre d'un traumatisme crânien. Le médecin a posé huit points de suture sur l'arcade sourcilière. Clare l'avait fait tomber par terre et elle avait entrepris de lui défoncer le crâne en lui tapant la tête contre le carrelage de la douche.

— Je ne sais pas quoi vous dire, Jade. Je suis consternée par cet accident. Voulez-vous que je rentre ?

— Le problème n'est pas là, Mrs Parker-Simmons. Nous avons l'habitude de ce genre de choses. Nous avons rendu son calendrier à Clare et nous l'avons tranquillisée. Mais y a-t-il des choses que vous ne m'avez pas dites, Mrs Parker-Simmons ?

— À quel sujet ?

Gloria se rendit compte que sa voix devenait sèche et coupante. Elle tenta de se contrôler, consciente que Jade était à l'affût de ce genre de signes.

— Au sujet du passé de Clare.

— Non... Je ne vois pas. Clare est la fille de ma sœur. Ma sœur est morte. J'ai recueilli Clare parce qu'il n'y avait personne d'autre pour s'occuper d'elle. Clare est née... comme cela. Mais nous en avons déjà discuté, Jade.

— Vous m'avez dit que votre sœur était morte dans un accident de voiture, c'est bien ça ?

— C'est ce que je vous avais dit, en effet. C'est faux.

Ma sœur est morte d'une overdose. Clare n'avait pas un an.

— Je vous remercie de me dire la vérité, aussi pénible soit-elle, Mrs Parker-Simmons. Votre sœur était déjà toxicomane durant sa grossesse ?

— Oui.

— Si j'en juge par le dossier de Clare, vous aviez à peine quinze ans, lorsque votre sœur est décédée ?

— Oui.

— C'est donc pour cette raison que Clare a été placée en orphelinat durant cinq ans, jusqu'à ce que vous la repreniez ? Savez-vous si elle avait déjà des accès de violence à cette époque, lorsqu'elle était encore enfant ?

— Oui. J'ai mis cela, au début, sur le compte de l'environnement dans lequel elle était. L'orphelinat était assez sinistre. Le personnel était dévoué, mais le manque de crédits se faisait cruellement sentir. Il s'agissait d'une institution charitable. J'avais quinze ans à l'époque et aucun moyen financier. Mon père est mort lorsque j'avais onze ans et ma mère trois ans plus tard, peu de temps avant ma sœur... Une véritable hécatombe, n'est-ce pas ? Et puis Clare était un cas difficile. Vous comprenez, il s'agissait d'un endroit prévu pour les enfants... Enfin, je veux dire : les autres.

— Je vous remercie de votre confiance, Gloria, elle m'est utile. Ne vous inquiétez pas pour Clare. Elle s'est stabilisée, mais vous lui manquez.

— Je sais. Dites-lui que je rentre bientôt.

— Bonsoir, Gloria.

— Bonsoir, Jade.

Au moment où elle raccrocha, Gloria se dit qu'elle aurait dû demander des nouvelles du garçon que Clare avait agressé. Mais elle s'en foutait un peu. Clare était saine et sauve et paisible. Et le reste était assez indifférent à Gloria.

Elle se servit un verre de vin et le but lentement en feuilletant un magazine de décoration.

Vider son esprit de ce chaos, évacuer ces vieilles douleurs insurmontables puisqu'elles étaient passées, se persuader que seuls le présent et le futur comptaient parce qu'ils étaient à faire et qu'elle ne laisserait personne les manipuler, les pervertir, les leur gâcher.

Elle alluma l'ordinateur, attendit en souriant que le crachement d'électricité statique débarrasse l'écran et s'installa au clavier.

Hugues de Barzan répétait toujours qu'il ne fallait jamais prendre ses désirs pour des réalités mathématiques : « Si vous ne trouvez pas la solution d'un problème bien posé, ce n'est pas la faute du problème. C'est la conséquence de votre incompétence personnelle et de votre désir d'avoir raison alors que vous avez tort. »

Gloria venait de trouver le moyen de percer l'essence à jour, un moyen laborieux et sans génie, mais fiable. Elle allait rentrer progressivement les combinaisons des couples de meurtres, le numéro un avec le deux, puis ajouter le troisième et ainsi de suite. Si tous les meurtres avaient le même lien, c'est-à-dire le même tueur, la répartition des points qui les représentaient sur l'écran de l'ordinateur resterait cohérente. L'amas de points prendrait la forme caractéristique d'une petite constellation bien compacte. Gloria trouvait le nom mathématique de cette constellation très poétique : un nuage. Dans le cas contraire, le nuage de points se désorganiserait. Il y aurait un intrus parmi les points, un crime qui ne faisait pas partie de la série et elle l'identifierait.

Elle choisit de considérer que les meurtres étaient sous contrôle de deux variables : la date et le lieu. Dès qu'elle eut entré les valeurs correspondant aux trois premières victimes, les points du nuage de représentation se répartirent au petit bonheur la chance autour des deux axes, prenant l'allure typique d'une distribution aléatoire. C'était comme si huit meurtriers différents avaient tiré d'un chapeau les noms des huit victimes au hasard et s'étaient donné le mot pour les tuer de façon identique.

Elle nettoya la mémoire du fichier, revint à l'idée qu'il n'existait peut-être qu'une seule variable : le lieu. Elle réintroduisit les données qu'étaient devenues ces femmes et ces agonies. Il lui sembla que le nuage s'organisait un peu, sans toutefois suivre une loi mathématique vraiment convaincante. Gloria réfléchit en regardant les points. S'ils s'étaient un peu ordonnés, c'était probablement parce qu'elle avait eu raison en considérant que la date était une variable superflue, contrairement au lieu. Mais cet ordre imparfait tendait à prouver qu'il existait une autre inconnue qu'elle ignorait et qu'elle décida de baptiser « y ».

Elle recommença à entrer les données, en précisant à l'ordinateur qu'elle ne connaissait pas la nature de « y ». Une bourrasque d'adrénaline lui fit fermer les yeux et expirer par la bouche. Les points se rangeaient en deux sous-ensembles, nets et bien distincts, deux petits nuages de points, bien tassés les uns contre les autres, bien cohérents. Un seul point échappait aux deux nuages de données, celui qui concentrait les hurlements de Debra Glover, martyrisée à Concord dans le Massachusetts en août 1994. Les trois premiers meurtres formaient un ensemble distinct des quatre derniers, mais étaient toujours liés sur l'axe par un facteur commun : le même tueur. Debra était l'intruse.

Elle éteignit l'écran et nota ses conclusions sur le grand cahier à spirales : du lieu découlait la succession des crimes. Le choix de la date n'était qu'une conséquence du choix du lieu ou une ruse du tueur pour égarer les enquêteurs. Debra Glover n'avait pas été torturée par Lady-Killer mais par quelqu'un qui avait imité sa signature. Mais le résultat le plus important s'imposait maintenant à elle comme une évidence : l'autre inconnue, le « y », c'était l'identité de ces femmes. Il ne s'agissait pas de victimes aléatoires, sélectionnées au hasard d'une rencontre. Le tueur les avait choisies, probablement parce qu'il les connaissait et qu'elles correspondaient à ce qu'il cherchait. C'était, au demeurant, la seule explication logique au fait que ces femmes l'aient toutes suivi sans opposer de résistance, alors que deux d'entre elles avaient été levées sur le parking d'un supermarché aux heures d'affluence. Enfin, Gloria en revenait toujours à la certitude qu'un événement extérieur et non contrôlable avait contraint le tueur à cesser de tuer durant presque deux ans.

Gloria ferma les yeux et se renversa contre le dossier de son fauteuil. Il restait à comprendre quel point commun unissait les trois premières villes ensemble puis les quatre dernières. Mais le plus urgent était sans doute de trouver quelle caractéristique commune partageaient ces femmes, quelle relation elles avaient entretenue avec le tueur. L'ampleur de cette tâche la déprima quelques instants. Il pouvait s'agir de n'importe qui, d'un coiffeur, d'un garagiste, d'un vendeur de pizzas ou de journaux qu'elles auraient toutes rencontré, signant leur arrêt de mort d'un « bonsoir, merci ». Gloria fut tentée de pénétrer dans les banques de données du FBI par l'intermédiaire de son modem, afin de fouiller dans les dossiers des victimes. Elle l'avait déjà fait. La chose était assez compliquée en raison des multiples sécurités très sophistiquées installées par le Bureau, mais c'était possible. Cependant, elle laisserait forcément une trace, même diffuse, de son passage et en l'état actuel de leurs rapports, Cagney se douterait qu'elle était à l'origine de ce viol informatique. Outre qu'elle risquait de gros problèmes, elle ne tenait pas à ce que d'anciens détails reviennent à la mémoire de Cagney ou d'autres fonctionnaires du ministère de la Justice.

Quelques années plus tôt, sa dernière incursion lui avait permis de s'infiltrer jusque dans le Main-Frame qui renfermait les archives des jugements et de naviguer au travers des multiples instructions du mastodonte. Cette visite clandestine s'était terminée par une course poursuite. Quelqu'un, de l'autre côté, s'était aperçu qu'une taupe fouinait dans le Main-Frame et l'avait prise en chasse, la talonnant. Elle s'était précipitamment rabattue vers le réseau, fuyant au travers des disques durs et des mots de passe. Elle cadenassait sa retraite aussi vite que possible, mais celui qui la chassait avançait très vite et il était rusé. En dernier recours, elle avait été contrainte de se déconnecter, perdant du même coup de très précieux fichiers. Il s'en était fallu d'un cheveu qu'elle ne se fasse identifier. Le nombre des piratages et de visiteurs indélicats augmentant, les principaux utilisateurs de réseaux et de Main-Frame avaient considérablement renforcé la sécurité de leurs installations. Mais avec un peu d'acharnement et beaucoup de subtilité, Gloria savait qu'elle faisait partie des quelques personnes auxquelles aucune sécurité ne résisterait. Seuls quelques Main-Frame complètement isolés pouvaient lui échapper et la tendance actuelle condamnait l'isolement et prônait la création de réseaux informatiques.

Pourquoi avait-on tué Debra Glover ? S'agissait-il d'un meurtre domestique qu'on avait tenté de maquiller ? Debra Glover était divorcée, mère d'un petit garçon. Elle avait trente-quatre ans, était blonde, de taille moyenne, de corpulence moyenne. Les enquêteurs supposaient que le tueur l'avait abordée après son service dans le fast-food qui l'employait. On avait retrouvé son corps non loin d'un terrain de sport à quelques kilomètres au sud de Concord. Ce meurtre avait-il quand même un lien, aussi indirect fût-il, avec Lady-Killer ou était-il totalement indépendant ?

Gloria aurait pu se lancer dans une sification automatique, un test mathématique assez complexe qui permet de dégager des groupes de similitudes. Elle saurait ainsi si Debra pouvait, quand même, être associée aux autres victimes, si elle avait un point commun avec elles. Mais la sification automatique de données est un test très empirique. Il lui faudrait faire des estimations et des interprétations risquées. Gloria devrait évaluer un peu à l'instinct les différences qui séparaient ou, au contraire, les correspondances qui réunissaient les victimes et elle manquait de données précises pour vérifier la justesse de ses approximations. D'un strict point de vue théorique, mieux valait, pour l'instant, considérer que Debra n'existait pas. Gloria déléta de son fichier toutes les données la concernant.

Elle sourit en imaginant la déconfiture de Cagney : il se retrouvait avec deux meurtriers et deux enquêtes sur les bras et il n'était pas au courant.

Quant à elle, le problème se révélait encore plus compliqué qu'elle ne l'avait craint au début. Elle eut un claquement de langue exaspéré. Il lui manquait une donnée, une seule donnée, une valeur qui lui permettrait de déduire la deuxième inconnue, le lieu.

Il avait tué Jenny. Jenny avait été une proie facile, une proie déjà blessée, déjà affaiblie. Il avait été un chasseur impitoyable. Le renversement de situation lui fit crisper les mâchoires et accélérer le pouls.

13

La Brume douloureuse commence de remonter le long de ses cuisses. Il fait affreusement chaud. Ignacio ne supporte pas cette chape d'énergie, de chaleur qui lui tombe dessus et le fait ruisseler. Il sait que la Brume parviendra jusqu'aux poumons, qu'elle va bientôt le suffoquer. Il sait aussi que s'il ne s'affole pas, s'il contrôle la panique, il peut tenir. Il l'a déjà fait.

La concentration lui mouille les yeux. L'Anémone, elle-même, ne peut pas l'aider contre ce qui va se passer. Peut-être un jour y parviendra-t-elle, mais c'est encore trop tôt.

La Brume s'est infiltrée jusqu'à l'aorte. Elle devrait s'y concentrer durant quelques minutes puis reprendre son invasion toujours plus haut. Ignacio met à profit ce petit répit pour reprendre son souffle.

La Brume était déjà là, bien avant la venue de l'Anémone, mais l'installation de son poulpe bienveillant lui a permis d'espacer les attaques de la Brume. Peut-être même a-t-il compris la raison de la présence de la Brume. Elle s'en ira lorsqu'il ne fera plus qu'un avec l'Anémone, lorsqu'il aura réalisé l'Harmonie.

La Brume a repris son ascension. Elle explose au creux de sa gorge, rayonne dans ses neurones. L'Anémone s'est tue, elle ne peut rien faire.

Ignacio sombre lentement dans cette partie de sa tête qui lui fait mal mais qui lui fait plaisir à la fois.

Il perd le fil qui le lie à l'Anémone.

Le soir va bientôt tomber. Il fera plus frais. Ignacio sort, bouche ouverte, comme si la brise nocturne pouvait étancher sa terrible soif. Ses lèvres desséchées lui font mal lorsqu'il passe une langue pâteuse à leur surface. Il a l'impression que sa langue devient énorme, qu'elle remplit à elle seule la totalité de la cavité buccale, collant au palais, débordant mollement de ses gencives.

Il monte dans la vieille estafette grise. Une de ses ailes avant, achetée à la ferraille, est toujours bordeaux. Un jour, il la repeindra. Il le fera sûrement. Il roule jusqu'au crépuscule, jusqu'à ce que ses yeux inventent des images, créent des mirages.

Il s'arrête, non loin d'un petit bois et descend de l'estafette. Il connaît cet endroit, enfin, c'est-à-dire qu'il savait qu'il devait venir ici un jour. Comme il a soif. Mais il ne peut pas boire maintenant. La Brume le ferait vomir.

Plus loin, dans un champ, un jeune homme joue avec un petit chien ridicule qui jappe. Ignacio sourit, lui sait. Il savait qu'il trouverait le jeune homme et son chien dans l'un des champs des alentours. Il sait également que ce n'est pas un jeune homme, que c'est une femelle. Les aboiements suraigus de la petite bête perforent les tympans d'Ignacio.

La jeune femme arrache la branche basse d'un érable pour la jeter au chien qui fonce, son arrière-train blanc disparaissant par bonds dans l'herbe haute, comme celui d'un lapin.

Lorsque Ignacio s'approche de l'arbre meurtri, la vue de la petite plaie pâle du tronc, dépécé de son écorce, déjà suintante de résine, lui fait monter la salive dans la bouche. Ignacio s'avance vers la jeune femme. Inutile de lui expliquer à quel point il est mal de blesser un arbre, à quel point l'Harmonie en souffre. Elle ne comprendrait rien. Elles ne comprennent jamais rien.

La jeune femme se retourne. La rage s'engouffre dans Ignacio. Il tend les mains et court vers la femelle dont le sourire timide de bienvenue meurt d'un coup. La fille a compris. Elle tourne la tête comme si elle cherchait à évaluer ses chances de le semer à la course. Les aboiements ravis du petit chien qui revient vers sa maîtresse, les crocs serrés sur la branche, changent de registre et deviennent hargneux. Le chien lâche la branche et se précipite vers l'homme menaçant, gueule ouverte, babines retroussées. Ignacio lui balance un coup de pied violent qui le fait tomber sur le dos. Le chien hurle. La fille ouvre aussi la gueule, pourquoi ? Hurler, protester ? Il la hait et cela fait longtemps qu'il la hait. Il va la faire taire. Elle lui a fait mal.

Katherine sent que sa peur reflue, qu'elle se rétracte devant sa rage. La peur n'a plus d'objet. Elle ne court pas assez vite et la première ferme est à deux kilomètres au moins. Et puis Fluffy ne s'est pas relevée. Elle geint, couchée sur le flanc dans l'herbe. Katherine ne peut pas l'abandonner. L'homme s'est arrêté à cinq mètres d'elle. Tout à l'heure, il a vaguement semblé à Katherine qu'elle l'avait déjà vu. Le visage de l'homme est en sueur et ses yeux semblent lui sortir de la tête. Lorsque son regard sombre et creux comme une pierre de lave attrape celui de Katherine, elle comprend à cette espèce d'ombre qui lui noie le visage, qui semble la seule chose vivante dans ses yeux, qu'il va la tuer. Elle évalue rapidement qu'elle est plus lourde que lui. Elle écarte les jambes, avance le torse et se ramasse insensiblement. Fluffy sanglote comme un enfant. Katherine tourne la tête vers le petit chien et du coin de l'œil enregistre que l'homme s'est précipité vers elle.

Elle lève la jambe et la détend de toute sa force. Il tombe à genoux. Un autre coup de pied le fait basculer vers l'arrière. Katherine fonce, attrape Fluffy par le collier en se baissant sans décélérer. Elle court, court comme jamais elle ne pensait qu'on puisse courir. Les battements de son sang qui s'affole et cogne dans ses tympans lui font croire un instant que l'homme la poursuit. Elle se retourne, constate qu'il a disparu mais continue de courir.

14

Jude Morris se félicita de sa bonne fortune. Aussitôt descendu d'avion, à l'aéroport O'Hare de Chicago, il s'était rendu au poste de police qui surveillait les allées et venues de Mr George Sterling.

S'il avait été un peu surpris par l'humeur bon enfant du capitaine Emilio de Sicca lorsqu'il lui avait parlé de son plus fidèle pensionnaire, Jude avait eu le bon goût de n'en rien manifester. Les flics finissent par établir de curieux liens avec les délinquants, et même les tueurs. Sans parler d'amitié ni même seulement de connivence, une sorte de familiarité de gens qui partagent les règles d'un même jeu s'installe progressivement.

Le capitaine de Sicca était un homme assez grand et d'une maigreur musculeuse. Ses cheveux aile-de-corbeau et ses gros sourcils faisaient ressortir le bleu héliotrope de ses yeux. Jude Morris réprima un sourire en détaillant les multiples cicatrices pâles qui mettaient en relief les zones plus mates de son visage. Le capitaine de Sicca avait commencé son apprentissage de la loi en la bafouant dans un des quartiers les plus pauvres de Chicago. On lui prêtait un goût prononcé pour la poésie. L'un de ses adjoints admiratifs avait confié à Morris, pendant qu'il attendait le capitaine, que de Sicca composait et que quelques-uns de ses poèmes avaient été publiés dans des revues, certes mineures, mais de bonne réputation littéraire. Morris en avait conçu une étrange affection pour cet homme hyperactif et probablement caractériel.

Avec un sourire insolent qui faisait briller ses yeux bleus, de Sicca déclara :

— Que voulez-vous que je vous dise, Mr Morris ? Sterling est un vrai tordu. Le genre auquel il est difficile de trouver des excuses. Bien sûr, son passé de pauvre type a fait merveille et a été admirablement exploité par son avocate. Les bonnes gens du jury, tous des Américains moyens, plutôt gentils, plutôt respectueux des lois se sont rassurés en pensant qu'un homme ne peut pas violer des femmes en les brutalisant s'il n'y a pas une cause et donc une excuse à sa conduite. Ce sentiment était encore renforcé par le fait qu'une autre femme assurait sa défense. Ouais, c'était très malin de sa part de choisir une femme pour le défendre dans un procès de viol. Mais vous et moi savons que tout cela, c'est de la foutaise. D'un autre côté, il vaut peut-être mieux que les gens continuent à le croire. C'est une société très protestante, vous savez. Je vous en parle en connaissance de cause parce que je suis catholique. Les protestants ont toujours l'impression que si on avoue, c'est parce que Dieu vous aime, qu'Il vous a choisi, et que du même coup vous êtes sur le chemin de la Rédemption. Malheureusement, les tordus sont des tordus et ils le resteront. Sterling est un tordu, mais c'est un tordu pétochard, ce qui nous donne un avantage. C'est également un remarquable comédien.

— Et votre diagnostic sur sa conduite ?

— Classique. Il considère que les femmes sont des êtres inférieurs, à la disposition des hommes et qu'elles ont toutes envie d'une vraie brute même si elles refusent de l'admettre. Avec lui dans le rôle de la brute, évidemment.

— Vous avez connaissance de ses rapports médicaux, n'est-ce pas ?

— Oui, régulièrement. C'est même lui qui me les apporte.

— Lui-même ?

Un demi-sourire plissa les yeux bleus du capitaine.

— Enfin, Mr Morris, vous vous doutez bien que le praticien hospitalier qui le suit me les transmet également. Les analyses sont formelles, Sterling suit scrupuleusement son traitement hormonal, et pour autant que l'on puisse se fier à un dosage hebdomadaire, il ne semble pas avoir replongé dans la drogue.

— De quoi vit-il ?

— C'est précisément là que le bât blesse. Selon l'officier chargé des détenus en liberté conditionnelle qui le suit et en dépit du fait qu'il n'a pas d'activité professionnelle vraiment bien définie ni stable, il vit assez confortablement.

— C'est-à-dire ?

— Oh, rien de luxueux, un petit appartement pas très loin de la gare routière, une Ford décapotable vieille de trois ans, une garde-robe sobre mais variée. Bref, un niveau de vie de petit cadre, mais que ne lui permettent certainement pas ses quelques remplacements comme laveur de voitures ou vendeur de glaces.

— Vous croyez qu'il deale ? demanda Morris.

— C'est une des possibilités que nous avons envisagées, mais en tout cas, il est malin. Il joue scrupuleusement selon les règles. Il sait que si on le trouve en possession d'une arme ou si nous pouvons prouver qu'il refréquente ses anciens petits copains taulards, il replonge. Ceci pour vous expliquer qu'il est suffisamment futé pour ne pas afficher un train de vie qui le ferait repérer immédiatement. C'est à la fois trop mais pas assez, vous voyez ?

— Oui.

— Mr Morris, si mon absolue coopération vous est acquise — du reste, on ne me demande pas mon avis — j'aimerais tout de même comprendre la raison exacte du subit intérêt du Bureau pour Sterling.

— George Sterling a bénéficié d'une remise de peine, en échange de sa volonté de suivre ce traitement en 1988, c'est bien cela ?

— Oui.

— Il n'a pas le droit de quitter Chicago sans vous en avertir. Croyez-vous qu'il s'acquitte toujours de cette déclaration ?

— Oui. Je vous ai dit que Sterling était un pétochard. Nous lui rendons fréquemment de petites visites à l'improviste. Il n'ignore pas que si nous ne parvenons pas à le localiser, ou si nous mettons en concordance un nouveau viol et l'une de ses escapades, il perd le bénéfice de sa liberté surveillée.

Morris lui tendit par-dessus le bureau une liste de dates. Le regard du capitaine l'effleura à peine.

— Ah, nous y voilà, Lady-Killer. Vous faites fausse route, Mr Morris. Nous avons déjà procédé à des vérifications. À l'exception de deux dates, pour lesquelles Sterling avait reçu l'autorisation de s'absenter durant quarante-huit heures de Chicago — il fait, paraît-il, des randonnées en forêt — les autres ne collent pas avec ses permissions. Nous savons même de façon certaine qu'à deux autres reprises, il n'a pas pu s'absenter de Chicago ne serait-ce qu'une heure : il était à l'hôpital pour y faire son bilan.

— Et ceci correspondrait à quelles victimes ?

— Vanessa Katzman et Sue-Ann Dillon. Dans ces deux cas, George Sterling a passé quarante-huit heures d'affilée à l'hôpital. Les fréquentes visites des médecins et des infirmières durant ces deux périodes rendent l'hypothèse d'une absence de plus de deux heures invraisemblable. Si je ne m'abuse, la première a été retrouvée en Ohio et l'autre dans le Maine, c'est-à-dire très loin de Chicago.

Morris reprit la liste et soupira.

— Je sais, Mr Morris. Je compatis et je ne voudrais pas être à votre place.

— Si l'on exclut l'incompatibilité des dates, pensez-vous que le profil psychologique de Sterling pourrait coller avec ce genre de meurtres ?

— Franchement, la chose me surprendrait. Sterling est un méchant. C'est un violeur brutal, mais ce n'est ni un tueur jouissif ni un compulsif non plus. Il a volé ses victimes après chaque viol. À l'époque il était complètement accro à l'héroïne et ça coûte cher. C'est du reste lorsqu'il a tenté de fourguer la montre d'une des femmes à un receleur minable qui trouvait ce genre d'objets un peu trop chauds pour lui et qui nous a prévenus, qu'on a réussi à remonter jusqu'à lui. Je crois cependant qu'il n'hésiterait pas à égorger ou à éventrer à peu près n'importe qui, mais il faudrait qu'il n'y ait pas trop de risques physiques pour lui et qu'il y ait beaucoup d'argent à la clé. D'après ce que j'en sais, Lady-Killer n'a jamais rien dérobé à ses victimes, même pas une sorte de trophée, de souvenir gerbant comme ces types aiment tant en collectionner, n'est-ce pas ?

— C'est exact.

— C'est donc là que les comportements de Sterling et de Lady-Killer divergent complètement. Sterling n'aurait jamais laissé passer l'occasion de ramasser un peu de fric. Il aurait dépouillé ses victimes. Souhaitez-vous le rencontrer ?

— Non, pas pour l'instant. J'ai appris ce que je voulais savoir. Et puis, je ne tiens pas à le prévenir que nous nous intéressons à lui. Je vous serais reconnaissant, capitaine de Sicca, d'écourter au maximum la durée de ses permissions, sans éveiller ses soupçons.

— Entendu. On trouvera bien un prétexte bidon, quitte à le provoquer. Si besoin est, je demanderai à l'officier qui est chargé de lui de contacter les anciens employeurs de Sterling et je le convaincrai de rechercher s'il n'y en a pas un qui aurait un petit quelque chose à reprocher à Sterling.

Le sourire de de Sicca se fit carnassier. Et Jude Morris constata que rien n'est plus glacial qu'un regard bleu.

15

James Irwin Cagney reposa les rapports de Jude Morris sur la table de la cuisine. Il les avait lus jusqu'à les savoir par cœur, tentant de dénicher un lien, n'importe quoi, et s'interdisant également de repenser à cette scène au tribunal, ce matin.

Il avait vécu cette dernière rencontre, l'ultime confrontation avec sa femme Tracy, comme dans un rêve. Son regard détaillait les allées et venues et les gestes de chacun des protagonistes comme s'il visionnait un film muet dont il n'aurait pas compris l'intrigue.

Le visage fermé et hargneux de Tracy, la fièvre lyrique de son avocat qui en rajoutait pour justifier ses honoraires puisque Cagney acceptait tout, l'abattement de son propre avocat, maître Violet Stevenson. Cagney avait ressenti une sorte de pitié pour elle. Elle ne cherchait même plus à endiguer le flot fielleux et geignard des reproches de Tracy, parce qu'elle était consciente du détachement, voire de l'indifférence, de son client. Maître Stevenson était une petite femme élégante, entre deux âges, agressive et efficace et elle devait détester perdre.

Dix ans de mariage, sans passion de la part de Cagney, mais dix ans d'amical compagnonnage avaient été réduits à un océan d'amertume, à une bagarre au sujet d'un service de table qu'il aurait été incapable de décrire, à de lamentables attaques sur sa stérilité. Du reste, il avait eu l'impression de redécouvrir qu'il ne pouvait pas avoir d'enfant puisque sa femme n'en avait jamais parlé auparavant.

Lorsque l'avocat de Tracy s'était lancé dans une série de sous-entendus faussement indignés et vertueux sur les pratiques sexuelles de Cagney, celui-ci s'était raidi. Tracy avait toujours soupçonné ces gestes qui échappent à la description d'une pénétration hâtive d'être l'indice d'une débauche sensuelle. Sa réprobation muette et efficace avait parfois fait douter Cagney : était-il un si médiocre amant qu'elle ne puisse chavirer avec lui ? Maître Stevenson avait senti la consternation de son client. Déclarant sèchement que Mr Cagney acceptait toutes les conditions de sa femme, elle avait mis en garde son avocat contre des déballages relevant de la diffamation.

Le regard de Cagney parcourut lentement dans cette grande cuisine où ils avaient si souvent déjeuné et il s'y sentit en pays étranger, en territoire hostile. Il ne regrettait pas d'avoir donné la maison à Tracy. Ce grand corps de ferme, joliment restauré, cesserait d'exister pour lui, comme le reste, dès qu'il partirait définitivement demain matin.

Cagney reprit encore une fois la lecture des rapports de Jude Morris, ainsi que ceux que lui avaient faxés de Sicca de Chicago et la police métropolitaine de Boston. Sterling et Ford avaient été remis en liberté surveillée en

1988, à quelques semaines d'intervalle. De Sicca était formel, Sterling n'avait pas eu l'opportunité de commettre au moins deux des meurtres, et il semblait très improbable que Ford soit l'auteur des trois premiers. Durant les premières années de leur mise en liberté sur parole, les ex-détenus faisaient l'objet d'une constante surveillance et de très fréquentes visites de la part des services sociaux et de l'officier chargé de les suivre. Ford n'aurait jamais pris le risque de se rendre en Illinois, Indiana ou Ohio, de tuer, et de revenir, parce que le seul moyen qu'il avait de faire l'aller et retour dans la journée, c'était l'avion et qu'il risquait d'être reconnu par la police des aéroports. Ford était intelligent, et certainement pas suicidaire. S'il avait tué, il l'aurait fait à proximité.

À court de solutions, Cagney avait même envisagé durant quelques instants que Ford et Sterling pouvaient se connaître et ceci bien qu'ils n'aient pas été emprisonnés dans le même pénitencier. En dépit de l'invraisemblance d'une telle connivence, puisque les serial killers tuent presque exclusivement en solitaire, Cagney s'était demandé si les deux hommes ne s'étaient pas mis d'accord pour partager une même mise en scène et se servir mutuellement d'alibi. Mais, comble de la déroute, ni l'un ni l'autre ne pouvait avoir tué Vanessa Katzman à Lima, en septembre 1991.

Un moment de panique absolue submergea Cagney, la certitude d'un inéluctable échec alors que la simple idée de l'échec l'avait toujours terrorisé.

Une autre femme, quelque part dans ce trop grand pays, allait mourir, torturée. Le semblant de vie privée qu'il avait réussi à construire s'écroulait. La survie de son unité de sciences du comportement se discutait dans quelques semaines. Ann avait disparu comme une hallucination. Ce connard de Lady-Killer se payait sa tête et Cagney perdait pied.

Il ôta ses lunettes et renversa la tête en arrière. La sueur lui piquait les yeux, rejoignait en filet la commissure de ses lèvres entrouvertes. La sonnerie têtue de son pager parvint à trouer le brouillard dans lequel il avait l'impression d'étouffer.

Il rappela Morris au Bureau.

— Je crois qu'on tient quelque chose, Monsieur. Il a tenté de tuer une autre femme, hier soir, mais elle s'est défendue et a réussi à lui échapper.

— Ça s'est passé à quel endroit ?

— Natick, dans le Massachusetts.

— Il resserre de plus en plus ses allées et venues. Comment va la femme ?

— Plutôt secouée, mais physiquement indemne. Son père l'a transportée au Morse Hospital de South-Natick. Elle est en état de choc. Sur le coup le personnel de l'hôpital n'a pas fait la relation avec Lady-Killer. Il faut dire que c'est la première qui s'en tire. Le petit ami de l'infirmière de nuit qui a réceptionné la jeune fille est flic. C'est lui qui a flairé quelque chose. Il a prévenu le poste de police de South-Natick. On vient de recevoir le fax.

Cagney eut l'impression de plonger dans une eau fraîche et apaisante. Il sentit les muscles de son dos se relâcher progressivement. Il inspira profondément, imaginant le trajet de son sang jusqu'à son cerveau. Son ton plat et calme le fit sourire.

— Je passe vous prendre, Morris. Prévenez Bob qu'il téléphone aux flics du coin pour savoir où nous pouvons nous poser. Que l'hélicoptère soit prêt au départ. Nous fonçons à Natick pour faire connaissance avec cette jeune femme.

Cagney raccrocha en murmurant entre ses dents serrées :

— Sac à merde, je vais te clouer la peau des couilles.

Morris l'attendait non loin du Bell JetRanger dont les pales frémissaient comme les ailes d'une libellule inquiète. Bob était aux commandes et lui fit un petit signe de la main en le voyant approcher. Inconsciemment,

Cagney se baissa pour s'approcher de l'appareil au repos. Il s'installa à l'arrière parce que le siège vacant à côté de lui lui permettait d'étaler ses dossiers. Morris s'affala sur le siège du copilote et coiffa son casque-écouteur sans prononcer un mot. Cagney se pencha vers Bob et lança en souriant :

— On y va, nous sommes prêts.

Morris détestait l'hélicoptère et encore plus lorsqu'il était assis à l'avant. L'appareil frissonna paresseusement puis vibra comme un cheval nerveux. Enfin, il s'arracha du sol en tanguant un peu. La vision du trou de vide qui s'allongeait sous le ventre de l'appareil au fur et à mesure qu'il grimpait donna le vertige à Morris. Il se força à fixer l'obscurité droit devant lui. Le large cockpit transparent, renflé comme l'œil d'un insecte, semblait vouloir piéger son regard pour l'attirer vers le bas. Une vague de nausée lui fit fermer les yeux. Il avait l'impression d'être suspendu dans le vide à quelque 3 000 pieds d'altitude, dans une incertaine carapace qu'une gifle de vent pouvait précipiter vers le sol.

Cagney était plongé dans ses papiers. Morris se surprit à penser qu'il ne savait presque rien de cet homme secret et étrange qu'il admirait sans parvenir à l'aimer. Des bruits couraient sur son récent divorce et sa secrétaire s'était fait un devoir d'insister sur le fait que « motus et bouche cousue, elle ne dirait rien, mais Mr Cagney s'était conduit comme un gentleman, à son habitude ». Curieusement cette explication ne convainquait pas Morris. Certes, Cagney était un homme qui vivait selon un certain code d'usages, le stéréotype d'une classe et d'une éducation, mais Morris pressentait qu'il dissimulait un gouffre de complexité, un tourbillon d'émotions. Peut-être Morris se serait-il senti plus proche de lui si la courtoise inaccessibilité de Cagney parvenait à sauter par moments. Mais peut-être Cagney ne souhaitait-il pas que l'on s'approche de lui.

La voix de Ben crachouilla dans le micro :

— Nous entrons dans une zone de turbulences. Je vais essayer de descendre un peu, mais il y a pas mal de brouillard.

Morris tira sur la boucle de sa ceinture pour tester sa résistance puis songea que, s'ils se crashaient, la ceinture ne lui serait pas d'une grande aide. Les minutes se ralentirent, s'étirant en secondes de plus en plus longues. Le vide, sous eux, prenait des aspects de guet-apens.

— Nous sommes à moins d'une demi-heure de Natick. Nous allons atterrir à la sortie de Morseville. On viendra vous chercher en voiture, annonça Bob.

Lorsque enfin le Bell JetRanger se posa doucement au centre d'un petit stade dont les gradins de pierre grise brillaient sous l'impact des halogènes de la police, Morris fit un effort gigantesque pour se recomposer. Il savait qu'il était pâle et il sentait que la transpiration refroidissait sous ses aisselles.

Cagney se précipita, le torse penché, vers les deux voitures noir et blanc dont les gyrophares peignaient, par saccades, l'herbe en rouge et bleu. Il s'avança, main tendue, vers le plus âgé des trois hommes, un Afro-Américain à la carrure de footballeur et dont les cheveux crépus coupés court grisonnaient sur les tempes, comme deux ailes :

— Capitaine Potter ? Je suis James Irwin Cagney et voici l'agent spécial Morris.

— Nous ne vous attendions pas si tôt. McNally, dit-il en désignant un jeune homme si blond que l'on apercevait la peau rose de son crâne sous ses cheveux en brosse, a téléphoné à la météo et ça n'avait pas l'air fameux.

— En effet, nous avons eu droit à un petit tour de montagnes russes, mais Bob est un expert.

Le capitaine Potter se tourna vers l'autre officier, un petit rouquin à la quarantaine bedonnante et dont le sourire bienveillant devait faire merveille lors des réceptions de baptême ou de mariage.

— Voici l'officier Rowse. C'est grâce à lui que nous avons fait le lien entre la jeune Katherine et Lady-Killer. Katherine Dedham, c'est la jeune femme qui a été agressée. L'officier Rowse est fiancé à l'une des infirmières de l'hôpital.

Rowse baissa les yeux et ses joues rosirent comme celles d'une communiante. Au regard posé de Cagney, Morris comprit qu'il avait commis la même erreur que lui : tous deux avaient hâtivement conclu que McNally était le petit ami de l'infirmière, comme si seuls les moins de trente ans tombaient amoureux.

Ils empruntèrent l'autoroute 16 et le capitaine Potter mit à profit les 5 kilomètres qui les séparaient du Morse Hospital pour leur relater les événements survenus la veille, sans apporter beaucoup d'éléments nouveaux par rapport au fax qu'il leur avait envoyé quelques heures plus tôt.

Ils s'engouffrèrent dans le hall de l'hôpital où les attendait le médecin qui s'était occupé de Katherine. De grands posters représentant des aquarelles de bouquets de fleurs égayaient les murs repeints de couleurs douces mais joyeuses. Le lino beige et vert brillait comme si une armée de volontaires acharnés le briquait en permanence.

Le médecin était un immense jeune homme trop mince, que sa taille semblait gêner et qui se tenait voûté, comme pour être à la hauteur de ses congénères. Il s'avança vers eux, main tendue, un peu intimidé, et se demandant, de toute évidence, pourquoi cette embarrassante publicité lui tombait dessus.

— Bonjour, Messieurs. Je suis le docteur Waughan, médecine interne. Je suis désolé mais le docteur Barbara Seymour n'a pas pu vous attendre. Elle devrait repasser un peu plus tard dans la soirée. Il s'agit du psychiatre qui a discuté avec Katherine. Remarquez, elle n'en a pas tiré grand-chose. Le père Dedham monte la garde et il a insulté Barbara.

Cagney s'enquit :

— Comment va la jeune femme ? À votre avis, est-elle en état d'être interrogée ?

— Physiquement, elle va bien. Elle a saigné du nez, mais je crois que c'est consécutif au choc psychologique. D'après le peu qu'elle a confié à Barbara, le... enfin... cet homme ne l'a pas touchée. Je crois que vous pouvez l'interroger, mais elle a été secouée. Son père est avec elle. Je vous conseille de le faire sortir. Il n'est pas commode.

— Merci docteur. Lorsque le Dr Seymour sera de retour, prévenez-la que je souhaite quand même lui parler.

— Bien sûr. Je vous laisse, ne la fatiguez pas trop. Miss Rand va vous accompagner.

Un nouvel assaut de sang colora les pommettes de rouquin de Rowse lorsque miss Rand s'approcha. Cagney et Morris en déduisirent qu'il s'agissait de la fameuse fiancée et Morris s'en voulut de son émotion devant ce couple bizarrement assorti. Miss Rand était une jeune femme d'une trentaine d'années, élancée et gracieuse, une jolie brune aux magnifiques yeux noirs et à la peau pâle. Au regard charmeur et complice qu'elle lança à Rowse du coin de l'œil, Morris sut qu'il s'agissait d'une étrange mais parfaite association.

Cagney se tourna vers Potter :

— Merci de nous avoir accompagnés, capitaine. Nous passerons demain au poste.

— À bientôt, Mr Cagney. NcNally vous attendra pour vous accompagner à l'hôtel lorsque vous en aurez fini avec Katherine.

Potter les abandonna, traversant le hall en quelques longues enjambées, flanqué de Rowse qui ne put s'empêcher de se retourner une dernière fois vers miss Rand.

Miss Rand fit signe à Cagney et Morris :

— Katherine est au bout de ce couloir. Suivez-moi, je vous prie.

Cagney lui demanda d'un ton nonchalant :

— Vous a-t-elle parlé de son agression ?

— Elle est plutôt du genre silencieux, vous verrez. Elle s'inquiétait surtout pour sa chienne. Ce type l'a frappée. Katherine avait peur qu'il lui ait cassé quelque chose. (S'arrêtant devant une porte peinte en bleu layette, elle déclara en souriant.) Nous y voilà.

Elle parut hésiter, puis ajouta :

— Le vieux Dedham est avec elle. C'est un véritable emmerdeur et en plus, il est mauvais. On l'a eu il y a trois ans pour une prostate. Je peux vous assurer que nous avons tous brûlé des cierges le jour où il est sorti. Je ne sais pas si c'est à moi de vous révéler cela, mais des journalistes ont fait irruption ce matin. Le docteur Waughan les a collés dehors. On se demande si ce n'est pas le vieux qui les a prévenus. Pour l'argent, vous voyez ce que je veux dire.

— Oui, très bien. J'en connais en effet qui paieraient cher ce genre de scoop.

Cagney lui sourit et pénétra à la suite de Morris dans la chambre de Katherine.

La barre au néon fixée au-dessus du lit éclairait un étrange visage triangulaire dont la pâleur cireuse était ravivée par une longue frange de cheveux raides et très bruns. Elle gardait les yeux fermés mais Morris sut aux mouvements nerveux de ses globes oculaires qui frémissaient sous ses paupières qu'elle tentait de localiser l'origine des sons qui l'environnaient. Son père était affalé sur une chaise à côté du lit et gardait le regard fixé sur la télévision murale dont le volume était poussé au maximum. Il dévorait des yeux une blonde qui décrivait d'un ton pénétré les avantages incontestables d'une table de repassage à vapeur et dont le décolleté vertigineux ne semblait là que pour retenir son micro-épingle. Cagney s'approcha de l'homme qui ne bougea pas :

— Bonjour, Monsieur. Je suis l'agent spécial Cagney et voici l'agent spécial Morris. Nous sommes du FBI.

L'homme se tourna vers lui. Il avait un regard à la fois sournois et mauvais, le regard d'un corniaud qui attend que vous vous retourniez pour vous mordre. Les veines mauves éclatées sous la peau cramoisie de ses joues trahissaient une longue pratique de la bouteille. Il puait la crasse, la mauvaise bière et l'aigre. Il siffla sans presque desserrer les mâchoires :

— Ouais ?

— Mr Dedham, nous souhaiterions interroger votre fille au sujet de ce qui s'est produit hier soir.

— Rien à dire. Un fils de pute est tombé dessus. Elle lui a balancé son pied dans les couilles comme son vieux lui a appris. C'est tout. Elle dort.

— Eh bien dites-moi, elle a le sommeil lourd avec tout ce vacarme ! Je me permets d'insister, monsieur. Nous souhaitons interroger Katherine en privé, avec l'accord du médecin qui la suit.

— Barrez-vous, elle a rien à dire.

— Vous ne comprenez pas très bien la situation, Mr Dedham. Katherine a vraisemblablement été agressée par quelqu'un que nous recherchons et son témoignage est crucial.

— J'm'en tape.

Puis d'une voix geignarde, il ajouta :

— Je protège ma fille, c'est le rôle d'un vieux père, non ?

À sa voix qui changeait presque imperceptiblement, Morris comprit que Cagney perdait patience.

— Je vous conseille pour la dernière fois de sortir, Mr Dedham. Katherine est majeure, et votre obstination relève de l'obstruction à la justice. Si vous le préférez, je peux vous convoquer tous les deux séparément au poste de police ? Qu'en pensez-vous ?

L'autre se leva. Un relent de vieille sueur frappa les narines de Morris et de Cagney. Il était furieux, mais le ton cinglant et calme de Cagney l'impressionnait :

— Elle fait un choc.

D'un ton glacial et ironique, Cagney répondit :

— Ne vous inquiétez pas, Mr Dedham, nous comprenons votre angoisse de père. Elle est tout à votre honneur.

Un rictus tendit les lèvres de Dedham, comme s'il avait envie de les mordre. Il sortit en traînant les pieds.

Morris se plaça devant la porte de la chambre et Cagney approcha la deuxième chaise de la chambre du lit. L'idée de poser son fessier au même endroit que Dedham lui était pénible. Il attrapa la télécommande et baissa le volume, puis demeura silencieux. Morris suivait le mouvement des globes oculaires de Katherine que ce demi-silence inquiétait encore davantage que le vacarme. Enfin, elle ouvrit lentement les paupières et murmura :

— Sale type. J'veux pas y parler. Il va tout répéter pour faire du fric.

Morris fut surpris par l'étrange regard bleu-gris qui fixait Cagney. Il s'attendait à des iris foncés. Elle avait les yeux très bridés. Ses paupières naissaient comme le cœur serré d'une fleur au coin de l'œil et semblaient se séparer à regret autour de la cornée. Morris fut convaincu qu'elle avait des origines indiennes du côté de sa mère, son père étant le vivant portrait du Caucasien ivrogne et teigneux.

— Bonjour, Katherine. Je m'appelle James Cagney, et voici Jude Morris.

— Le FBI ?

— Oui. Comment va votre petite chienne ?

Katherine lui sourit. Son visage fermé s'illumina et devint attendrissant et presque beau.

— Ça va mieux. J'avais peur. (Elle désigna la porte d'un mouvement du menton.) Je lui ai dit que j'y dirais rien si il l'emmenait pas chez le véto. Au vieux, je veux dire. Il l'aurait laissée crever. Ça coûte du fric les vétos. Mais de toute façon, je lui dirai rien quand même. Le véto lui a fait une radio, à Fluffy. C'est le nom de ma chienne, Fluffy. Elle a une côte fêlée mais il paraît que c'est pas trop grave. Elle m'a rudement défendue. Bien sûr, c'est qu'un petit chien, alors elle pouvait pas faire grand-chose, mais elle a foncé dans la bagarre pour m'aider. Elle m'aime rudement et puis elle est courageuse.

La tendresse lui fit monter les larmes aux yeux et Cagney remercia Dieu d'avoir créé les chiens et les chats pour toutes les Katherine du monde. D'un ton doux et amical, il reprit :

— Le docteur nous a confié que vous aviez saigné du nez ?

— Oh, c'est rien ça. Ils se sont paniqués, à cause qu'ils avaient peur d'un truc à la tête, mais je leur ai dit que ça m'arrive souvent. J'ai très mal à la tête et puis après, je pisse le sang par les narines. C'est pas ça qui me tuera, inquiétez-vous pas.

— Katherine, je sais que ce sera pénible, mais j'aimerais que nous parlions de ce qui s'est passé hier soir.

Le visage triangulaire et pourtant lourd se referma instantanément. Les beaux maxillaires carrés se serrèrent.

— Pourquoi ?

Cagney hésita une fraction de seconde. Il aurait pu lui raconter une histoire, il savait mentir avec talent. Pourtant, il sentit que ce n'était pas une bonne approche avec Katherine.

— Nous avons toutes les raisons de penser que l'homme qui vous a agressée est ce tueur dont tous les journaux parlent, Lady-Killer.

Un sourire hargneux étira les lèvres pain-d'épice de Katherine :

— Ah, c'est pour ça que le vieux me surveillait comme le lait sur le feu. Ça m'étonnait aussi. D'habitude, y s'en tape de ce qui peut m'arriver. Ça doit valoir du fric non, un témoignage comme ça ?

— Nous ne...

— Non, pas vous. J'veux dire : pour les journaux. Si c'est tout neuf, ça peut rapporter, non ?

— Oui.

— Enfoiré ! Bon, ben je vais vous raconter. Je promenais Fluffy dans les champs. Je la promène tous les soirs vu qu'elle est petite, et comme elle bouffe comme une vache, elle devient grosse et c'est pas bon pour ses pattes. Après, ça risque de tourner en rhumatisme, c'est le véto qui me l'a dit. Il devait être vers les huit heures du soir. Je jouais à lui lancer des trucs pour qu'elle bouge un peu ses grosses fesses. J'ai senti que quelqu'un arrivait derrière moi. Je me suis retournée et j'ai vu ce type. D'abord, je me suis demandé s'il me connaissait mais il avait l'air comme dingue, les yeux qui sortaient de la tête, pas clair quoi. Je me suis demandé s'il était pas camé des fois. J'étais vachement loin des fermes, juste à côté du petit bois. Fluffy s'est tout de suite douté que ce mec était déjanté. Elle lui a foncé dessus. Il lui a balancé un coup de pied. Il lui a fait vachement mal. Après, il m'a sauté dessus. Je lui ai balancé ma grole dans le bide et dans la tronche et j'ai foncé. J'ai ramassé Fluffy et on s'est tirées.

Cagney sentit à sa voix qu'elle n'était pas peu fière de son exploit. Elle avait raison d'ailleurs. Même Marissa Vargas et son corps d'athlète n'étaient pas venus à bout de ce type. Katherine ne devait sa survie qu'à sa rapidité de mouvements, au fait qu'elle n'avait pas tenté le corps à corps et à un petit chien courageux qui avait diverti l'attention de Lady-Killer durant une fraction de seconde.

— Pourriez-vous nous décrire cet homme, Katherine ?

— Tu parles, oui ! Je le verrai toute ma vie. Je crois qu'il était de ma taille, à peine plus grand en tout cas. Je mesure 1,75 m. Il devait avoir la trentaine, mais c'est dur à être sûre parce que son visage était déformé par la dinguerie. Il était maigre. Ça, je fais au moins vingt kilos de plus que lui. Je pèse presque quatre-vingts kilos. Je suis baraquée. Attention, hein, c est pas du gras !

Comme pour lui prouver la véracité de ses affirmations, elle sortit les épaules de sa chemise de nuit fendue tout le long du dos et retenue au cou par un lacet. Les larges bandes verticales bleues du vêtement rappelaient aux indélicats que ce vêtement était la propriété du

Morse Hospital. Cagney contempla la ligne des épaules de Katherine, dont la rondeur parfaitement féminine contrastait avec une carrure et des deltoïdes de travailleur de force.

— Le boulot à la ferme, vu que le vieux cuve toujours sa bière. Remarquez quand il est vraiment bourré, on a la paix. Le mec, là, dont on causait, il était très brun, comme moi, les cheveux super-courts. Il transpirait comme un bœuf.

— Vous rappelez-vous la couleur de ses yeux ?

— Ouais. Marron foncé, presque noirs même. Je sais pas si c'était à lui, vu que je l'ai pas vu repartir, mais y avait un tas de ferraille garé en bas du champ. Un genre estafette. Comme il commençait à faire sombre, je sais pas trop la couleur, sauf que c'était clair mais qu'y avait une aile plus foncée, dans les genres marron ou peut-être bleu sombre.

Il la questionna encore un peu, mais rien d'autre ne lui revenait. Il lui tendit sa carte en lui précisant que si n'importe quel détail lui revenait, il fallait qu'elle l'appelle immédiatement. Il la félicita pour sa mémoire et pour sa force. Et ce dernier compliment lui valut un de ses étonnants sourires qui plissait encore davantage ses yeux vers les tempes.

Cagney se leva et presque tendrement lui dit :

— Katherine, j'ai un service à vous demander. Tant que nous n'aurons pas coincé ce type, il continuera à tuer. Votre témoignage est important, parce que c'est la première description sérieuse que nous ayons de lui. Mais s'il le sait, cela ne nous sert à rien. Il lit les journaux et regarde la télé comme tout le monde.

— Inquiétez-vous pas, je dirai rien. Toute façon je vois pas pourquoi j'y ferais un cadeau au vieux. Il m'a jamais fait de cadeau lui, à part des baffes et des coups de pied au cul, enfin quand j'étais petite parce que maintenant, il a peur de prendre un pain. Mon frère s'est tiré. Il s'est engagé dans les Marines. Il m'a laissé la merde, le vieux et ce clapier à rats pourri. J'aurais dû me barrer comme lui.

— Katherine, des officiers de police se relayeront à proximité de la ferme durant quelque temps. Ils sont chargés de vous protéger vingt-quatre heures sur vingt-quatre.

Les yeux de la jeune femme s'étirèrent encore davantage vers ses tempes. Mâchoires crispées, elle siffla :

— Si ce tordu revient, je prends le fusil et je le descends et ça fera pas un pli.

Cagney sourit, un sourire mauvais qui lui découvrit les dents :

— Faites-le Katherine, et ne le ratez pas.

— Je loge une balle dans le cul d'une mouche à trois cents mètres. Mais vous avez bien fait de me prévenir. Faut que je fasse gaffe à Fluffy Elle est capable de prendre un mauvais coup. Elle est trop courageuse cette bête. Elle se rend pas compte.

— Bien. Nous nous reverrons bientôt, Katherine. Reposez-vous, maintenant.

Une demi-heure plus tard, Morris et lui s'installèrent au bar du *Concord Hotel*, le meilleur de South-Natick si l'on en croyait le capitaine Potter. Bien sûr, Cagney commanda un Glenmorangie et Morris l'imita. Si Morris avait fini par comprendre la différence entre un piètre et un excellent whisky, il ne parvenait toujours pas à saisir l'indiscutable supériorité, selon Cagney, du Glenmorangie, surtout par rapport à d'autres marques comme l'Aberlour. Après tout, tous deux étaient d'excellents whiskies écossais et ils étaient tous deux très chers. Il avait d'abord cru qu'il s'agissait d'une de ces espèces de maniérisme à l'européenne, comme ces histoires de vins ou de parfums, mais Cagney était capable de reconnaître un Glenmorangie ou un vin français les yeux fermés. Ce que Morris avait appris, pourtant, c'est qu'il lui fallait proscrire le bourbon. Tout le monde, enfin du moins ailleurs que dans le Sud, rigolait lorsque quelqu'un commandait un bourbon.

— Qu'en avez-vous pensé, Morris ?

— C'est une fille courageuse. Elle a un côté très enfantin pour vingt-quatre ans.

— Oui. Sa vie ne doit pas être un jardin de roses tous les jours. C'est un véritable spécimen, Mr Dedham père ! Mais qu'avez-vous pensé de son témoignage ?

— Oh, parfait, sauf que ça ne nous mène à rien. Tout le monde avait décrit ses cheveux comme plutôt clairs, enfin en tous les cas pas « très bruns » et ses yeux étaient entre gris et bleus, voire verts, mais ni marron ni noirs.

— Oui. Les teintures capillaires et les lentilles colorées ne sont pas faites pour les chiens.

Cagney ferma les yeux et passa sa main sur ses paupières.

— Je n'en vois pas le bout, Morris. Toutes nos pistes se terminent en impasse. Je me demande si ce petit rapace n'avait pas raison.

— Rapace ?

— Gloria Parker-Simmons, cette chère Gloria. Très chère en effet. On tourne en rond et si ce n'est pas bon pour nous, c'est très mauvais pour les femmes qui vont suivre.

Tentant de garder une intonation plate et courtoise, Morris demanda comme s'il venait d'y penser :

— Avez-vous reçu ce dossier du ministère de la Justice ? Je crois me souvenir que vous vouliez le consulter.

Cagney le fixa un instant, but posément une gorgée de son whisky et répondit :

— Oui. Je l'ai reçu, il y a deux jours.

« Ah bien », parvint à formuler Morris alors que la question qui lui brûlait les lèvres était « Alors ? ».

— Cela vous intéresse-t-il ?

— Après tout, nous travaillons avec elle. Autant savoir à qui nous avons affaire.

Le sourire lent de Cagney lui prouva qu'il n'était pas dupe.

— En effet, Morris. Le dossier de Mrs Parker-Simmons, Gloria, née le 5 septembre 1964 à Silver Lake, une petite ville du Massachusetts, est à la fois d'une simplicité et d'une confusion rares. Son père est mort lorsqu'elle avait onze ans et sa mère trois ans plus tard. Mrs Parker-Simmons, en dépit du fait qu'il ne semble pas y avoir eu de mari, s'occupe d'une petite Clare de dix-sept ans, sa nièce, la fille de sa sœur morte dans un accident de voiture lorsque Gloria avait quatorze ans. Cela fait beaucoup de décès en peu de temps dans une même famille, ne trouvez-vous pas ? La gamine est attardée mentale. Gloria Parker-Simmons aurait adopté sa nièce alors qu'elle avait tout juste dix-neuf ans. Peut-être a-t-elle obtenu une dérogation parce qu'elle était sa tante ? Mrs Parker-Simmons n'a jamais été condamnée mais, curieusement, elle jouit du programme de protection du gouvernement. En d'autres termes, une bonne partie de son dossier a été effacée. Et c'est justement là que le bât blesse : le dossier n'est pas classé « confidentiel », il a été purement et simplement effacé.

— Mais enfin, l'effacement est une procédure réservée aux agents de la CIA ou aux nôtres, mais dans des cas particuliers. À moins qu'elle ait témoigné dans un procès contre un truand de la mafia, qu'il ait pesé sur elle des menaces d'élimination, je ne vois pas très bien pourquoi...

— Moi non plus. Et vous savez le plus drôle dans cette histoire, Morris ?

— Non, je...

— J'ai téléphoné au bureau de l'état civil du Massachusetts. Il n'existe aucune Gloria Parker-Simmons née en septembre 1964 à Silver Lake, pas plus que de Carol Parker, sa sœur, ou de Clare Parker, sa nièce. C'est d'autant plus étonnant que le ministère de la Justice la recommande chaudement.

— Mais, s'ils la recommandent, c'est...

— Oui, c'est qu'ils ont fait une enquête sérieuse. Mais alors pourquoi n'en trouve-t-on pas trace ? Étrangement, ce dossier qui ressemble à un gruyère devient admirablement précis à partir du moment où Mrs Parker-Simmons entre au MIT. On sait tout de ses allées et venues, qu'elle pratique la natation, n'a jamais frayé avec des organisations politiques ou religieuses sensibles. Elle n'a jamais participé à quelque manifestation anti-américaine que ce soit, ne se drogue pas, n'a pas d'activité subversive. Elle possède un QI très supérieur à la moyenne et réussit brillamment ses examens. Bref, c'est un parfait petit monstre qui aide la femme du président du MIT à servir les jus de fruits lors de la soirée annuelle de bienvenue. Elle est membre d'une sororité, prépare des gâteaux pour la réunion des anciens, aide les nouveaux venus et joue la jeune fille de la maison lors des barbecues du 4 juillet. Elle tient durant deux ans la rubrique « Où se loger ? » de la feuille de chou mensuelle du MIT. C'est même affligeant de la part de quelqu'un de si jeune, cette absence de révolte ou de bêtises.

— Vous avez le goût du paradoxe, Monsieur.

— Non, Morris, j'ai le goût de la vie.

— Mais, Monsieur, je...

— Taisez-vous, Morris, vous allez dire une connerie. Je n'aurais pas dû boire ce troisième whisky. Vous êtes toujours sobre, n'est-ce pas ? Vous ferez un macchabée très bien élevé, Morris, comme elle. Je crois que je suis saoul. J'espère n'avoir pas été insultant. Je vais me coucher. Je suis fatigué et je dis probablement des choses que je regretterai demain matin. Cela fait très longtemps que je n'avais pas trop bu.

Morris demeura seul au bar, finissant lentement son verre. Il se défendit de sombrer dans un délire romantique en prêtant à Gloria le passé d'une infortunée héroïne d'un roman à l'eau de rose. Que dissimulait le joli masque lisse de Mrs Gloria Parker-Simmons ?

16

Gloria Parker-Simmons se leva et s'étira. Elle jeta un regard sur sa montre : trois heures du matin. Cela ne signifiait rien pour elle. Il suffisait que Gloria s'écarte un peu de la vie de Clare pour perdre tous ses repères quotidiens. L'heure, le jour, la météo, ou les nouvelles du monde devenaient des notions abstraites qui lui étaient parfaitement indifférentes. À San Francisco, Gloria savait qu'elle devait se coucher, parce qu'il fallait se lever tôt, travailler, pour être libre à midi et rejoindre Clare. Elle savait qu'il ne fallait pas trop boire pour ne pas assombrir d'une migraine leur après-midi de jeux et de promenades. Mais lorsque Clare s'éloignait d'elle, Gloria se perdait.

Gloria avait toujours souhaité que Clare soit le seul lien qui la rattachât à la vie. Si quelque chose arrivait à Clare, la survie de Gloria n'aurait plus d'explication. Clare la justifiait à elle seule et c'était très bien comme cela. Le reste était, au mieux, anecdotique.

Gloria se dirigea vers la salle de bains et se fit couler une douche. La nuit était étouffante. Elle avait toujours détesté ces chapes de chaleur moite dont l'est du pays a le secret. Elle exécrait la sensation de sa transpiration qui humidifiait la peau pâle de ses aisselles. Elle ne portait que des textiles nobles, enfin depuis qu'elle en avait les moyens, du coton, de la soie, du lin. Les fibres synthétiques l'irritaient et la faisaient transpirer davantage, d'une sueur aigre parce qu'elle ne pouvait s'échapper.

Gloria referma d'un geste brusque le mitigeur et enfila le peignoir en éponge épaisse qu'elle venait d'abandonner. Ils étaient passés à côté de quelque chose. Les fibres ! Elle compulsa fébrilement tous les dossiers et serra contre elle celui de Debra Glover.

Gloria décrocha le téléphone et composa de tête le numéro personnel de Cagney. Au déclic qui survint après quatre sonneries, elle comprit que le réseau balançait son appel sur le serveur vocal de Cagney. Une voix féminine informatisée lui demanda de laisser un message et l'informa qu'il serait transmis immédiatement à son correspondant.

Gloria raccrocha sans formuler un mot.

Elle se doucha, engagea dans sa chaîne laser le compact-disc du concerto pour violoncelle en ré majeur de Boccherini interprété par Pablo Casals, s'insurgeant pour la millième fois de ce que cette version très librement adaptée par Friedrich Grützmacher soit devenue la version presque officielle de ce chef-d'œuvre. Son goût pour la musique était encore un apprentissage qu'elle devait à Hugues de Barzan. Un jour, lorsqu'elle aurait le temps, elle écrirait un essai sur la conscience mathématique de Boccherini. Elle avait déjà réuni quelques éléments. Clare adorait Boccherini, comme elle adorait la musique classique en général à l'exception de l'opéra. Dès que Gloria mettait un disque, la jeune fille se levait, fermait les yeux, tendait les bras et ouvrait et fermait spasmodiquement les mains en se balançant d'un pied sur l'autre. Gloria avait apporté quelques cassettes de ses morceaux préférés à Jade afin que celle-ci les lui fasse écouter lorsque Clare était agitée.

Fallait-il prévenir Cagney, après la façon dont il l'avait éconduite, ou valait-il mieux le laisser se planter ? Elle se servit, un verre de vin et ferma les yeux.

Le sourire un peu emprunté de Jenny s'incrusta dans la mémoire de Gloria au milieu des accords du deuxième mouvement, cet allegro non troppo qui la faisait sourire de bonheur. Jenny serrait la bouche sur la photo du journal pour dissimuler des dents probablement mal plantées, relevait un peu la tête pour atténuer un début de double menton. Qu'avait-elle pensé lorsque le photographe lui avait demandé de sourire ? Qu'elle n'était pas assez jolie, qu'elle aurait dû changer de coiffure, porter un chemisier plus sombre ? Toutes ces bêtises auxquelles Gloria aurait pensé, auxquelles toute femme penserait. Mais maintenant, elle gisait ensevelie dans cet humus humide et sans compassion, malhabilement recousue, ses affreuses cicatrices dissimulées sous une robe ample, plâtrées de ce fard épais comme du mastic dont les embaumeurs se servent pour tenter d'estomper les indélébiles blessures des morts.

Gloria appuya sèchement sur la touche « bis » de son combiné. La même voix féminine métallique l'informa à nouveau que son message serait immédiatement transmis à l'abonné du serveur vocal. Elle hésita à peine une seconde après le bip sonore :

— Bonjour, Mr Cagney, ici Gloria Parker-Simmons. J'ai quelques trouvailles qui devraient vous intéresser. Et elles sont gratuites, cette fois. Merci de me rappeler aussi vite que possible. Il est trois heures et demie du matin, n'hésitez pas. Je ne bouge pas de chez moi et j'attends votre appel.

Elle attendit allongée sur le canapé, sombrant progressivement dans un demi-sommeil. Des idées s'entrechoquaient, des bribes de phrases incohérentes se succédaient, se percutant sans logique. Quelqu'un, une femme, cria son prénom. Il lui sembla qu'il s'agissait de la voix de sa mère. Mais il y avait si longtemps que Gloria avait du mal à se souvenir du débit hésitant, du murmure peureux mais aigre des phrases de sa mère. La sonnerie du téléphone la tira de ses souvenirs dangereux.

— Mrs Parker-Simmons ?

Il lui sembla que la voix de Cagney vibrait d'une urgence qu'elle ne lui connaissait pas.

— Bonsoir, Mr Cagney. J'espère que mon appel ne vous a pas dérangée en plein sommeil.

— Si, mais vous aussi. Je suis dans le même coin que vous ce soir.

— Ah. Il est donc quatre heures du matin pour nous deux ? De toute façon, je ne dormais pas.

— Ah bien, j'ai un peu hésité. De surcroît, je suis ravi de votre appel, Mrs Parker-Simmons.

Contrairement à son attente, elle ne commenta pas le plaisir qu'il exprimait de l'entendre pour la première fois depuis le début de leur difficile collaboration. Elle passa directement au sujet qui la préoccupait :

— En dépit de la rupture de mon contrat avec le Bureau, j'ai continué à travailler un peu sur cette affaire.

— Vous m'étonnez, Mrs Parker-Simmons.

— Non, c'est vous qui m'étonnez, Mr Cagney.

— Si j'en juge par votre ton, votre étonnement n'est pas élogieux, contrairement au mien. J'en suis désolé. Mais votre aide sera précieuse.

— Préparez-vous à un choc, Mr Cagney...

— Si vos conclusions sont d'ordre sensible, je préférerais que nous nous rencontrions. Je ne suis pas très loin de Boston et je puis m'y rendre demain, en fin de matinée.

— Vous êtes décidément paranoïaque.

— Non. Je suis très méfiant et c'est préférable dans mon métier, comme dans le vôtre.

Il crut presque l'entendre sourire.

— Eh bien, c'est entendu. Je puis être au JFK Federal Building vers 11 heures si la chose vous convient, Mr Cagney.

— Ce sera parfait.

Il demanda sans vraiment savoir pourquoi :

— Comment va Clare, Mrs Parker-Simmons ?

Après un silence à peine trop long, la voix de Gloria lui parvint, stable et grave.

— Très bien, Mr Cagney, je vous remercie.

Cagney raccrocha. Il était maintenant convaincu que quelque chose de grave avait justifié l'effacement d'une partie du dossier de Mrs Parker-Simmons. Durant les dixièmes de seconde qu'avait duré son silence, il avait senti que Gloria cherchait s'il connaissait d'autres détails de sa vie.

Gloria se leva et expira à plusieurs reprises bouche ouverte. Son rythme cardiaque ralentit enfin. Avait-elle oublié d'effacer de son dossier un détail révélateur, n'importe quoi qui puisse alerter l'esprit acéré de Cagney ? Ce fameux soir où son modem lui avait permis de s'infiltrer dans les méandres du gigantesque ordinateur du ministère de la Justice, elle avait perdu un temps fou à faire sauter les différents verrous de sécurité qui protégeaient l'accès des dossiers confidentiels conservés dans le mastodonte informatique. Elle jouissait d'une procédure de changement d'identité de la part du gouvernement. Son dossier était inaccessible à la majorité des institutions, mais pas au ministère de la Justice, ni au FBI et certainement pas à la CIA. Cette confidentialité partielle ne satisfaisait pas Gloria et elle avait décidé de gommer purement et simplement une partie de leur passé à elle et à Clare. Elle n'avait eu que quelques secondes pour effacer les traces de cette soirée d'anniversaire et insérer quelques données tronquées.

Et l'autre l'avait prise en chasse.

17

Cagney se surprit à trouver la présence de Gloria agréable. Son tailleur bleu marine était inévitablement passe-partout, pas une mèche folle ne s'échappait de son catogan, mais pour la première fois, il trouvait son mince sourire apaisant. Il avait envie de lui demander pourquoi elle avait continué l'enquête seule, gratuitement. Mais il sut à son regard attentif qu'elle lui mentirait sans hésitation si la question l'embarrassait. Il ne se sentait plus suffisamment d'énergie en ce moment pour tenter de démêler le vrai du faux de Gloria Parker-Simmons. Aussi entra-t-il dans le vif du sujet :

— Et si nous parlions de ce choc que vous me réservez ?

— Il y a deux tueurs. J'en ai la conviction et la preuve.

Cagney s'adossa lentement contre le dossier de son fauteuil. Il avait l'impression qu'un étau glacial serrait ses tempes. Pouvait-elle connaître l'existence de Ford et de Sterling ? S'agissait-il d'eux ? L'idée farfelue selon laquelle Ford et Sterling se connaissaient et agissaient de connivence était-elle donc fondée ?

D'une voix monocorde, il s'enquit :

— Comment cela ?

— Le système mathématique que j'emploie est formel. Debra Glover est un élément extérieur. Elle n'a pas été tuée par Lady-Killer, contrairement à toutes les autres.

— Pourriez-vous vous tromper ?

— Non, Mr Cagney. On ne me paie pas pour des conclusions erronées. De plus, les tests pratiqués par vos laboratoires confirment mon analyse.

— Comment cela ?

Elle ouvrit son attaché-case en cuir fauve et en tira une liasse de feuilles qu'elle fit glisser sur la grande plaque de plexiglas qui les séparait. Il reconnut le sceau du ministère de la Justice et celui du FBI. Elle avait fait des photocopies des dossiers avant de les lui renvoyer.

— Relisez donc les résultats des analyses de fibres.

— Nous les avons déjà épluchés. Il s'agissait de fibres et de teintures parfaitement communes.

— Certes, mais l'essentiel n'est pas là.

Cagney ouvrit les dossiers, les parcourut pour la centième fois et la regarda, perplexe.

Gloria annonça d'un ton neutre :

— Toutes les fibres trouvées sur les différentes femmes provenaient de tissus naturels, sauf celles qu'on a recueillies sur Debra. Il s'agissait d'un mélange de coton et de polyester Dacron. La systématique était trop parfaite pour n'être qu'accidentelle. Elle confirme d'une part que Debra n'a pas été tuée par Lady-Killer et indique que celui-ci a un penchant pour les matériaux naturels ou un problème d'allergie ou de transpiration. Je ne supporte pas non plus les fibres synthétiques. C'est sans doute pour cette raison que j'y ai pensé.

Acerbe, il lâcha :

— Comme c'est gentil de nous trouver une excuse.

— Je ne vous en cherchais pas. Je tentais de vous convaincre encore une fois que les mathématiques permettent de tout comprendre pourvu qu'on sache poser une question.

Cagney garda le silence quelques instants. L'intelligence de cette fille le sidérait et le plongeait dans l'incompréhension. Il l'imaginait, confortablement installée chez elle, traquant Lady-Killer sans bouger de son écran. Pendant qu'il s'essoufflait à parcourir le pays, elle pianotait, et se rapprochait de sa proie.

— Avez-vous fait d'autres découvertes, Mrs Parker-Simmons ?

— Oui.

— Et ?

— Non. À votre tour, Mr Cagney. Vos... réserves ne sont plus de mise. C'est une perte de temps et d'énergie et c'est un luxe que je n'ai pas envie de m'offrir.

— Ah.

— Je veux savoir ce que vous avez fait depuis le Russel Building. Pourquoi étiez-vous dans le coin la nuit dernière ? Est-ce à cause de cette jeune femme qu'on a agressée ?

— Comment êtes-vous au courant ?

— J'ai la télévision comme tout le monde Mr Cagney.

— Ils en ont parlé ?

— Oui, ce matin. C'était assez vague. Ils ont interviewé son père. Il avait l'air très secoué, mais n'a rien apporté de bien précis.

— Vieux tocard ! Il a dû être secoué lorsque sa fille a refusé de parler aux journalistes moyennant un gros pourboire pour son bon papa.

— Je vois.

— Je ne crois pas. Pour comprendre, il faudrait que vous ayez rencontré Katherine, Mrs Parker-Simmons.

— Mais justement, vous allez me la faire rencontrer, Mr Cagney. N'oubliez pas, nous sommes deux sur ce coup-là, maintenant.

— Trois, vous oubliez Jude Morris.

Elle eut un petit geste de la main et répondit d'un air vague :

— Oui, si vous y tenez.

Durant l'heure qui suivit, Cagney relata en détail leurs allées et venues des derniers jours. Il parla de Ford, de la visite de Morris dans sa chapelle virtuelle, de Sterling et puis il en vint au témoignage de Katherine. Il ne vit jamais Gloria bouger, jamais frémir ses paupières, et se demanda presque si elle respirait. Il comprit aux contractions de ses pupilles qu'elle avait bandé son cerveau, qu'elle mémorisait le moindre de ses mots.

— Voilà tout ce que nous savons, Mrs Parker-Simmons. À mon tour maintenant. Dites-moi ce que vous savez.

Elle le regarda, toujours immobile puis ferma les yeux quelques secondes et soupira. Elle sortit de son attaché-case un grand cahier à spirales et le lui tendit :

— Tout est consigné là-dedans. Vous pouvez en faire une photocopie. L'idée essentielle c'est qu'il existe deux sous-groupes de meurtres et que Debra n'en fait pas partie. De plus, la date des meurtres n'a pas d'intérêt. Elle est aléatoire ou c'est une ruse. Le lieu, par contre, est une variable essentielle. Enfin le dernier point et certainement le plus important, c'est que quelque chose unit ces femmes et les lie au tueur. Je veux dire que le choix des victimes, lui, n'est pas aléatoire.

Cagney pressa une des touches du gros téléphone posé à sa droite. Une jeune femme apparut presque instantanément comme si elle était tapie derrière la porte, n'attendant que ce signal. Elle sourit machinalement à Gloria, attrapa le cahier et attendit.

— Pourriez-vous le photocopier et me le ramener aussitôt, Marilyn ?

— Bien, Monsieur.

Le regard de Cagney revint sur Gloria. C'était la première fois depuis le début de cette effroyable enquête qu'il se sentait à nouveau fort, maître de la situation. Elle venait de leur dénicher un lien : les victimes du tueur. Ils avaient d'abord conclu qu'aucun point commun ne les unissait, mais peut-être n'avaient-ils pas cherché où il fallait. Il aurait voulu la remercier, lui exprimer son admiration et se contenta de demander :

— Dois-je vous faire parvenir le nouveau contrat à la même adresse ?

Marilyn revint aussi silencieusement qu'elle avait quitté la pièce et déposa le cahier à spirales sur le bureau. Gloria s'en empara et répondit en souriant :

— Ce ne sera pas utile. Il s'agit d'un cadeau que je compte faire. *Ad honores*, Mr Cagney.

La platitude du ton de Gloria dissuada Cagney de demander des explications.

Elle se leva et il l'imita. Arrivée vers la porte, elle se retourna :

— J'attends de vos nouvelles rapidement au sujet de la rencontre avec Katherine, n'est-ce pas ?

— Vous pouvez compter sur moi. Au revoir, Mrs Parker-Simmons. Marilyn va vous raccompagner.

— Au revoir, Mr Cagney.

Gloria traversa lentement la grande place beige et grise de Government Center. Elle hésita puis obliqua dans Sommerset Street pour rejoindre Beacon Street. Elle se promena sans hâte, contemplant la devanture des petits magasins qui regorgeaient d'inutilités élégantes et en général hors de prix. L'exposition présentée dans l'une d'elles la fascina. Un artiste quelconque avait confectionné de gros chats noirs en velours dont les invraisemblables postures étaient si justement reproduites qu'on avait l'impression que les chats allaient se lever, s'étirer et bâiller de bonheur et de paresse. Elle pénétra dans la boutique pour s'informer du prix de l'un d'eux, assis, une patte postérieure étendue devant lui, la gueule entrouverte, la langue rose fuchsia en feutrine à peine visible. Le petit félin semblait hésiter entre deux coups de langue, se demandant s'il devait poursuivre la toilette de cette patte ou passer à une autre. Gloria comptait l'acheter pour l'offrir à Maggie parce que Clare avait un peu peur des chats. Un jeune homme blond, léger comme une danseuse, s'approcha d'elle et entreprit de la noyer d'un flot de paroles dont il ressortait que l'artiste était une femme « positivement incroyable ». En dépit du parfait accent anglais qu'il adoptait, Gloria comprit qu'il était américain et probablement originaire du Sud. Elle tenta d'endiguer à deux reprises cette vague roulante de paroles puis devant l'insuccès de ses tentatives accepta un expresso « avec un zeste de citron vert, c'est la seule façon civilisée de le boire, ma chère ». Le garçon arrivé au bout de sa diatribe conclut d'un « voilà » qui la fit sourire.

— Je voulais juste connaître le prix du chat qui fait sa toilette.

— Ah oui, le prix, le prix, mais ce n'est pas la seule chose. 250 dollars. Allez pour vous, parce que je vous trouve très sympathique, 220.

Elle acheta le chat, songeant que pour ce prix-là, elle aurait pu ramener quatre matous en chair et en os à Maggie et sortit précipitamment de la boutique avant que le jeune homme ne se lance dans un autre monologue sur l'art et le mercantilisme.

Dans une autre boutique dont l'entrée en brique rouge ressemblait à celle d'une maison bourgeoise, elle trouva un grand coffret rempli de dizaines de petites fioles qui contenaient des essences d'arbres, de fruits ou de fleurs.

Gloria succomba à la tentation en anticipant la joie de Clare. Clare passait sa vie à renifler les choses, celles dont les couleurs la fascinaient, celles qui étaient belles, celles qu'elle mangeait et même celles qui lui faisaient peur. Il faudrait, bien sûr, la surveiller. Clare avalait tout ce dont l'odeur lui plaisait. Petite, elle enfournait dans sa bouche les boutons de roses et même les crèmes de beauté de Gloria. Gloria trouva également un os en peau de buffle pour Germaine qu'elle lui offrirait s'il n'avait rien dégradé dans la maison de San Francisco.

Elle prit un taxi au coin de Charles Street et rentra chez elle, chargée de paquets. Un message de Cagney l'attendait sur son répondeur. Katherine Dedham avait accepté de collaborer et un agent l'amènerait demain au John Fitzgerald Kennedy Building à 10 h 30.

Gloria alluma son ordinateur et pianota un long moment. Quelque chose était au bout de ses doigts, elle le sentait sans parvenir à vraiment l'identifier. La solution n'était plus qu'à un geste d'elle, il suffisait simplement d'ouvrir son esprit et de se laisser guider par les équations. *Ab uno disce omnes* serinait Hugues de Barzan. À partir d'un seul point apprendre à connaître tous les autres. Gloria finissait presque par sentir la présence malfaisante de Lady-Killer à ses côtés. C'était un sentiment à la fois terrorisant et exaltant, sauvage et féroce.

La sonnette de l'interphone la fit sursauter. Elle demeura un instant la bouche entrouverte, fixant la porte d'entrée blindée dont elle apercevait un angle depuis sa chaise. Elle gloussa de sa peur et se leva pour répondre :

— Mrs Parker-Simmons ? Je suis le caporal Greenberg. Je suis envoyé par Mr Cagney.

Elle l'invita à monter et n'ouvrit la porte de son appartement que lorsqu'elle aperçut par l'œilleton la silhouette juvénile en uniforme de Marine. Il avait coincé sa casquette sous son aisselle et lui tendit un épais dossier. Gloria détailla en souriant les cheveux blond-roux coupés ras du très jeune homme qui se tenait rigidement devant elle.

Elle baissa les yeux lorsqu'elle comprit qu'elle le faisait rougir et le remercia en prenant le dossier. Il redescendit précipitamment les marches comme si elle lui avait fait une proposition inconvenante.

Gloria découvrit la grande carte carrée griffonnée de l'écriture fine et nerveuse de Cagney. « Chère Mrs Parker-Simmons, quelques rapports et dossiers dont j'ignore s'ils vous seront utiles. Avec ma considération. À bientôt. »

Gloria parcourut d'abord rapidement les listings informatiques. Une des liasses concernait tous les rapprochements qu'avait tenté d'opérer le Bureau pour comprendre la distribution des lieux des meurtres, l'autre tentait en vain de dénicher un quelconque lien entre les victimes. Mais c'est la troisième liasse qui retint son attention. Il s'agissait de tous les détenus ou des libérés sur parole qui avaient bénéficié de la procédure de traitement anti-androgène. Elle lut et relut les détails de la vie de ces hommes, s'imprégna des particularités de leurs meurtres ou viols. Le dossier de Desmond Millard, amoureux de botanique et vampire de petits garçons, la mit dans une rage comme elle n'en avait pas ressenti depuis longtemps. L'indifférence absolue de Millard pour ses crimes, son maniérisme et son monstrueux ego la plongèrent dans un univers dont seuls l'amour et l'innocence de Clare pourraient la nettoyer un jour, lorsque enfin elle serait de retour à San Francisco. Pourtant, quelque chose dans la lecture de ces feuilles lourdes de haine, de sang, de souffrance la mit en alerte. Gloria ferma les yeux, renversa la tête et laissa son esprit passer en revue toutes les possibilités que lui proposaient ses neurones. *Sui generis, sui generis*. Percer l'essence particulière de la chose. Elle ouvrit les yeux brutalement et chercha dans les fichiers de son ordinateur le programme qui commandait la sification de données qu'elle avait légèrement modifiées au fil des années, pour minimiser les risques de cette analyse. Gloria balança sur le programme les couples de valeurs représentant les victimes de Lady-Killer qu'elle avait déjà entrées en mémoire. Elle opta pour une classification hiérarchique ascendante puisque c'était la seule procédure mathématique qui tolérât des variables qualitatives. Gloria introduisit ensuite les données disparates qui représentaient les victimes de Desmond Millard, Raul Estevan, George Sterling et Kirk Ford, les considérant séparément comme si elles constituaient chacune un groupe distinct. Il suffirait ensuite de les rassembler progressivement dans des sous-groupes en fonction des mesures de distances les séparant ou au contraire des critères d'agrégation qui pouvaient les réunir. En dernière étape, l'ordinateur chercherait des correspondances et arrangerait les différentes valeurs à sa façon et de sorte à ce que la différence qui existait entre elles soit aussi minime que possible. Il proposerait alors des groupes constitués de données ressemblantes selon lui. Sur l'écran apparaîtrait un dendogramme qui lierait entre eux les cas similaires. Ce dendogramme, qui évoquait toujours pour Gloria l'image d'une colonne vertébrale dont sortaient des paquets de fibres nerveuses, progresserait ensuite comme les métastases d'une tumeur cancéreuse. Mais pour la première fois depuis que Gloria utilisait ce test mathématique, les données étaient des meurtres et le cancer s'appelait Lady-Killer.

Toute rage, toute hargne disparurent de son cerveau. Ses doigts volaient sur le clavier. L'index restait en suspens, prêt à frapper une touche pour aider la machine qui devenait une extension amicale de son intelligence.

Et puis l'ordinateur afficha enfin le message « fin d'exploitation des données, taper n'importe quelle touche pour continuer la séance de calcul ».

L'index de Gloria se rétracta. Les filaments du dendogramme allaient se tracer, s'infiltrer sous le verre à peine bombé de l'écran. Son rythme cardiaque s'accéléra : et si la solution était aberrante ? C'était toujours le risque avec ce test. Si les variables étaient insuffisantes, l'ordinateur trouverait quand même une ressemblance artéfactuelle et totalement inutilisable parce qu'il était programmé pour cela.

Gloria se leva et se servit un verre de chablis qu'elle dégusta lentement en fixant le message dont les lettres vibraient de pulsations presque imperceptibles. Elle reposa le verre vide et se rassit. Elle tapa sèchement la lettre « C », l'initiale de Clare, un porte-bonheur.

Le message disparut, remplacé par les pattes d'araignée du dendogramme. Sur le tronc central, la plus solide des métastases, s'inscrivirent les couples de données des femmes assassinées par Lady-Killer et deux autres couples de données, celles des victimes de Raul Estevan. Les autres, les victimes de Millard, de Sterling et de Ford, se répartissaient sur les branches extérieures du dendogramme, signant leur absence de parenté avec le tronc commun.

Gloria balança la représentation graphique sur un fichier vierge et l'expédia au numéro de e.mail que Cagney lui avait donné. Elle éteignit l'ordinateur et caressa l'écran qui verdissait pour devenir progressivement noir.

Raul Estevan avait un lien avec Lady-Killer, peut-être même était-ce lui. Mais comment Estevan aurait-il pu tuer ces femmes puisqu'il n'était jamais sorti de prison ?

18

Gloria s'avança d'un pas vif vers le large bureau de réception en fer à cheval du hall d'entrée du JFK Building. Une jeune femme rousse et rose se leva et lui tendit un badge en souriant :

— Vous êtes bien Mrs Parker-Simmons, n'est-ce pas ?

Un peu étonnée que cette fille qu'elle n'avait jamais vue la reconnaisse, elle répondit, hésitante :

— Oui, je suis attendue.

— Je sais. Mr Cagney n'est pas dans le bureau qu'il occupe d'habitude. Il a préféré la petite salle de réunion du deuxième. Il vous attend.

Gloria se dirigea vers les ascenseurs. Lorsque les battants se refermèrent sur elle ; elle jeta un regard vers la jeune femme qui s'était réinstallée devant son terminal. Elle téléphonait sans doute à Cagney.

Gloria se demanda s'ils n'utilisaient pas, comme à la CIA, un chronométrage des parcours pour les visiteurs. On savait qu'il vous fallait trois minutes trente pour parvenir jusqu'à un certain bureau, cinq pour aller et revenir des toilettes. On vous octroyait une minute supplémentaire et passé ce délai, un garde courtois mais ferme partait à votre recherche dans les couloirs. Il est vrai qu'en général, il se trouvait toujours une âme charitable, une secrétaire charmante ou un employé empressé pour vous accompagner dans vos déplacements sous le prétexte que vous auriez du mal à trouver votre point de destination.

Gloria réprima un gloussement lorsqu'elle découvrit Marilyn, la secrétaire de Cagney à Boston, qui l'attendait souriante à la sortie de l'ascenseur. Elle la suivit le long d'un couloir moquetté de gris sombre jusqu'à une grande porte double en contre-plaqué acajou.

— Mr Cagney est au téléphone, installez-vous. Il n'en a pas pour très longtemps.

Elle fit passer Gloria devant elle et referma la porte sans un bruit.

La salle de réunion était de taille modeste et les stores en tissu avaient été partiellement abaissés. Une grande table ovale en bois plaqué de la même teinte que la porte mangeait presque tout l'espace. Les sept fauteuils en tissu bleu pâle qui l'entouraient étaient inoccupés.

Le regard de Gloria fut attiré par une silhouette immobile et silencieuse tassée sur une chaise adossée au mur dans le coin le plus reculé de la pièce. Gloria comprit le retard de Cagney. Katherine Dedham était déjà arrivée et il tenait à ce qu'elles se rencontrent d'abord en son absence. Gloria songea qu'il venait de commettre une erreur de psychologie qui l'intrigua venant de lui. Elle avait du mal à aborder les gens, et ses sentiments à l'égard de ses congénères variaient le plus généralement entre irritation, méfiance et indifférence. Cagney aurait dû savoir qu'il constituait un médiateur essentiel s'il souhaitait que cette rencontre soit un succès.

Katherine Dedham sortit de son immobilité et fixa la femme qui la regardait d'un air pensif. Elle serrait ses mains jointes entre ses genoux. L'étrange regard gris-bleu surprit Gloria par son sérieux et parce qu'elle y déchiffrait également une sorte d'agressivité. L'amande fine de ses yeux et sa paupière inférieure presque rectiligne étaient soulignées par des sourcils très bruns, à peine arqués. Elle portait un seul petit anneau d'oreille en or du côté droit.

Gloria avait appris à sourire, à donner dans ce lent étirement des lèvres une impression de chaleur et de connivence, la preuve d'un intérêt amical. Elle sourit. Katherine rougit et baissa les yeux.

Gloria se détendit et se permit un fugace attendrissement pour cette fille. Elle était tout ce que Gloria aurait détesté être : visible, reconnaissable, massive. Gloria détailla Katherine qui fuyait toujours son regard. Elle avançait le torse en voûtant le dos pour minimiser une carrure qui l'embarrassait, gênée par ce corps puissant dont elle était pourtant fière. Elle serrait ses mains entre ses genoux pour dissimuler les ongles courts et plats, les crevasses et la rougeur de ses mains et sa mèche raide tombait sur le visage triangulaire, comme si la jeune femme avait voulu disparaître derrière. Katherine portait un jean fatigué, une chemise de bûcheron canadien à carreaux bleus trop épaisse pour la saison et entrouverte sur un tee-shirt blanc. Un sac à dos en nylon noir dont la languette était ornée d'un aigle jaune prenant son envol gisait au sol à côté du pied de sa chaise.

Gloria se rapprocha doucement d'elle et d'une voix calme et grave, celle qu'elle réservait à Clare, dit :

— Bonjour Katherine. Je m'appelle Gloria. Gloria Parker-Simmons.

Katherine répondit sans lever la tête :

— Bonjour, Madame.

— Appelez-moi, Gloria, cela me ferait plaisir. Vous comprenez, nous allons travailler ensemble, enfin si vous êtes d'accord et...

— Oui.

— Je suis mathématicienne, Katherine. Katherine ?

La jeune femme leva lentement le visage et le regard gris-bleu effleura celui de Gloria pour aller se perdre derrière elle. Gloria se contraignit à ne pas se retourner pour voir ce qu'elle fixait. Elle chercha à se remémorer ce qui se trouvait sur le mur. Une immense carte des États-Unis.

Gloria s'avança encore et tira le fauteuil qui se trouvait à proximité de la chaise occupée par Katherine. Elle s'assit sans la quitter du regard. Avançant légèrement le torse vers elle, elle poursuivit :

— Je sais que tout ceci doit être affreusement pénible pour vous, tous ces souvenirs, mais vous êtes notre seul lien.

— Non.

— Non, quoi ?

Gloria avança les mains et prit celles de Katherine. Elle dut forcer un peu pour les dégager d'entre ses genoux. Ce contact fit une curieuse impression à Gloria. Elle évitait en général les contacts physiques. Une simple poignée de main lui était désagréable, sauf avec Clare et peut-être également, dans une certaine mesure, avec Jade, parce que Jade semblait sans âge et sans sexe. Gloria aimait toucher la peau de Clare, l'embrasser derrière le cou ou les genoux. Lorsque Clare était encore petite,

Gloria prenait son bain avec elle. Ce corps d'enfant, lisse et glissant de savon qui nageait sur son ventre, s'accrochait à ses épaules ou à ses cheveux, barbotant comme un chiot, le nez bien droit au-dessus de l'eau, en éclaboussant toute la salle de bains, la calmait.

Katherine abandonna la contemplation du planisphère et fixa Gloria d'un air à la fois arrogant et inquiet.

— Non. Je veux dire : j'étais plus forte que ce taré, hein ? Je m'en suis sortie et je suis la seule.

Elle se tut brutalement mais ne dégagea pas ses mains de celles de Gloria. Qu'allait penser cette femme ? Qu'elle était idiote et vantarde ? Mais Katherine ne savait pas comment lui répondre.

— Oui, nous avons toutes vos descriptions et elles sont importantes. Mais ce n'est pas cela qui m'intéresse, ce que je veux savoir, c'est comment il bouge, pourquoi il bouge.

— Il bouge ?

— Oui. Vous chassez, Katherine ?

— Ben ouais, de temps en temps. C'est pas que j'aime trop ça de tuer des bêtes, mais ça nous ramène de la viande. C'est bon, le gibier.

— Oui. À votre avis, qui fixe les règles de la chasse ?

Katherine sentit qu'elle transpirait et que l'appréhension lui desséchait la bouche. Elle avait envie de répondre bien à cette femme qui la regardait en souriant, mais elle n'était pas sûre de comprendre ce qu'elle disait ni où elle voulait en venir. Et puis, cela faisait si longtemps qu'elle n'avait pas parlé vraiment à quelqu'un, sauf Fluffy, mais bon, Fluffy elle était toujours contente même quand Katherine lui disait des bêtises. Gloria sentit que la panique gagnait la jeune femme. Elle reprit calmement :

— Ce que je veux dire, c'est si par exemple le lapin reste dans son terrier vous ne pouvez pas le tirer, n'est-ce pas ? Mais s'il sort vous savez où il est ?

— Oui, je vois.

— Donc c'est la proie qui fixe les règles de la chasse,

les données du problème en quelque sorte, pas le chasseur. C'est la même chose pour le tueur. Ce n'est pas lui qui fixe les données du meurtre, même si c'est lui qui tue. Il faut qu'il trouve, qu'il voie sa victime d'abord, comme vous devez voir votre proie. Eh bien, cela Katherine, ce sont des mathématiques et c'est pour cela qu'ils m'ont engagée.

— Engagée ?

— Je suis une extérieure, mais je travaille parfois pour les Fédéraux.

Cagney choisit ce moment pour pénétrer dans la salle de réunion. D'un ton faussement enjoué, il lança :

— Je suis désolé de vous avoir fait attendre mais je vois que vous avez fait connaissance.

Gloria se retourna à demi pour lui envoyer un sourire acide. Amusé, il baissa les yeux en souriant. Gloria lança ironiquement :

— Oui, quelle coïncidence, n'est-ce pas ? J'expliquais à Katherine que c'est la proie qui permet de résoudre les équations parce que c'est elle qui fixe les variables, donc qui permet de les éliminer. Tant que la proie ne se décide pas, c'est elle qui a le pouvoir parce que c'est elle qui contrôle l'incertitude. Dès qu'elle fait un mouvement, elle donne la valeur qui permet de calculer l'équation.

La voix lente et essoufflée de Katherine les surprit :

— Oui, mais si la proie est maligne et qu'elle ne bouge pas ?

Elle serra ses mains comme gênée d'avoir prononcé une phrase complète.

Gloria la regarda et pour la première fois, lui sourit véritablement :

— Qu'est-ce que vous feriez à la chasse ?

— Du bruit pour lui faire peur, au lapin, je veux dire. On peut aussi enfumer le terrier. Si c'est un carnassier, on utilise un appât.

— Oui, c'est astucieux.

Le regard de Gloria redevint lointain et Cagney lut la

suite dans son expression. Son ancienne rancœur pour elle revint, mais par ailleurs, lui aussi avait déjà envisagé la possibilité d'un appât comme solution du problème.

— Nous avons installé Katherine au *Hyatt* pour quelques jours, Mrs Parker-Simmons. Une de nos jeunes recrues occupe la chambre voisine. Elle est chargée d'accompagner Katherine dans ses déplacements.

Katherine intervint d'un ton enjoué :

— Ouais, c'est chouette. Ils ont un ascenseur extérieur et quand on monte, on voit toute la ville. Et ils acceptent les chiens. J'ai emmené Fluffy, mais elle est restée dans la chambre. Inquiétez-vous pas, elle est très propre, il y aura pas de problème.

Gloria lâcha les mains de Katherine et fixa Cagney, tentant de suivre les méandres de sa pensée. Avait-il un plan précis ou éprouvait-il une sorte de compassion pour cette fille ? Il était suffisamment retors pour justifier l'un par l'autre et suffisamment complexe pour ressentir les deux en même temps.

Se tournant à nouveau vers Katherine, elle demanda :

— Connaissez-vous l'aquarium de Boston, Katherine ?

— Non.

— C'est un des plus beaux du monde, vous savez ? Ils ont même reconstitué une baleine à bosse et on peut assister au repas des requins. Il y a des poissons extraordinaires. Ma nièce adore cet endroit. Je peux vous y emmener si vous avez envie.

Katherine rougit et déglutit avec difficulté :

— Oui, j'aimerais bien. Quand ?

— Pourquoi pas cet après-midi ?

— D'accord.

— Mrs Parker-Simmons a raison, Katherine, c'est magnifique, vous ne serez pas déçue.

— Eh bien, c'est entendu. Je passerai vous prendre au *Hyatt* vers trois heures, ça va ?

— Oui.

Cagney sourit à Katherine et se dirigea vers la place

centrale de la table. Un petit pupitre en bois abritait une série de boutons et interrupteurs qui commandaient l'éclairage ou la descente de l'écran pour diapositives. Il enfonça une touche :

— Karen va vous raccompagner, Katherine, et Mrs Parker-Simmons viendra vous prendre un peu plus tard. Nous avons encore un peu de travail à faire.

Katherine se leva, ramassa son sac à dos, le jeta sur son épaule puis s'avança vers la porte. La main sur la poignée, elle se retourna vers Gloria et lança, presque hargneuse :

— Faut pas vous sentir obligée, hein ? Je peux y aller toute seule.

— Non. Cela fait très longtemps que je ne l'ai pas visité. C'est mieux à deux. Soyez prête. Si nous arrivons avant quatre heures nous verrons le numéro des lions de mer, des otaries et des dauphins.

Katherine hocha la tête sans la quitter des yeux, puis sortit.

Cagney fit signe à Gloria de le suivre vers la petite porte du mur opposé qui donnait sur un agréable bureau de taille moyenne. Elle comprit soudain pourquoi Cagney avait planifié sa rencontre avec Katherine dans une salle de réunion trop grande pour deux personnes et anonyme. Pour les déstabiliser, les contraindre à plus d'intimité afin de rétrécir le vide et l'espace trop grand. Il attendait, un vague sourire aux lèvres, qu'elle commente ou qu'elle réprouve. Elle n'en fit rien, s'assit et se contenta de demander :

— Souhaitez-vous que nous parlions de Raul Estevan ?

— Bien sûr. Je ne vous cacherai pas que le message que j'ai trouvé sur mon ordinateur m'a surpris. Estevan a été arrêté en 1985, il a été condamné à la prison à vie et incarcéré à Chicago. Il avait donné son autorisation pour subir le traitement antihormonal. Dans son cas, il n'était pas question de remise en liberté puisqu'il s'agissait de meurtres avec préméditation. Disons simplement que ce choix lui a garanti des conditions d'incarcération plus souples. Il n'a jamais bénéficié de permission, principalement parce qu'il ne les souhaitait pas. Et selon vous, il est lié à Lady-Killer ? Mais comment expliquez-vous ce résultat ?

— Je n'ai pas d'explication. Je vous dis seulement que les meurtres de Raul Estevan et ceux de Lady-Killer sont liés, c'est tout.

Cagney s'énerva et insista d'un ton calme et courtois :

— Vous êtes pourtant sensible à l'incohérence de cette affirmation. Par ailleurs, en l'essence, les deux types de meurtres sont très différents. Estevan est avant tout un gigolo et un voleur sans remords. Il a battu sa maîtresse, une certaine Lynn Lane, en 1984 pour lui dérober l'argent de la vente d'un bijou, offert par un amant de passage, qu'elle refusait de lui remettre. Il l'a achevée au couteau. Si l'on en juge par l'état du corps de Mrs Lane lorsqu'on l'a retrouvée dans son mobil-home, Estevan devait être dans une fureur noire lorsqu'il l'a frappée. À l'époque des faits, Estevan avait 22 ans et elle 34. Selon les différents témoignages qui ont été recueillis auprès des voisins et des autres employés du bar où elle travaillait, Mrs Lane n'était pas un prix de vertu et ne dédaignait pas quelques passes pour arrondir les fins de mois ou entretenir ses différents gigolos. Estevan a quitté l'Arkansas précipitamment et a atterri dans la région de Chicago où son charme lui a rapidement permis de se trouver une autre source de revenus, une certaine Samantha Evans, une gentille petite veuve, de vingt ans son aînée, avec quelques biens, une âme de midinette et beaucoup de solitude à combler. Estevan est parvenu à la mettre sur la paille en l'espace de quelques mois. Se sont-ils disputés, refusait-elle de le laisser partir, toujours est-il qu'il l'a emmenée à quelques kilomètres de Chicago et qu'il l'a poignardée. C'est lorsqu'il a tenté de revendre sa voiture que nous l'avons coincé. Estevan est un menteur compulsif. Il a d'abord prétendu qu'il n'avait pas tué ces deux femmes, reconnaissant cependant les avoir tabassées. Estevan est revenu ensuite sur cette déposition pour affirmer qu'il avait poignardé la première mais pas la seconde. Quelques mois plus tard, il jurait l'inverse sous serment. Il semble s'être racheté une conduite et selon les rapports du directeur de la prison, il fait preuve d'une conduite irréprochable, aidant les nouveaux détenus, faisant office de juge de paix pour les prisonniers, bref, un vrai petit ange !

— Vous ne croyez pas à la réhabilitation ?

— Pas pour ce genre d'individus, non.

— Pourquoi ?

— Parce qu'à mon avis, il s'agit d'un sociopathe. D'après les rapports des psychiatres, Estevan n'a jamais compris qu'il était mal de tuer pour prendre ce qui lui faisait envie. Il lui manque le concept fondamental de l'éducation humaine : le Bien par opposition au mal. Comme il est intelligent, il a prétendu le contraire au procès et c'est sûrement ce qui lui a sauvé la peau. Cela et sa belle gueule : il y avait quatre femmes dans le jury. Ce qui compte pour Estevan c'est ce qu'il veut, ce qu'il désire. Il est vrai qu'en ce sens, il rejoint Lady-Killer, mais l'énorme différence c'est que ce que convoite Estevan, ce sont des biens matériels, du confort, bref de l'argent.

— Que convoite Lady-Killer ?

— Je l'ignore mais ce ne sont pas des biens. Quel est le lien, Mrs Parker-Simmons ?

— Je vous ai déjà dit que je n'en avais pas la moindre idée. Je sais qu'il existe, c'est tout. Où en êtes-vous avec ses femmes ? Les victimes, je veux dire.

— Encore des liens à démêler. Rien pour l'instant. Nous sommes en train de déterrer leur passé pour savoir si elles avaient quelque chose en commun, leurs passe-temps, leurs vacances, les marques de leurs anciennes voitures, n'importe quoi.

Gloria se leva :

— Vous me tiendrez au courant, n'est-ce pas ?

— Une seconde, Mrs Parker-Simmons. Qu'avez-vous pensé de Katherine ?

— Pas grand-chose pour l'instant. C'est un curieux mélange de fanfaronnade et de timidité. Elle véhicule une sorte de complexe d'infériorité latent, et ceci en dépit du fait qu'elle est indubitablement intelligente. Elle est à la fois déroutante et assez prévisible. Oui, décidément, c'est un bien curieux mélange.

— Elle est assez attendrissante, n'est-ce pas ? Enfin, surtout lorsqu'on a eu l'infortune de rencontrer son père, une caricature de *white trash*, les tares en plus. Mrs Parker-Simmons, il est fondamental pour l'enquête que Katherine se sente bien avec nous, qu'elle ait confiance. Et elle est un peu comme un animal, méfiante.

— C'est pour cette raison que vous avez arrangé cette rencontre et admirablement planifié votre retard, Mr Cagney ?

Il la fixa, le visage indéchiffrable :

— Oui. J'ai pensé que dans son cas une femme serait, comment dire, plus rassurante.

— Je vois.

— Vraiment ? Passez un bon après-midi avec Katherine, Mrs Parker-Simmons.

Il appuya sur une touche de standard téléphonique qui était posé sur le bureau :

— Marilyn va vous raccompagner.

19

Cagney attendit quelques dizaines de minutes dans le bureau, fixant la porte par laquelle Gloria était sortie. Il sortit son portefeuille de la poche intérieure de sa veste et tira le Polaroïd : Ann, la compagne, l'amante idéale à cause de qui il avait divorcé et avec laquelle il n'avait même jamais couché. Peut-être aurait-il dû l'expliquer à sa femme Tracy, mais elle lui en aurait encore davantage voulu. Ann ou *Le songe d'une nuit d'été*, une comparaison qui plairait sûrement à Mrs Parker-Simmons qui semblait partager son goût pour Shakespeare. Soudain, une autre comparaison lui vint à l'esprit. Clare était l'Ann de Gloria Parker-Simmons. Elles remplissaient le même rôle, celui d'un amour parfait, inaltérable puisque l'objet aimé ne pouvait pas changer, vouloir s'échapper. Il avait perdu Ann et donc la garderait toujours. Quant à Clare, elle resterait un petit enfant aimant et dépendant. Une peine étrange et violente le submergea sans qu'il sût très bien ce qui la provoquait.

James Irwin Cagney se leva et récupéra son attaché-case sous le bureau. Il lui restait peu de temps pour se rendre à Logan Airport et sauter dans l'avion qui devait le conduire à Chicago.

Lorsque Gloria pénétra dans le hall du *Hyatt* à trois heures moins le quart, Katherine l'attendait déjà, debout à côté des ascenseurs. Elle hésita puis s'avança lentement vers Gloria. Elle s'était changée : elle portait une chemise en jean aussi délavée que son pantalon et s'était chaussée de tennis. Elle essuya machinalement sa paume de main sur sa cuisse et la tendit à Gloria.

— Rebonjour, Katherine.

Une jeune femme brune, aux cheveux courts et bouclés apparut à leur côté sans que Gloria ne l'ait vue arriver. Katherine dit :

— C'est Karen. Elle dit qu'elle doit venir avec nous mais si ça vous embête...

— Mais pas du tout. Bonjour, Karen.

— Bonjour, Mrs Parker-Simmons.

— Bien, nous y allons ? C'est à Central Wharf. On peut s'y rendre en métro mais il faut changer. Le mieux est peut-être de prendre un taxi.

Katherine se lança :

— Je préférerais le métro. J'ai jamais pris le métro.

Karen intervint :

— Nous prenons un taxi. Mr Cagney a été formel.

Gloria la regarda et comprit pourquoi elle portait une veste assez ample sur son tee-shirt et pas de sac à main. Elle pouvait dissimuler un holster et tirer sans être gênée. Gloria se demanda si Cagney redoutait véritablement que Lady-Killer suive Katherine jusqu'à Boston, ou si la présence de ce garde du corps armé faisait partie d'une routine établie.

Le voyage sur les nids-de-poule des rues bostoniennes fut silencieux. Katherine, le nez collé à la vitre, souriait. Lorsqu'elles descendirent du taxi, Karen régla la course et fit établir un reçu.

Elles pénétrèrent dans l'immense salle principale de l'aquarium et Gloria sentit l'excitation de Katherine. Elle lui rappela Clare dont les muscles se tendaient et la bouche se crispait lorsqu'elle était heureuse ou émerveillée. Elles s'approchèrent du gigantesque cylindre de verre, haut de deux étages qui montait au milieu de la salle et autour duquel un plan incliné en colimaçon permettait aux curieux de suivre les évolutions élégantes et nerveuses des requins blancs. Katherine avait le regard fixé sur le cylindre. Sans tourner la tête, elle déclara :

— Paraît que c'est vraiment des sales bêtes. Paraît qu'ils peuvent couper le bras d'un homme d'un coup de dents et l'avaler entier. Ils ont un foie énorme, une vraie poubelle.

Gloria répondit :

— Oui. Ils sortent tout droit de la préhistoire.

— J'aime pas ces bêtes-là. C'est vraiment des tueurs.

— Elles remplissent une fonction, comme les autres, Katherine.

Gloria lui sourit et l'entraîna vers le fond de la salle où de grands aquariums encastrés dans les murs reconstituaient les différents habitats des espèces de poissons qu'ils abritaient. Une énorme langouste, longue de près d'un mètre et dont la légende prétendait qu'elle avait cent ans, fascinait les badauds. Un couple de Français d'âge moyen la regardait avec tendresse et Katherine s'offusqua lorsque Gloria traduisit pour elle la question de la femme à son mari : « Tu crois que l'on peut servir combien de convives avec une bête de cette taille, mon chéri ? »

Katherine tomba en arrêt devant le réservoir qui reproduisait l'écosystème malsain et sale du fond de la baie de Boston. Des boîtes de conserve rouillées et éventrées, des bouts de plastique et une vieille chaussure en toile déchiquetée jonchaient le sol de l'aquarium. L'étiquette précisait qu'il contenait sept poissons-caméléons et invitait les visiteurs à les débusquer. Katherine se piqua au jeu et en trouva rapidement cinq. Le mimétisme absolu des deux derniers les rendait invisibles. Gloria en repéra un dont la peau couleur de vieille rouille et les nageoires tachetées et comme effilochées le faisaient ressembler au couvercle cabossé d'une boîte de conserve. Elle ne dut sa perspicacité qu'au léger mouvement d'eau qui trahissait ses branchies. Elles ne trouvèrent pas le dernier et Gloria dut presque tirer Katherine dont l'obstination ne fut vaincue que par l'envie de voir les tours des dauphins.

Les otaries s'acquittèrent de leur numéro de balles et de plongeon, saluant chaque nouveau poisson que la jeune dresseuse leur offrait d'un applaudissement de leurs nageoires et d'un cri qui tenait à la fois d'un barrissement et d'un aboiement. Puis les dauphins entrèrent dans la piscine et Katherine se souleva de son siège. La dresseuse expliqua que le groupe de mammifères était mené depuis trois ans par une femelle dominante. Elle précisa que la dauphine était la mère de deux des jeunes mâles qui nageaient à ses côtés, et que la femelle céderait probablement la charge de protéger le groupe à l'un de ses fils, s'il était assez fort, lorsqu'elle se sentirait trop âgée. Enfin, elle leur apprit que les dauphins étaient avec les orques et les baleines les seuls animaux marins capables de tuer un requin blanc, lorsqu'il s'attaquait à leurs jeunes. Ils formaient alors des cercles concentriques de protection, les mâles et les femelles les plus forts à l'extérieur, les jeunes femelles ensuite et au centre de ces deux murailles de muscles et d'intelligence, les jeunes. Un grand mâle et ou une femelle dominante se portait volontaire pour le combat et éperonnait le flanc droit du squale de son nez jusqu'à ce que son foie éclate. Katherine était fascinée. Elle s'était rapprochée du bord de la piscine et Karen la retint par la manche de sa chemise.

— Putain, quelles bêtes ! Ils sont malins et ils sont beaux, hein ? Et drôlement courageux.

La musique commença et la jeune dresseuse se rapprocha du bord de la piscine pour parler à la femelle et la caresser. Elle tendit un cerceau au-dessus de l'eau. La femelle nageait paresseusement, saluant, la tête hors de l'eau, pour replonger aussitôt. Les quatre autres dauphins la suivaient. Rien n'y fit, ni les caresses, ni les poissons, ni les prières. La femelle se redressa, son magnifique corps musclé et lisse presque complètement hors de l'eau, et s'avança vers la dresseuse en parlant.

— Mesdames et messieurs, je suis désolée, elle ne veut rien faire aujourd'hui. Cela arrive de temps en temps. Les autres lui obéissent. Nous vous rembourserons vos billets à la sortie ou vous les échangerons pour une autre visite. On ne force pas un dauphin. Il fait les choses parce qu'elles l'amusent ou qu'il veut faire plaisir.

La salle de la piscine se vida progressivement dans un bruit de fond de murmures dépités ou énervés. Katherine était ravie et hilare.

— C'est des bêtes géniales. Y a pas eu moyen, hein ? Attendez, je veux encore rester un peu, pour les voir nager, c'est beau.

Elles restèrent seules toutes les trois. Katherine riait aux éclats, et applaudissait lorsque la dauphine passait escortée des autres mammifères à côté d'elles. Gloria souriait et Karen veillait. Soudain, Gloria vit Katherine renverser la tête en arrière et plaquer sa main sur son nez.

— Merde, oh merde, articula-t-elle.

Gloria se leva et retira la main de Katherine de son visage. Un flot de sang coulait de son nez, coulait dans sa bouche et dévalait le long de son menton.

Karen cria :

— Qu'est-ce qu'on fait ?

— Mais c'est rien, vous affolez pas, ça m'arrive souvent. J'ai pas de mouchoir.

Gloria sortit un étui de mouchoirs en papier de sa pochette et essuya le bas du visage de Katherine. Sa main devint tiède de son sang. Sentant la nervosité de Katherine, elle murmura :

— Chut, ne t'énerve pas, ça va passer. Reste avec la tête renversée. Respire par la bouche.

Elle introduisit un coin du mouchoir dans la narine droite de Katherine et caressa son front moite. Un jour, Clare était tombée. Elle s'était relevée en riant jusqu'à ce qu'elle sente le liquide chaud couler de son nez. Elle s'était essuyée et lorsqu'elle avait constaté que sa paume était rouge et poisseuse, avait commencé à hurler. Elle était devenue comme folle et avait brisé une chaise à coups de pied, ruant dès que l'on tentait de s'approcher d'elle. Gloria avait eu un mal fou à la calmer. Katherine se détendit progressivement. Karen tournait autour des deux femmes sans savoir quoi faire.

— Karen, asseyez-vous, je vous en prie. Ça passe.

Gloria retira le bout de mouchoir et le remplaça par un coin propre. Le sang avait presque cessé de couler. Katherine fermait les yeux.

— C'est fini, Katherine. Le sang s'est arrêté.

Katherine ouvrit les yeux et fixa Gloria avec un regard étrange. Ses yeux se posèrent sur la main maculée de sang de Gloria et elle soupira.

— Faut vous laver... Je... Enfin, je veux dire : j'ai pas de maladie.

Gloria lui sourit :

— Je sais. Ce n'est rien. Je vais aller aux toilettes.

Katherine s'enferma dans un mutisme presque total pendant le reste de la visite. Gloria parvint à peine à lui tirer quelques monosyllabes. Lorsqu'elles reprirent le taxi, Gloria demanda :

— Vous voyez un médecin pour ces saignements de nez ?

— Ils sont nuls les médecins. Ils savent que donner des cachets et on est encore plus malade après.

— Les mauvais peut-être, mais il en existe beaucoup de bons.

— Non. Ma mère est morte à cause d'eux. J'ai pas confiance. Je vais chez quelqu'un qui connaît les rythmes biologiques, un naturopathe. D'ailleurs, je saignais presque plus du nez, sauf que j'y suis pas retournée pendant quelque temps à cause de la ferme, alors bien sûr, c'est revenu. Vous n'y croyez pas, hein ?

— Je crois à tout ce qui marche, Katherine, et l'essentiel c'est que vous vous fassiez soigner.

Gloria tenta d'orienter la conversation vers sa mère mais se heurta à un silence buté. Elle les raccompagna jusqu'à l'ascenseur en verre de l'hôtel. Katherine baissait la tête, lèvres serrées. Fuyant le regard de Gloria, elle déclama d'un ton monocorde et glacial :

— C'était sympa de m'emmener. C'était génial. En plus, vous devez pas avoir que ça à faire. Merci. Bon, ben au revoir. Toute façon, on se reverra peut-être pour ce type.

Gloria regarda la porte vitrée de l'ascenseur se refermer sur elles et suivit des yeux leur montée, perplexe. Avait-elle manqué de finesse en l'interrogeant sur sa mère ? Katherine s'en voulait-elle d'avoir paniqué lorsqu'elle avait commencé à saigner ? Il fallait pourtant consolider le lien que Gloria était parvenue à créer entre elles. Katherine était sa seule source d'informations, même si Gloria ignorait toujours quelle piste elle pourrait lui fournir.

Gloria prit un taxi qui la déposa devant la bibliothèque de médecine du MIT. Elle hésita, se demandant si elle demanderait des nouvelles du professeur Hugues de Barzan. Une étrange timidité et l'idée qu'il lui faudrait expliquer des tas de choses à Hugues la convainquirent de la nécessité de ne pas l'avertir de sa visite. Plus tard, peut-être.

Gloria avait senti durant les derniers mois de leur amitié, ou plutôt de leur échange intellectuel, que le regard que portait Barzan sur elle changeait. N'étant plus une enfant qu'il fallait éduquer et conduire par la main, elle était devenue une femme. Gloria n'avait pas plus envie aujourd'hui qu'à l'époque de s'interroger sur les sentiments des autres à son égard, qu'ils fussent flatteurs ou dévalorisants. C'était pour cette raison qu'elle n'avait pas laissé sa nouvelle adresse à Barzan et qu'elle ne l'avait plus appelé.

Elle passa la fin de l'après-midi et le début de la soirée à compulser des ouvrages.

Elle prit ensuite un taxi jusqu'à son appartement de Brookline et s'assit pensivement devant son ordinateur. Elle composa le numéro bostonien que lui avait donné Cagney mais bascula sur son serveur vocal. Elle n'hésita pas, cette fois-ci, à lui laisser un message qui lui demandait d'autoriser le docteur Amy Daniels à la recevoir et surtout à lui parler.

James Irwin Cagney fut introduit le lendemain matin à 8 heures précises dans le bureau du directeur adjoint de la prison de Chicago, une femme avenante d'une cinquantaine d'années et dont le sourire joyeux contrastait étrangement avec le regard perçant et mobile.

— Je suis Martha Zilberman, Mr Cagney, dit-elle en lui tendant la main. Mr le Directeur est désolé de ne pouvoir vous recevoir en personne, il s'est cassé la malléole. Rien de grave, mais c'est très invalidant. J'espère être aussi utile qu'il l'aurait été.

Cagney n'ignorait pas que les petites conversations faussement personnelles, puisqu'en général elles ont toujours pour objet une tierce personne, permettent de créer un semblant de familiarité qui fait tomber bien des obstacles.

— La cheville, c'est toujours très handicapant. Mais comment cela s'est-il produit ?

Martha Zilberman gloussa en tentant de garder son sérieux :

— Que c'est bête de rire. Je suis désolée, ce n'est pas drôle. Mr le Directeur s'est cassé la cheville en sortant les poubelles. C'est moins héroïque qu'un règlement de comptes entre prisonniers mais tout aussi redoutable. Il a glissé sur la planche à roulettes de son petit-fils.

Cagney se permit un sourire qui détendit Martha Zilberman et embraya d'un ton calme :

— Comme je vous l'ai expliqué par fax, je souhaite discuter avec Raul Estevan.

— Oui, bien entendu. Il y a un problème ?

— Pas véritablement, non. Nous avons juste besoin d'informations complémentaires. Comment le caractériseriez-vous ?

— A priori un prisonnier modèle, un atout pour la communauté carcérale, d'un côté comme de l'autre. C'est un personnage fort ici. Il a la confiance des détenus et nous aide parfois.

— Comment cela ?

— En calmant le jeu. Il tempère les plus coriaces, les fouteurs de merde, en d'autres termes. Il évite quelques humiliations et passages à tabac aux plus faibles, bref c'est un élément modérateur.

— Il n'a jamais eu de problèmes avec des chefs de bandes d'ici ?

— Non. Peut-être au début, je ne sais pas. Je ne suis en poste ici que depuis trois ans.

— Comment expliquez-vous cette sorte d'immunité ? Pour ce que j'en sais, ce pénitencier n'est pas un jardin d'enfants.

— En effet, oui. En fait, il se crée parfois des associations étranges dans les univers carcéraux, des symbioses difficiles à expliquer. Vous savez, ici, c'est un monde à part. Lorsqu'un système marche, on ne cherche pas trop pour quelles raisons. On s'en contente. Nous avons chez nous des détenus lourds : 30 % d'entre eux ne reverront pas l'extérieur. Comment voulez-vous faire peur à ces gens-là ? La mort ? Ils savent qu'ils peuvent la rencontrer à n'importe quel moment dans les douches ou même dans leur cellule.

— Oui, bien sûr.

— De surcroît, Estevan est assez religieux, cela impressionne favorablement les autres détenus, même s'ils se disent au-dessus de ce genre de choses.

— Vous pensez réellement qu'Estevan est sincère dans sa foi ?

— Difficile à dire. Pas mal nous ont déjà fait le coup. Une vision, un an de dévotion et on dépose une demande de révision de peine parce qu'on est devenu un saint. Dans le cas d'Estevan pourtant, c'est assez convaincant.

— C'est quel genre de philosophie ?

— Bof, Estevan est d'origine mexicaine, ceci explique peut-être cela, je ne sais pas. Il pratique une sorte de catholicisme assez désespéré et assez rigide. Il faut dire qu'ici, les petits agneaux de Dieu sont rares.

— Puis-je lui parler ?

— Bien sûr. Je ne vous accompagne pas. L'un de nos gardiens va le faire. Nous limitons au maximum nos visites afin qu'elles ne soient pas interprétées comme de l'arrogance.

— Je comprends.

— Mr Cagney ? Permettez-moi d'insister sur deux points. Estevan est d'une intelligence au-dessus de la moyenne. De surcroît, Mr le Directeur, que j'ai appelé dès que j'ai reçu votre fax, et moi-même souhaitons préserver au maximum le calme relatif qui règne dans ce pénitencier, un peu grâce à Estevan. Mes ordres sont de vous apporter mon concours absolu, mais je vous serais reconnaissante de conserver ce point à l'esprit lorsque vous l'interrogerez.

Cagney lui sourit et dit posément :

— Croyez que je suis sensible à vos arguments et que j'en tiendrai le plus grand compte, Madame Zilberman. Mais huit femmes ont été sauvagement assassinées et une neuvième viendra bientôt les rejoindre. Et voyez-vous, ces femmes-là n'avaient jamais rien fait de répréhensible.

Le sourire de Martha Zilberman s'élargit mais ses yeux bruns se firent glacés.

— Je vous comprends parfaitement, Mr Cagney, et je vous approuve en tant que femme et citoyenne. Mais je suis également sous-directrice d'une prison difficile. Je vous l'ai dit. C'est un autre univers : il a ses règles et son code de conduite et nous les suivons tous à notre manière. Je ne tiens pas à régler une émeute.

Cagney effleura du regard les jolies narines pâles et serrées, les maxillaires crispés. Elle souriait toujours.

— Je serai très prudent, je vous le promets.

Le regard se fit plus doux :

— Bien, je vous fais accompagner. Nous vous avons réservé la cellule des avocats. C'est plus chaleureux, enfin c'est moins sinistre que la cellule des visites policières. Je vous attends.

Cagney suivit un gardien qui portait accroché à la ceinture un bâton en fibre de verre. C'était un petit homme maigre et roux pâle. Ses taches de rousseur envahissaient jusqu'à la peau de son crâne. Il ne devait pas être loin de la retraite. L'homme ouvrit une première grille et s'effaça pour permettre à Cagney de passer. Il referma la grille. Quelques mètres plus loin, le déverrouillage recommença.

— Elles ne s'ouvrent pas automatiquement ? demanda Cagney.

— Si, Monsieur, mais c'est l'habitude.

Des exclamations s'élevèrent des cellules de l'étage supérieur.

— Salut Rocky, comment ça va Stallone ? Le petit cul de Rocky, ça me fait bander. Eh chéri, tu montes ?

Gêné, le petit homme roux se tourna vers Cagney :

— Faut pas faire attention, Monsieur, ils se moquent de moi, rapport à ma carrure, mais c'est pas méchant.

— Je sais, c'est partout pareil.

L'homme eut un petit sourire triste.

Ils montèrent une volée de marches métalliques et suivirent une passerelle suspendue au milieu de deux rangées de cellules. Un grand Noir en slip passa le bras entre les barreaux et susurra d'un ton sensuel :

— Ooooh, Rocky, baby, baby, j'ai encore rêvé de toi cette nuit. Si tu savais ce que je te faisais. Hummm, c'était bon. Ta femme demanderait le divorce...

Il éclata de rire et un concert de sifflements et de gloussements salua le passage de Cagney et de Rocky.

— Ils ne sont pas méchants avec moi, vous savez ? À Noël, ils m'ont offert une écharpe. Bordeaux et puis de la belle laine. Je suis pas marié. Ça les amuse et c'est pas grave.

Cagney lui sourit, ne sachant pas quoi répondre.

— Comment vous appelez-vous ?

Le gardien le regarda, ému qu'il lui demande son nom :

— Stanley Donnell, Monsieur. Mais vous pouvez m'appeler Rocky. Tout le monde m'appelle Rocky, même Mr le Directeur. Je préfère, même.

— Bien, Rocky.

Rocky le mena jusqu'à un palier. Cagney bifurqua à sa suite vers la droite et le gardien s'immobilisa devant une porte en bois, la première qui ne ressemblât pas à celle d'une cage.

— Voilà, nous y sommes. Estevan est déjà là.

Il allait introduire la clef dans la grosse serrure lorsque Cagney l'interrompit :

— Que pensez-vous d'Estevan, Rocky ? Franchement.

— Ça fait plus de dix ans qu'il est là. Je le connais bien. (Il regarda Cagney, hésitant, puis se lança.) Je crois pas à son truc. Je les connais tous bien, vous savez. Je sais que Mr le Directeur et Mme la sous-directrice sont contents parce qu'il leur fout la paix, mais moi je ne marche pas. C'est du pipeau. J'en ai vu des taulards et des sérieux. C'est pas les plus calmes et les plus propres sur eux qui sont forcément les meilleurs. Évidemment, ils font gaffe avec la hiérarchie à cause que s'ils veulent une perm, vaut mieux qu'ils soient bien avec eux. Mais nous on sait. On vit toute la journée avec eux. Une brebis vraiment galeuse, ça se reconnaît parce que ça pue et Estevan, il pue. Le grand Noir, celui qui m'a dit des cochonneries, c'est pas un tordu. C'est un violent et il contrôle pas sa force. Il a tué sa nana ; pourtant, il l'aimait. Il a cogné trop fort parce qu'elle le cocufiait. C'est pas une excuse, vous allez me dire, et vous avez raison. Mais c'est pas un dégénéré. Estevan, c'est un dégénéré, mais c'est un malin. Il est intelligent et il a pris de l'éducation en taule. Il sait plus de choses que moi, pour sûr. Peut-être même plus que Mr le Directeur.

— Vous croyez qu'il trafique avec l'extérieur ?

— Je suis sûr. D'abord, il a trop de pognon et c'est pas normal. Et puis, il y a eu des trucs...

— Des trucs ? Quels trucs ?

Rocky le fixa sérieusement et Cagney sentit qu'il allait se fermer comme une huître.

— Ça reste entre nous, Rocky, d'accord ? Personne ne saura ce que vous m'avez dit, vous avez ma parole d'honneur.

— Y a des mecs qui se sont fait descendre ici. Des grandes gueules, des mecs qui aimaient pas Estevan. On n'a jamais rien pu prouver, faut dire qu'on n'a jamais vraiment cherché. C'est pas la bondieuserie d'Estevan qui a calmé les autres, c'est la trouille. Même les gardiens ont la trouille, mais lui ne fait jamais rien. Il est incoinçable. (Il sembla encore hésiter un peu, puis finit par se décider.) Et puis, il y a eu ce tocard, un avocat marron, un certain Broderick Purdy. Un magouilleur de première, pas une grande pointure mais un futé. Estevan et lui ont pas mal fricoté ensemble. Et ensuite, j'ai cru comprendre que Purdy avait le feu au cul. Estevan l'a balancé, il en a même rajouté. Enfin, à moins qu'il ait essayé de faire croire au directeur qu'il avait coupé toutes relations avec Purdy, je sais pas.

— Merci, Rocky. Ce genre de renseignements est très important pour moi.

— À votre service, Monsieur. Le petit boîtier qu'ils vous ont remis à l'entrée, c'est une sonnette électronique, d'accord ? Quand vous avez fini, vous sonnez, et je reviens vous chercher, d'accord ?

— D'accord, merci.

Cagney pénétra dans la petite cellule. On avait fait un effort de confort et deux fauteuils flanquaient une table en bois sur laquelle était posé un grand cendrier en laiton. Estevan se leva à son entrée et lui tendit la main avec un sourire réservé.

— Bonjour, Mr Estevan.

— Bonjour, Mr Cagney. Vous êtes du FBI, n'est-ce pas ? Cela fait très longtemps que je n'avais pas eu la visite de gens de chez vous. J'espère que vous ne comptez pas m'interroger à nouveau au sujet de cette histoire. C'est tellement vieux, maintenant. Tellement de choses se sont passées depuis.

— C'est ce que j'ai cru comprendre, en effet.

— Puis-je vous demander, alors, l'objet de votre visite ? Je n'ai pas demandé de remise de peine. Je doute d'ailleurs qu'on me l'accorderait.

Cagney détailla discrètement l'homme qui s'était réinstallé en face de lui. Il avait presque trente-quatre ans maintenant. En dépit de son incarcération de plus de dix ans, il avait conservé un physique irréprochable. Il était assez grand, d'une minceur musclée. Ses cheveux bruns épais et frisés, coupés court, lui faisaient un casque. Le beau nez droit conférait à son visage une grâce à la fois virile et élégante. Ses mains fascinèrent Cagney, des mains longues et fines de femme, mais nerveuses comme celles d'un homme. Le regard brun, caressant et interrogateur fixa Cagney qui comprit instantanément pourquoi cet homme avait tant séduit, jusqu'à la hiérarchie de la prison.

— Mr Estevan, je ne vous ferai pas l'injure de prétendre que ma venue est motivée par la courtoisie...

Le sourire chaleureux s'élargit, découvrant de magnifiques petites dents blanches.

— ... Avez-vous conservé des rapports avec l'extérieur ?

— Non. Vous le savez sans doute. Je n'ai jamais reçu de courrier, ni de visite depuis dix ans. À l'exception, bien sûr, des psychiatres, policiers et avocats. Mr le Directeur ou Mrs Zilberman vous en donneront la liste.

Cagney l'avait déjà rangée dans son attaché-case.

— C'est, au demeurant, une des raisons pour lesquelles je suis aussi bien ici que dehors. Les choses ont tellement changé à l'extérieur. Je ne connais plus personne. Et puis j'ai l'impression que je suis plus utile en prison.

— Oui. On m'a dit que vous aviez une sorte de fonction ici. Il semble que votre foi apaise les autres prisonniers.

— Pas une « sorte », Mr Cagney.

Estevan embraya sur un délire mystique qui devait durer plus de dix minutes. Le Christ lui était apparu et il avait compris son message, sidéré et humble parce qu'il avait été choisi. Il parlait d'une voix lente, étrangement timbrée, comme si elle ne lui appartenait pas vraiment, les yeux fermés et Cagney l'observait, surveillait les contractions des longs cils bruns de sa paupière supérieure. Il se tut. Cagney ne le lâcha pas des yeux. Lorsque Estevan rouvrit lentement les paupières, Cagney sut que sa transe était feinte : ses globes oculaires n'avaient pas bougé et sa pupille était normalement rétractée pour l'intensité lumineuse qui régnait dans la pièce, preuve qu'il avait conservé sa vigilance visuelle même les paupières closes.

Cagney lui sourit et dit :

— Oui, je vois.

— Quelle est la raison exacte de votre visite, Mr Cagney ? Enfin, si ce n'est pas confidentiel.

— Non, cela ne l'est pas. Je voulais vous voir, vous entendre. Vous faites partie de nos fichiers.

Il sentit que l'autre s'inquiétait en dépit de son sourire avenant.

— Ah, vraiment ?

— Oui. Nous suivons l'évolution psychologique de nos « cas », si vous me permettez ce terme. J'avais oublié de vous préciser que j'appartenais au département des sciences du comportement du FBI.

— Très intéressant.

Estevan se tendait et conservait les mains bien à plat sur la table. Le plus sûr moyen de les empêcher de trembler.

— Oui. Un de nos ordinateurs a trouvé une chose tout à fait incohérente. C'était tellement étonnant que j'ai décidé de vous rendre une visite.

— Et puis-je vous demander de quelle chose il s'agit ?

— Selon lui, vous seriez Lady-Killer.

Estevan gloussa et eut un petit geste désolé.

— Excusez-moi. C'est tellement invraisemblable. Je ne suis pas sorti d'ici depuis dix ans.

— Oui, c'est également ce que j'ai pensé. Eh bien, je ne vous dérangerai pas plus longtemps, Mr Estevan. Merci de votre coopération.

Cagney se leva et se dirigea vers la porte.

— C'est tout, Mr Cagney ?

Cagney se retourna, la sonnette électronique à plat dans la paume. Il pressa le bouton. Estevan frottait ses paumes de mains l'une contre l'autre :

— Mais bien sûr, Mr Estevan.

Rocky, qui devait attendre à proximité de la porte, le fit immédiatement sortir. Cagney souriait. Les pupilles d'Estevan s'étaient rétrécies jusqu'à ne plus former que des têtes d'épingles, comme s'il était sous influence et il transpirait. Le petit rapace Parker-Simmons avait vu juste. Il restait à le prouver et à dénicher le lien entre Estevan et Lady-Killer.

Rocky et lui refirent le chemin en sens inverse jusqu'au bureau de la directrice adjointe, sous les exclamations goguenardes et salaces des admirateurs du gardien.

Cagney rassura Mrs Zilberman inquiète d'un :

— Nous avons bavardé. C'est un homme intelligent. Il m'a longuement entretenu de sa foi. Étonnant.

Lorsque Cagney rentra à son hôtel, il forma le numéro de son serveur vocal pour y recevoir différents messages dont celui de Gloria. Il téléphona aussitôt à Washington au Russell Building et parla longuement au docteur Amy Daniels. Elle promit d'appeler Gloria Parker-Simmons à Boston.

20

— Mrs Parker-Simmons, Gloria ? C'est Amy Daniels. Comment allez-vous ? Mr Cagney vient de me prévenir que vous souhaitiez me rencontrer.

— Oui en effet, Amy. Où en êtes-vous de ce truc avec des initiales ?

— La PCR ? Oui, nous avons eu quelques petits problèmes méthodologiques, mais nous avançons.

— Quoi ?

— Je ne vais pas vous expliquer en détail à moins que cela vous fascine. Pour l'instant, cela marche plutôt bien, mais l'analyse complète prendra encore un peu de temps. Et puis de toute façon, comme vous l'a dit Mr Cagney, ce n'est pas ce qui nous permettra de coincer ce type.

Gloria ne demanda pas d'autre explication parce qu'elle s'en fichait un peu : les échecs ou même les demi-succès ne méritent pas que l'on s'attarde sur eux, sauf pour éviter de les reproduire.

— Dommage. En fait, je ne vous appelais pas pour les résultats de cette PCR. Amy, je me suis posé des questions au sujet de cette histoire de surdosage de testostérone que vous avez retrouvé dans l'urine de Lady-Killer. Pour tout vous dire, j'ai passé quelque temps à la bibliothèque de médecine du MIT. J'ai compulsé des livres d'endocrinologie et si je n'ai pas compris toute la subtilité des mécanismes physiologiques, j'ai tout de même saisi qu'il pouvait y avoir des causes pathologiques mais naturelles à ce genre d'excès d'hormones mâles.

— Je ne suis pas médecin, Gloria, et encore moins endocrinologue. Je suis biologiste et biochimiste de formation mais je pense que la chose doit être possible. Où voulez-vous en venir ?

— Mr Cagney est parti du principe que cette concentration accrue d'hormones mâles dans l'urine de Lady-Killer s'expliquait par le fait qu'il faisait partie des ex-prisonniers libérés qui avaient suivi un traitement anti-hormonal.

— Oui, en effet, c'est notre hypothèse.

— Les deux prisonniers encore en vie dans ce cas n'ont pas pu commettre certains des meurtres perpétrés par Lady-Killer et ces meurtres sont liés à un certain Raul Estevan qui n'est pas sorti de prison depuis dix ans. La déduction qui s'impose est simple : l'hypothèse de départ est fausse et il convient de l'abandonner.

Il y eut un silence, enfin Amy Daniels demanda :

— Et quelle est votre hypothèse ?

— C'est sur ce point que j'ai besoin de vos lumières de scientifique pour savoir si je fais fausse route. J'ai lu dans un livre, attendez je prends mes notes, un livre dont le titre est *Hormones*...

— Oui, je connais. C'est un des plus complets.

— Ah, bien. J'ai donc lu qu'on pouvait observer des hausses considérables de l'excrétion de testostérone par voie urinaire en cas de syndrome de... Basedow-Graves. Il s'agit d'une pathologie de la glande thyroïde, une hyperthyroïdie assez peu fréquente, si j'ai bien compris, mais je n'ai pas très bien saisi le lien avec les hormones sexuelles.

— Basedow-Graves ? Je ne connais pas. Puis-je vous rappeler d'ici une heure, Gloria ?

— Oui, je ne bouge pas de chez moi.

Gloria téléphona à Jade. Clare devenait anxieuse. Il ne restait que dix jours avant son anniversaire et elle demandait sans cesse où était sa Tante Gloria. Jade lui avait expliqué que Tante Gloria avait dû partir dans une ville lointaine pour lui trouver un très beau cadeau, très rare. L'explication semblait avoir satisfait la jeune fille pour le moment. Jade raconta à Gloria en riant que depuis son départ, Clare avait pris l'habitude d'arracher les petites peaux qui entourent les ongles d'un coup de dents sec. Gloria ôta son index de sa bouche. Un fin liséré de sang soulignait en rouge le bord externe de l'ongle de son index gauche.

— Mrs Parker-Simmons, nous sommes en train de rentrer les dossiers de nos pensionnaires sur informatique... Je hais les ordinateurs, mais enfin c'est pratique.

Gloria sourit de cette sortie. Elle qui passait le plus clair de sa vie devant son ordinateur parvenait à peine à concevoir que l'on puisse s'en passer.

— Il y a des trous dans tous les dossiers. Dans le cas de Clare, il nous manque son groupe sanguin. Imaginez que nous ayons un problème. Je préfère ne pas la traumatiser avec une aiguille en ce moment. Aussi si vous le connaissiez avec certitude, nous pourrions remettre sa confirmation à plus tard.

— AB négatif.

— Vous êtes sûre, c'est rarissime. Moins d'un pour cent de la population américaine.

— Je suis sûre. J'ai le même groupe sanguin qu'elle et que ma sœur.

— Bien. Quand pensez-vous rentrer, Mrs Parker-Simmons ?

— Dans quelques jours. Je vous rappelerai, Jade.

— Au revoir, Mrs Parker-Simmons. Tâchez de trouver un cadeau étrange et extraordinaire.

— J'ai déjà quelque chose d'amusant. Bonsoir, Jade.

Gloria appela ensuite la maison de Diamond Heights. À la voix pâteuse de Maggie et à son éloge lyrique de Germaine, qui prenait des allures de Rintintin et de Lassie réunis, Gloria comprit qu'elle était saoule. Elle eut un moment d'angoisse en pensant aux cigarettes que Maggie allumait l'une derrière l'autre et qu'elle laissait parfois brûler jusqu'au filtre dans un cendrier puis se rassura. En presque quarante ans d'alcoolisme, Maggie n'avait jamais mis le feu nulle part et la maison était équipée de détecteurs de fumée que Gloria avait fait installer en prévision du jour où, peut-être, Clare reviendrait vivre avec elle.

Elle se dirigea vers la platine laser mais la sonnerie du téléphone retentit juste avant qu'elle n'ait engagé le concerto pour violoncelle de Boccherini.

— Rebonjour, Gloria, c'est Amy. Vous aviez raison.

Au son de sa voix, Gloria comprit qu'elle était tendue et inquiète.

— La maladie de Basedow-Graves est en effet une hyperthyroïdie qui survient en général après un goitre exophtalmique ou même à la faveur d'une tumorisation.

Cette hyperthyroïdie lorsqu'elle est aiguë se caractérise par un état délirant du patient, des vomissements, des diarrhées, une nervosité et une agitation extrêmes ainsi qu'une hypersensibilité à la chaleur. Si la pathologie n'est pas rapidement prise en main, elle se solde par un coma fatal.

— Oui, c'est ce que j'avais lu. Mais, et la testostérone ?

— Elle est considérablement élevée en conséquence de l'augmentation des hormones thyroïdiennes. (Gloria l'entendit expirer rageusement puis, elle s'exclama :) Merde, merde, triple merde ! Je crois que nous nous sommes plantés, Gloria, et que nous avons perdu beaucoup de temps.

Amy Daniels semblait désespérée, comme si elle était personnellement responsable de cette erreur et Gloria sentit qu'elle pensait à la femme qui, quelque part, allait mourir bientôt.

— Vous n'y êtes pour rien, Amy, et cette hypothèse du traitement aux antitestostérones était la plus évidente. Et puis, si on fait vite...

— Attendez, Gloria. Je suis un peu paniquée, là. Je n'arrive pas à aligner deux pensées cohérentes. Il faut que je me calme. Hopkins aussi est dans tous ses états. Il a immédiatement téléphoné à Cagney.

— Pouvez-vous doser les hormones thyroïdiennes dans l'urine que vous avez recueillie sur la plaque de plexiglas ?

— Non, c'est un dosage sanguin, que ce soit pour la triiodothyronine ou la tétraiodothyronine, les deux hormones thyroïdiennes circulantes. Il n'y a rien dans l'urine. Pas moyen de vérifier si Lady-Killer est bien atteint de cela.

— Et donc, nous risquons encore une fois de partir sur une fausse piste. Je vous remercie, Amy. Il faut que je cherche. Je n'arrive pas à comprendre quelque chose. À bientôt.

— Gloria ? Quoi que vous trouviez, appelez-moi immédiatement, n'est-ce pas ? De toute façon, je pense que Mr Cagney vous contactera sous peu.

— Entendu.

Gloria hésita un peu puis enfila une robe légère et descendit au magasin de Sam.

— Oh, ça n'a pas l'air d'aller, la petite Mrs Parker-Simmons ?

— Non, Sam, je me suis déjà sentie mieux.

— C'est pas le bout du bout du banc quand même, hein ? demanda-t-il en riant.

Puis, soudain inquiet :

— C'est pas Clare ?

— Oh non, Sam, ne vous affolez pas. C'est... professionnel.

— Oh, ben alors, rien n'est insoluble à la petite Gloria. Je sais : deux bouteilles de chablis français, mais il n'y aura pas de chablis si Gloria ne promet pas à Sam de manger un bon gros sandwich à la poitrine de veau avec des pickles bien croquants.

— C'est du chantage, Sam, et c'est très laid.

— Oui, je sais. D'ailleurs, j'ai honte de moi. C'est très moche, ce genre de procédé, mais c'est efficace. Alors, promis ?

— Un moyen sandwich ?

— Va pour un moyen. Promis ?

— Promis, juré, craché, Sam.

— Pas dans mon magasin, l'Hygiène va débouler.

Gloria remonta calmement chez elle, décidée à ne pas lancer son cerveau avant d'avoir bu un verre tranquillement... Et mangé le moyen sandwich de Sam. Lorsqu'elle le déballa, elle songea qu'il n'avait pas la même conception du terme « moyen » qu'elle et le coupa en deux, convaincue de ne pas trahir sa promesse. Le sandwich était délicieux et manger lui fit un bien qui la surprit. Depuis quand n'avait-elle rien avalé, plus exactement mangé ? Ses menus de la dernière semaine avaient alterné entre un thé avec quelques crackers et du chablis accompagné des mêmes crackers. Elle finit péniblement sa moitié de sandwich et un deuxième verre de l'excellent vin. Elle se déshabilla, passa un peignoir épais et défit son chignon. Elle était prête, la masse molle blanc grisâtre et striée de vaisseaux rouge vif de son cerveau pouvait s'emballer.

Si l'hypothèse du traitement antitestostérone ne tenait plus, si Lady-Killer souffrait d'un syndrome de Basedow-Graves, quel était le lien entre les meurtres et Raul Estevan, lui-même traité aux anti-androgènes ? En dépit de l'extrême nervosité et de l'irritabilité des patients atteints de ce trouble thyroïdien, le dérèglement hormonal qui le caractérisait ne pouvait pas être la cause des pulsions meurtrières de Lady-Killer. C'était simplement un indice, une signature, une piste peut-être. Une piste, qu'il fallait confirmer avant de se lancer, avant de perdre encore du temps, avant de perdre la vie d'une nouvelle Jenny. C'est cela. Qu'avait dit Katherine au sujet de son agresseur ? Qu'il était de taille moyenne, brun, les yeux sombres. Il était très mince, cela était confirmé par les autres témoignages et Hopkins avait même dit que les amaigrissements étaient fréquents en cas de traitement antitestostérone. Gloria sortit les notes qu'elle avait prises à la bibliothèque du MIT : « les hyperthyroïdies se soldent généralement par des amaigrissements spectaculaires ». Amy avait dit qu'il s'agissait d'une maladie grave, mortelle si elle n'était pas convenablement soignée. Qu'avait encore dit Katherine ? Calme ! Calme, cerveau ! Éviter la panique. Sauver Jenny, sauver l'autre femme, celle qui allait mourir bientôt. Sauver Clare. Sauver Gloria. Calme.

Gloria se précipita dans la salle de bains juste à temps pour vomir dans la baignoire du vin blanc aigre et des morceaux mastiqués du sandwich de Sam dilués dans un liquide amer et salé. Elle se lava les dents longuement, tentant de se débarrasser de ce goût affreux, puis prit une douche presque froide. Calme.

Elle éclata en sanglots devant le miroir rond qui surmontait le lavabo et pensa que c'était une bonne chose. Elle pleurait pour tant de raisons différentes que cette crise de larmes allait l'épuiser et la calmer. Cela faisait des semaines qu'elle l'attendait, tout en la redoutant et en tentant de l'éviter. Elle sanglota accoudée au lavabo comme on se vide de son sang, par saccades de plus en plus faibles.

Elle s'allongea sur le canapé du salon, dormit une heure comme une masse et se réveilla en sursaut.

Gloria regarda l'heure à sa montre : 19 heures. Elle forma le numéro du *Hyatt* et demanda la chambre 337 au réceptionniste qui lui répondit.

La voix étouffée et hésitante de Katherine lui répondit. Un jappement de chien retentit derrière, quelque part dans la chambre :

— Chut, Fluffy. Allô ?

— Katherine ? Bonjour. C'est Gloria, Gloria Parker-Simmons.

— Ah.

— Je me demandais si vous faisiez quelque chose ce soir ?

— Non.

— Je ne pense pas que vous connaissiez le Northend, le quartier italien de Boston. C'est très joli, très pittoresque. Vous savez que c'est là qu'a commencé l'indépendance des États-Unis ?

— Oui, ça je sais. Non, je ne connais pas.

— Le voisinage est très chaleureux. Il y a un excellent petit restaurant, typique, de la vraie cuisine italienne. J'aimerais beaucoup vous y inviter ce soir. Avec Karen, bien sûr.

— Oui.

Gloria ne put s'empêcher de rire :

— Eh bien dites-moi, mon invitation a l'air de vous enthousiasmer. Je m'en voudrais d'insister. Vous êtes peut-être fatiguée par votre journée.

— Non, non, c'est pas ça. Je suis pas fatiguée. On a rien fait. J'ai regardé la télé toute la journée. Ils ont MTV. Je... Enfin, ce que je veux dire, c'est que j'aimerais bien aller là-bas avec vous, mais je veux pas que vous vous sentiez obligée de me sortir et tout ça, quoi.

— Je ne me sens aucune obligation envers quiconque, Katherine. C'était juste une invitation pour passer un moment agréable, c'est tout.

Le rire rauque de Katherine lui parvint. Gloria reprit :

— Alors, c'est d'accord ? Je passe vous prendre dans une demi-heure ?

— Ouais.

Lorsqu'elle la retrouva dans le hall de réception du *Hyatt*, Gloria s'étonna de ne pas voir surgir une Karen dissimulant maladroitement son pistolet sous une veste trop ample.

— Où est Karen ?

Katherine baissa les yeux et redressa les épaules. Elle dépassait Gloria d'une tête et d'une bonne trentaine de kilos.

— Je lui ai pas dit que je sortais. Elle est gentille, mais j'en ai marre de me la traîner. Je ne suis pas un bébé. J'ai vingt-quatre ans et je peux m'occuper de moi.

— Le FBI l'a chargée de votre protection, Katherine.

— Je sais. Ça vous ennuie qu'on y aille seulement toutes les deux ?

— Non, au contraire. Allez, on prend un taxi.

Elles pénétrèrent chez *Sabatino's* quelques minutes plus tard. Fort heureusement, le petit restaurant n'était pas encore bondé à cette heure relativement précoce pour les Italiens du quartier.

Un serveur agrippa Gloria par le bras et la remorqua avec force « bella, bellissima » jusqu'à une petite table ronde éclairée d'une bougie plantée dans le goulot d'une bouteille vide de chianti. Katherine jetait un œil rond autour d'elle.

— Il vous connaît ?

Gloria sourit :

— Non, c'est la deuxième fois que je viens. Il appellerait « Bellissima » une grand-mère de quatre-vingts ans, vous savez. Je vous recommande les côtelettes de veau au vinaigre, elles sont excellentes. Vous prenez un apéritif ?

— Oui.

— Quoi ?

— Un whisky, double. J'aime bien le whisky.

Gloria passa la commande au serveur qui commenta tous ses ordres comme s'il s'agissait de traits de génie. Elle se sentait bien dans cette ambiance bon enfant, avec cette jeune femme qui lui rappelait Clare mais qu'on pouvait inviter au restaurant sans craindre un accident ou un scandale. Pourquoi lui faisait-elle tant penser à Clare ? Elle ne lui ressemblait pas du tout.

Leurs apéritifs arrivèrent. Vin blanc sec pour Gloria et double whisky tassé pour Katherine.

— Les femmes aiment toujours le vin blanc. Enfin, je veux dire les femmes comme vous.

— Comme moi ? Je ne sais pas. Moi, j'aime le vin blanc.

Katherine inspira profondément puis lâcha, comme si cette confidence était fondamentale :

— Ma mère était Cree, vous savez ? Une Indienne Cree. Ils viennent du Nord. Une Indienne, quoi.

— Non, je l'ignorais, mais vous avez les traits indiens.

Devant le regard de Katherine, elle précisa :

— C'est très joli.

— Ma mère est morte il y a dix ans. Elle avait mal dans le ventre. Le vieux a fini par l'emmener voir un médecin. Il lui a donné des cachets, des tas de trucs. Elle est morte six mois plus tard. C'était un cancer. Elle s'est jamais plainte ; pourtant, elle avait tellement mal vers la fin. Le vieux ne voulait pas qu'on l'emmène à l'hôpital parce que c'était trop cher. Il a dit que les Indiens avaient des remèdes pour se soigner et qu'elle pouvait se débrouiller toute seule. En fait, c'est lui qui l'a tuée. Vous savez pourquoi il a marié une Indienne ?

— Il l'aimait, peut-être, non ?

— Vous rigolez. Parce que les Indiennes travaillent dur et qu'elles ferment leur gueule, c'est pour ça. C'est sympa ici.

Sentant que Katherine se demandait si elle n'avait pas été trop bavarde, Gloria saisit la perche.

— Oui, j'aime bien cet endroit.

Le silence retomba quelques instants. Il sembla peser à Katherine qui demanda :

— Vous avez une nièce. Elle est ici ?

— Non, elle est restée à San Francisco. C'est la fille de ma sœur. Ma sœur est morte dans un accident de voiture lorsque Clare était encore bébé.

— Elle a quel âge ?

Gloria fixa le regard en amande et sans trop savoir pourquoi, dit :

— Dix-sept ans. Clare est attardée mentale. Elle est dans une institution spécialisée à San Francisco.

Katherine sortit la main de sous la table et la tendit vers celle de Gloria qui jouait avec son couteau. Elle se ravisa et la posa lourdement sur la serviette.

— C'est moche.

— On s'y fait. C'est une vie différente, c'est tout. On s'amuse bien toutes les deux. C'est surtout le regard des autres qui est pénible parfois.

— Ouais, je sais.

Leurs côtelettes furent servies avec maestria. Gloria posa la question qu'elle avait retenue jusque-là :

— Katherine, pourriez-vous me parler de cet homme ? Le décrire, tout ce dont vous vous souvenez.

Katherine la regarda. Elle mastiquait avec application et lenteur un bout de veau, bouche entrouverte. Elle demanda :

— Vous avez quel âge ?

— Trente ans. Presque trente et un.

— Ah. Le type en question était de taille moyenne pour un homme. Ma taille ou à peine plus. Je fais 1,75 m.

Katherine répéta presque mot pour mot ce qu'elle avait confié à Cagney et que Gloria avait déjà lu dans le rapport. Elle la laissa poursuivre sa description jusqu'au bout puis insista :

— Quelque chose ne vous a pas paru étrange chez lui ?

— Étrange comment ?

— Je ne sais pas, un truc bizarre. Selon le rapport, vous avez dit qu'il « avait les yeux qui lui sortaient de la tête ».

— Ouais. J'vous dis, il était dingue. Il avait les yeux fous, qui sortaient comme ceux d'un têtard.

— Et il était très mince ?

— Ouais, presque maigre même. Pourquoi ?

— Rien, je cherche. Vous ne vous souvenez de rien d'autre ?

— Ben, non, pas vraiment. Ah si, il transpirait comme un bœuf et même que ça m'a un peu étonnée parce qu'il faisait lourd mais pas à ce point, vu que la nuit tombait.

Une bourrasque d'adrénaline fit presque trembler Gloria. L'hyperthyroïdie se caractérisait par un amaigrissement. L'exophtalmie, terme dont elle avait appris dans une encyclopédie qu'il désignait la sortie des globes oculaires de leurs orbites, était d'après l'ouvrage d'endocrinologie une des manifestations de la toxicité de cet excès d'hormones thyroïdiennes. Quant à cette transpiration que n'expliquait pas la fraîcheur relative de la nuit, son nom technique était hyperpyrexie. Les sujets atteints du syndrome de Basedow-Graves devenaient hypersensibles à la moindre montée de température et ne la supportaient pas. Lady-Killer était probablement atteint de cette pathologie, et ce n'était pas une enquête sur les prisonniers traités aux anti-androgènes qui allait permettre de l'arrêter. Le souvenir d'Hugues de Barzan lui revint encore à la mémoire : deux problèmes d'essences complètement différentes peuvent avoir la même solution et c'est pour cela que seule l'essence particulière de la question importe. *Sui generis*.

Gloria respira profondément, puis d'une voix qu'elle tentait de garder calme et grave, demanda :

— C'est bien, Katherine. Vous avez dit qu'au début, vous vous étiez demandé si vous ne le connaissiez pas. Je ne me trompe pas, n'est-ce pas ?

— Ben, je sais pas trop. C'est à cause qu'il s'avançait droit vers moi et je me suis dit : tiens, il me connaît. Il avait un truc qui a dû me faire penser à quelqu'un sur le coup, mais j'ai dû me tromper.

— Vous êtes sûre que vous n'auriez pas pu le rencontrer, avant ? Essayez de l'imaginer avec une autre couleur de cheveux et d'yeux, des yeux bleus par exemple ?

Katherine baissa le regard et Gloria sentit qu'elle tentait de reproduire dans son cerveau l'image de l'homme.

— Ben, c'est dur comme ça. Je vais y réfléchir Pour l'instant ça ne me dit rien. (Puis :) C'est vrai que sur le coup je me suis dit que j'avais déjà vu cette gueule quelque part, d'ailleurs c'est plutôt sa silhouette que sa gueule.

Gloria n'insista plus. Elle parla de Boston, raconta qu'elle était née non loin de là, et qu'elle avait fait ses études au MIT. Elle proposa à Katherine de l'emmener un jour assister à la descente des baleines lors de leur pèlerinage vers le golfe du Mexique. Katherine la fixa sans sourire :

— Quand ?

— Quand on aura mis la main sur ce type. On aura l'esprit plus libre.

— Oui, mais l'enquête sera finie.

— Oui, et alors ?

— Rien. D'accord.

Gloria la raccompagna au *Hyatt* et la laissa devant les ascenseurs, peu désireuse d'expliquer leur escapade à Karen. Qu'elles se débrouillent. Un taxi la déposa quelques minutes plus tard devant chez elle. Elle ne vit pas la voiture vert olive garée de l'autre côté de la petite place. Elle ne vit pas l'homme dissimulé par l'ombre de son pare-soleil baissé et qui suivait ses moindres gestes.

21

Ignacio arpentait nerveusement l'immense pièce du hangar. Il s'était débarrassé de tous les meubles à l'exception d'un matelas posé à même le sol. Il avait également jeté la vaisselle. Il n'avait plus besoin de ces artefacts ridicules qui remplissaient tant une vie qu'ils finissaient par vous dévorer l'âme. Autant de détails matériels qui le divertissaient de sa quête : l'Harmonie, et de son apprentissage : l'Anémone. Il avait pourtant fait installer une douche dans ce local qu'on lui avait loué comme entrepôt mais dans lequel il vivait. Il passait beaucoup de temps sous l'eau. Il lui fallait être absolument propre pour l'Anémone, et cette infernale chaleur le faisait ruisseler. Il sentait qu'il retournait progressivement à l'essentiel, à l'origine première des mammifères, l'eau. Du reste, Lui aussi adorait l'eau. Évidemment, à l'époque, ils n'en avaient pas discuté ensemble, parce que Ignacio était encore trop jeune et qu'Il savait que l'enfant ne pouvait pas comprendre. Mais quel délice, quel extraordinaire soulagement de savoir que leurs âmes étaient liées malgré l'absence : car Lui avait porté aussi l'Anémone en Lui, Ignacio en était maintenant convaincu.

Il fallait qu'il retrouve cette femelle, et vite. L'avait-elle reconnu ? Il en doutait. Mais le petit cerveau obtus et rusé de ces créatures fonctionnait parfois étrange-

ment. Il était repassé devant sa ferme mais ne l'avait pas vue, pas plus que son affreux clébard.

Oui, il fallait la retrouver vite, car il n'avait pas de temps à perdre en détails. Il devait consacrer toute son énergie à sa quête.

Cagney avait appelé Jude Morris à son hôtel de South Natick quelques heures plus tôt pour lui ordonner de rejoindre Chicago dès le lendemain afin d'y enquêter sur les liens que pouvait entretenir Raul Estevan avec l'extérieur, par quelque intermédiaire que ce fût et notamment Broderick Purdy. Il avait lourdement insisté sur la proximité géographique de George Sterling.

Morris avait été envahi par une sorte de désespoir comme si quelque chose d'irrémédiable était en train de se produire, la conviction superstitieuse et incohérente que s'il partait maintenant, il perdrait Gloria pour toujours. Et Jude Morris avait expérimenté ce que Cagney appelait « le goût de la vie ». Il avait trop bu et conduit jusqu'à Boston dans un étrange état, son esprit passant alternativement d'une extrême lucidité à une confusion totale.

Il claqua la portière de sa voiture de location vert olive et se dirigea vers la lourde porte de la maison qu'habitait Gloria. Il l'attendait depuis plus d'une heure, se demandant où elle était et avec qui. Ses voisins du dessous étaient sortis un peu plus tôt en riant, enlacés, et il leur en avait voulu. Morris ne savait pas trop ce dont il avait envie. Il avait continué à boire dans la voiture en l'attendant et des vagues de nausée le secouaient. Il voulait juste être certain qu'elle ne l'avait pas reconnu au Russell Building, lui expliquer des choses.

Il fit basculer le verrou avec une carte bancaire et gravit l'escalier. Il s'arrêta derrière la porte bleu marine de l'appartement de Gloria, essoufflé comme s'il avait longuement couru. L'image n'était pas fausse. Il perçut derrière la porte les sanglots bouleversants d'un violoncelle.

Le coup de sonnette fit sursauter Gloria. Elle resserra son peignoir autour d'elle et regarda par l'œilleton. Elle ouvrit la porte presque machinalement, se demandant quel événement motivait la visite de Morris, alors qu'elle attendait un appel de Cagney.

Elle comprit immédiatement qu'il était terriblement saoul et le suivit dans le salon dans lequel il avait pénétré sans son invitation. Il s'affala sur le canapé.

D'une voie pâteuse, articulant avec une étrange lenteur, il dit :

— Vous ne vous souvenez pas de moi, n'est-ce pas ?

— Je vous demande pardon ?

— J'étais au MIT quand vous avez donné une conférence, il y a quelques années.

— Ah oui. J'en ai donné plusieurs.

— Oui, avec ce type aux cheveux gris.

— Il s'agissait de mon professeur de mathématiques.

— Après, je suis allé à l'hôtel de Vassar Street.

— Ah.

— Mais je n'ai pas osé vous demander.

— Je ne vous comprends pas très bien, Mr Morris. Il est tard et j'allais...

Il se leva en trébuchant et avança vers elle. La peur la fit reculer jusqu'au bureau.

— Gloria, je ne... N'ayez pas peur. Gloria ? Je voulais juste...

D'une voix stridente, elle hurla :

— Partez, partez.

Il avança comme dans un rêve. Mon Dieu qu'elle était belle. Pourquoi pleurait-elle ? Il s'approcha d'elle à la toucher, mourant d'envie d'appuyer son corps contre le sien. Il tendit la main vers la petite mèche blonde échappée du chignon et qui le fascinait depuis qu'elle lui avait ouvert la porte.

Elle hurla et tomba à genoux, se recroquevillant à terre en sanglotant et en protégeant sa tête de ses bras repliés. Il s'agenouilla, dégrisé.

— Gloria, je ne vais rien vous faire. Gloria, calmez-vous.

Morris tenta de desserrer ses bras, mais eut peur de lui faire mal. Il caressa ses mains. Elle hurla à nouveau. Il s'assit sur le plancher à côté d'elle, perdu, les larmes se formant sous sa paupière inférieure.

— Je ne vous ferai jamais de mal, Gloria, jamais.

Elle hoqueta, toujours recroquevillée par terre :

— Partez, je vous en prie, laissez-moi.

Il s'enfuit comme un voleur, claquant la porte derrière lui, dévalant les marches en essuyant ses yeux.

Le fusil était derrière la porte de la chambre. Ramper jusqu'à la porte, prendre le fusil. Il était toujours chargé.

Il n'y avait pas de fusil ici.

22

Une effroyable migraine lui battait les tempes et elle avait vomi sur son peignoir sans s'en rendre compte. Gloria jeta les deux bouteilles vides de chablis et se fit couler un bain bouillant.

Rien d'important ne s'était passé la nuit dernière. Il s'agissait juste d'anecdotes désagréables sans aucun rapport l'une avec l'autre : Jude Morris avait presque forcé sa porte, il était saoul et elle avait eu peur. Ensuite, elle l'avait mis dehors, avait dû trop boire et elle avait fait un cauchemar.

Elle traîna un long moment dans son bain, puis appela Maggie qui la fit rire des nouvelles inventions de Germaine. Le boxer avait failli s'étrangler dans la bride d'un de ses soutiens-gorge en vidant méthodiquement son dressing. Maggie, experte en psychologie canine, conclut par :

— Je crois qu'il a fait comme un coup de blues. Il voulait sentir ton odeur pour se rassurer.

Gloria faillit lui répondre qu'elle n'avait pas pour habitude de ranger des soutiens-gorge sales dans ses tiroirs de lingerie mais s'abstint pour lui laisser le plaisir de ce diagnostic. Elle allait rebrancher le répondeur lorsque le téléphone sonna.

— Mrs Parker-Simmons ? Jude Morris à l'appareil. Je suis désolé pour ce qui s'est passé la nuit dernière.

Il semblait presque affolé. D'un ton calme qui aurait pu laisser supposer qu'elle parlait d'autre chose, elle répondit :

— Il ne s'est rien passé, Mr Morris. Mais à l'avenir je vous demanderai d'éviter mon domicile et de réserver mon numéro de téléphone pour des appels strictement professionnels.

— Écoutez, je n'avais pas l'intention de vous... Enfin je veux dire : je voulais juste parler. Cela fait très longtemps que je pense à vous. Depuis cette conférence, je me dis que peut-être...

— Mr Morris, vos problèmes sentimentaux ne m'intéressent pas. Vous étiez ivre, vous m'avez fait peur, n'en parlons plus. Au revoir, Mr Morris.

— Non, je suis désolé d'insister, mais je ne peux plus me contenter de cela. Il faut que...

Elle raccrocha au milieu de sa phrase et enfonça le bouton de filtrage de son répondeur.

Le téléphone sonna à plusieurs reprises. Elle rembobina à chaque fois les messages sans les écouter.

Elle but lentement une tasse de Tari puis composa le numéro d'Amy Daniels.

— Il faudrait que je joigne Mr Cagney, Amy. Mais je ne parviens pas à le localiser.

— Il est à l'étage supérieur. Il est arrivé il y a quelques heures et il devait vous appeler. Attendez, j'essaie de vous basculer sur son poste, mais je me mélange toujours les pinceaux avec ces nouveaux téléphones. Si je me trompais, les chiffres de départ sont les mêmes mais le numéro se termine par 17 55.

— Merci, Amy.

Une série de cliquetis et quelques-unes des incontournables mesures des *Quatre saisons* résonnèrent dans le combiné. Gloria sourit en entendant Amy marmonner « Merde, c'est pas ça. Excusez-moi, Gloria ». Enfin, la voix calme de Cagney se fit entendre :

— J'allais justement vous appeler, Mrs Parker-Simmons. Alors ?

Gloria répéta ce qu'elle avait déjà expliqué à Amy.

— D'après Amy Daniels, il s'agit d'un syndrome rare. Ce point est du reste confirmé par ce que j'ai lu. Mr Cagney, j'aimerais que vous demandiez aux grands hôpitaux du pays si un patient atteint de cette maladie n'a pas été soigné chez eux entre 1991 et 1993.

— Vous plaisantez, Mrs Parker-Simmons ! Il existe une chose dans ce pays qui s'appelle le secret médical et il vaut mieux essayer de prendre d'assaut la réserve d'or fédérale de Fort Knox que de tenter de le violer. Nous devrons passer devant le juge, justifier notre demande, convaincre, à moins que nous ne tombions sur un médecin-chef qui accepte de nous aider en raison du contexte, mais j'en doute. On n'est pas sortis de l'auberge et cela prendra du temps, d'autant que nous n'avons pas grand-chose de très concret pour appuyer notre demande. Vous n'auriez pas une autre suggestion ? Et puis, pourquoi les grands hôpitaux ?

— Parce que c'est une pathologie rare. Je suppose qu'on l'a dirigé vers un service d'endocrinologie et il n'y en a pas partout. De surcroît, je pense que dans un premier temps, vous pouvez limiter vos recherches autour d'un axe rectiligne qui traverse l'Illinois, l'Indiana et l'Ohio. Nous savons qu'il y a deux sous-ensembles de meurtres, même d'un point de vue géographique. Les premiers, avant l'interruption de deux ans, sont situés sur une ligne droite, orientée centre-nord-est, qui lie trois États voisins de l'Illinois. Les autres meurtres sont concentriques et tournent autour de points très rapprochés sur la côte Est.

— Oui, cela nous le savons depuis longtemps. Et alors ?

— Et alors, il a bougé. Quelque chose lui a permis de trouver trois de ses victimes sur cette première ligne droite longue de près de mille kilomètres. Puis, il s'est arrêté. Lorsqu'il a recommencé à tuer, il a frappé exclusivement à l'est. Donc, il a déménagé. Mon idée est qu'il a été soigné peu de temps avant, c'est-à-dire dans un des trois premiers États. Je peux me tromper, cela n'a rien de mathématique, même si cela me semble logique. Comment allez-vous faire pour le juge ?

— Je ne sais pas encore. On finira par le convaincre, c'est sûr, mais quand ? Les gens sont très chatouilleux dès qu'on demande l'autorisation de fouiller dans un dossier médical ou une déclaration d'impôts.

— Si vous parveniez à rétrécir le champ d'investigations à un ou deux hôpitaux, je pourrais peut-être vous aider. Ce serait beaucoup plus rapide.

— Je ne peux rien cautionner qui soit illégal, Mrs Parker-Simmons. Je sers la loi, même quand elle me gêne.

— Qui vous a demandé une caution ? Moi, je sers la logique — et elle ne me gêne jamais — ainsi qu'une vieille amie.

— Qui cela ?

— Secret professionnel, Mr Cagney.

Cagney demanda d'un ton presque amusé :

— Avez-vous envisagé de rejoindre nos forces, Mrs Parker-Simmons ?

— Jamais, non. Votre grille de salaires n'a rien de très séduisant.

— Dommage. Je vous rappelle. À bientôt, Mrs Parker-Simmons.

— À bientôt, Mr Cagney.
— Attendez... Gloria ? On va l'avoir.
— Je l'espère, Mr Cagney.

Cagney passa les trois heures qui suivirent rivé au téléphone. Dans l'ensemble et après les hésitations inévitables, les praticiens qu'il eut au téléphone finirent par accepter de le renseigner avec un luxe de précautions et de réserves. Peut-être parce que leurs phrases ampoulées et floues convergeaient toutes vers l'inexistence de Lady-Killer. Personne ne savait rien, ne dirait rien mais une bribe, un mot, un silence apprenaient à Cagney qu'aucun patient atteint du syndrome de Basedow-Graves n'avait été soigné dans leur hôpital à la période qui intéressait Cagney.

Il appela Morris qui venait d'arriver à l'hôtel à Chicago. La voix de son adjoint lui sembla étrange, la fatigue probablement. Lui-même avait l'impression de ne pas avoir vraiment dormi depuis des semaines.

Le souvenir de sa femme fit une brève incursion dans son esprit et il se sentit presque confus lorsqu'il se rendit compte que les traits du visage de Tracy commençaient déjà à s'estomper de sa mémoire. Il se souvenait du pli d'une bouche, souvent réprobateur, d'un regard dont on ne savait pas s'il était habité par un raisonnement et d'une diction qui n'était jamais si élégante que lorsqu'elle énonçait des évidences. Pourtant, il aurait pu décrire Ann par cœur et s'il avait été peintre il aurait pu la faire vivre sur une toile. Sa femme devait être châtain moyen, mais les cheveux d'Ann... Il aurait pu décrire, sur des pages entières, ces plumes précieuses bleu-noir, lisses, brillantes comme un étrange métal soyeux. Il n'avait pas de mots pour la pâleur de rousse d'Ann qui tenait du miracle chez une brune. Et puis les longues mains nerveuses d'Ann, ces mains dont il avait rêvé qu'elles s'accrochaient à ses hanches, qu'elles lui griffaient le dos, qu'elles descendaient lentement le long de son ventre, le tentant, se dérobant, l'exaspérant, l'apaisant.

Cagney parvint enfin à joindre le Dr Donald Smithard, le chef du service d'endocrinologie de l'Hôpital général de Chicago. Smithard semblait plus protégé par sa secrétaire que le président du Sénat. Il répéta pour la sixième fois sa courtoise présentation puis, sur la pointe des pieds, posa la même question.

Le praticien lui répondit d'un ton glacial :

— Écoutez, cher Monsieur, je n'ai pas le plaisir de vous connaître et ce genre de démarche est assez étonnante au téléphone. Même si je n'étais pas tenu à une stricte discrétion, je ne vous répondrais pas. Ce genre d'enquête se déroule habituellement selon un protocole légal très strict, comme vous ne manquez pas de le savoir. En d'autres termes, avez-vous l'autorisation du juge ?

— Docteur Smithard, je suis conscient que ma démarche est prématurée et peut-être choquante. Je suis très sensible au problème que pose le secret médical, cependant, il s'agit d'une course contre la montre.

— Mr Cagney, je n'irai pas par quatre chemins. Nous ne pouvons faciliter les interventions policières en dehors d'un cadre juridique strict. Ce serait la porte ouverte à n'importe quel abus. Et, au risque de me répéter, je ne vous connais pas.

— Attendez, docteur. Huit femmes ont été torturées et tuées. Une neuvième va suivre et puis une dixième. Est-ce une responsabilité que vous acceptez ?

— Allons, Mr Cagney ! C'est un mauvais stratagème. Vous savez pertinemment que je ne suis pas responsable des actes de ce dingue. Mon métier est de soigner ou d'aider à mourir. Bien, vous allez devoir m'excuser mais ma consultation m'attend. Rappelez-moi lorsque vous aurez un mandat.

La panique envahit Cagney. Ce type ne lui dirait rien.

Il reposa le combiné après les salutations d'usage et

forma le numéro du cabinet de Ron, un cousin éloigné qu'il n'avait pas vu depuis des lustres et qui s'étonna de cet appel. Ron était cardiologue et exerçait à Chicago. C'était un de ces cliniciens hors pair qui savent lire sur les traits d'un visage avec autant de précision que sur une radiographie. Comme l'avait pensé Cagney, il connaissait Smithard. Ron lui expliqua que Smithard avait conquis son poste de médecin-chef grâce à sa seule valeur médicale, que les artifices politiques l'emmerdaient et qu'il n'était pas réputé pour sa finesse diplomatique. A priori, un mauvais candidat pour Cagney.

— Et que veux-tu que je fasse, James ? Smithard est seul maître après Dieu dans son service et s'il ne veut pas t'aider rien ne le fera changer d'avis.

— Je crois que sa méfiance tient principalement au fait qu'il ne me connaît pas. Ron, on obtiendra l'autorisation du juge, c'est une question de jours mais une autre femme risque de mourir. Je ne peux pas attendre.

— Je comprends, James. Je vais voir ce que je peux faire.

Cagney sursauta lorsque l'appel qu'il attendait retentit enfin :

— James Irwin Cagney à l'appareil.

— Rebonjour, Mr Cagney. Smithard, de l'Hôpital général de Chicago. Il semble qu'un de mes confrères, un vieil ami, soit votre cousin. Je vous rappelle donc.

Cagney comprit à la voix posée et méfiante du praticien qu'il allait devoir user de toute sa persuasion et de toute sa prudence.

— Dr Smithard, Ron a dû vous confirmer ce que je vous avais dit. C'est une course contre le temps. Je ne vous demande pas de détails. Je vous demande juste si le tueur aurait pu être soigné chez vous entre 1991 et 1993 pour une pathologie thyroïdienne. Le syndrome de Basedow-Graves.

Un long silence mobilisa l'autre côté de la ligne, puis un soupir :

— J'ai lu les exploits de ce dingue dans les journaux. Je suppose qu'il s'agissait d'une version édulcorée, n'est-ce pas ?

— Oui, très édulcorée, Docteur. On ne peut pas laisser imprimer ce genre de détails. Je vous en prie, répondez-moi !

— Il aurait pu. J'ai vérifié après l'appel de Ron. C'est tout ce que je me sens autorisé à vous dire. Au revoir, Mr Cagney. Ne me rappelez que si vous y êtes autorisé légalement. Mon aide vous sera totalement acquise.

Les remerciements de Cagney furent coupés par un déclic métallique. Il était inutile d'envoyer Morris pour l'instant. Il se ferait jeter par Smithard. Ils n'auraient pas le mandat avant plusieurs jours, avant des pages et des pages d'explications et de justifications. Eux, le FBI, supportaient pour une grande part les effets pervers de ce complexe système démocratique puisqu'il protégeait les citoyens, Lady-Killer inclus. Cagney sourit sombrement en se remémorant une phrase d'Alexis de Tocqueville qu'il avait lue dans une traduction de son ouvrage sur l'Amérique : « La démocratie, le pire des systèmes, mais après tous les autres. »

Pouvait-il appeler Gloria Parker-Simmons ? Pouvait-il vivre avec cette absolue hypocrisie ? Cagney savait qu'elle ferait quelque chose de répréhensible, quelque chose que son éducation le poussait à réprouver et que son engagement au FBI rendait inacceptable. Si Cagney avait appris depuis longtemps à jouer avec la loi, dans les limites de la loi, il ne pouvait se résoudre à la bafouer. Mais Gloria Parker-Simmons, elle, n'hésiterait pas à faire la seule chose qui fût nécessaire en l'occurrence.

Il décrocha le combiné et forma son numéro.

— Mrs Parker-Simmons ? Il semble que notre homme ait été hospitalisé à l'Hôpital général de Chicago.

— Comment le savez-vous ?

— Les confidences ou plutôt les hésitations du Dr Donald Smithard, le médecin-chef du département d'endocrinologie. Il est, par ailleurs, demeuré muet comme une carpe et hargneux comme un pou.

— Bien. Je vous rappellerai, Mr Cagney.

— Quand ?

— Je ne sais pas encore. À bientôt, Mr Cagney. Pourrais-je vous joindre à ce même numéro ?

— Je ne bouge pas pour l'instant.

— Entendu.

— Au revoir et à très bientôt, Mrs Parker-Simmons.

— C'est cela, Mr Cagney.

Gloria raccrocha et poursuivit le rangement des quelques cartons de dossiers personnels qu'elle n'avait pas emmenés à San Francisco. Elle cherchait depuis ce matin le permis de port d'arme qu'elle avait obtenu des années plus tôt — sans jamais l'utiliser — grâce aux relations d'un de ses employeurs. Gloria avait toujours eu peur des armes, principalement des armes à feu. C'est tellement facile de tuer quelqu'un lorsqu'on ne le touche pas. Mais la scène d'hier avec Morris l'avait terrorisée. Peut-être avait-elle exagéré toute cette histoire mais elle était tendue, fatiguée et Clare lui manquait jusqu'à devenir un inconfort et presque une souffrance. Gloria souhaitait que tout ceci se termine rapidement afin de la retrouver au plus vite. Veiller sur Clare, la protéger du monde et des hommes rendait Gloria indestructible. Calmer Clare l'apaisait.

Il y avait aussi Jenny. Gloria ne pouvait pas abandonner Jenny. Elle sentait que Jenny ne pourrait pas reposer en paix tant que Lady-Killer n'aurait pas été arrêté. Jenny entourée de cette terre froide et sombre, si seule, si désespérée. Gloria percevait toute l'irrationalité des peurs et des angoisses qu'elle prêtait à une morte. Qu'importait ? Jenny se mêlait à Clare et à Katherine d'une façon inquiétante. L'une était morte, l'autre était une débile lourde et la dernière souffrait de choses si profondes que Gloria n'avait aucune envie de les connaître. Il s'était tissé, à la faveur des zones d'ombre de la mémoire de Gloria, une trame déroutante entre elles quatre, que Gloria ne parvenait pas très bien à comprendre, comme si chacune des trois autres pouvait la soulager d'un bout d'elle-même.

Elle descendit de chez elle. Il faisait une chaleur effroyable. Une vapeur de chaleur incolore montait de l'asphalte mou et formait un prisme qui donnait une image ondulante du rebord des trottoirs.

Gloria se souvint d'un rêve récurrent : elle courait. Sa course se ralentissait sans qu'elle comprît d'abord pourquoi. Enfin, elle se rendait compte que ses chevilles s'enfonçaient dans le trottoir comme dans des sables mouvants. Elle se réveillait toujours lorsque ses genoux étaient aspirés à leur tour.

Gloria arrêta un taxi qui passait mollement dans la rue, faillit le renvoyer lorsqu'elle constata que les sièges arrière étaient recouverts d'une fourrure synthétique imitant le lynx, mais se ravisa, certaine que rien ne pourrait la faire davantage transpirer que l'air moite ambiant. Le taxi n'était pas climatisé, encore un de ces tanks de réforme qui traînaient si souvent dans les rues d'une des villes les plus touristiques du monde. Elle exigea du chauffeur qu'il éteigne le petit ventilateur en plastique bleu fixé au tableau de bord et qui, non content de la décoiffer, lui balançait au visage un courant d'air bouillant. Elle se fit conduire à Hanover Street dans le quartier italien, chez un armurier dont un flic, un jour, lui avait dit que c'était un des plus sérieux de la ville.

Elle hésita longuement devant les deux vitrines en arc de cercle, puis entra.

Un petit homme rond et débonnaire se précipita vers elle en souriant :

— Vous désirez ?

— Je voudrais une arme à feu. J'ai un permis.

Elle tendit le papier à l'homme et sortit son permis de conduire.

— Bien, bien. Alors, quel genre préférez-vous ?

Tentant de se donner une contenance, elle annonça d'un ton très sûr :

— Un revolver avec deux chargeurs supplémentaires. Et deux boîtes de cartouches.

— Mais il n'y a pas de chargeur avec des revolvers. On rentre les balles dans le barillet, comme les cow-boys, vous voyez ? C'est un pistolet que vous voulez, alors ?

Gloria comprit brusquement la différence.

— Oui, effectivement. Excusez-moi, je ne connais pas bien les armes.

Le petit Italien affable la regarda avec un sourire tendre puis dit :

— Eh bien, c'est pour le mieux. De toute façon, je dis toujours à ma femme que c'est pas pour les dames. Et pourtant j'en vis. Vous pourriez choisir un Colt calibre 45, un huit coups. C'est un pistolet, une arme très sûre, très fiable. Mais ce n'est peut-être pas le meilleur choix pour un débutant, surtout pour une dame, il pèse 1 kilo 200.

— Non, cela me semble parfait.

Gloria remplit la liasse de papiers que lui tendit le petit homme et ressortit avec son arme dûment enregistrée et en cadeau une petite trousse de nettoyage.

Dans le taxi qui la raccompagnait chez elle, elle fourra la main dans son sac et caressa la crosse de l'arme. Un étrange sentiment. À la fois une aversion, comme on peut en avoir pour un reptile, pour quelque chose de précis, létal et sans remords, mais aussi, déjà, une sorte de connivence, de bien-être.

Une fois remontée chez elle, Gloria rangea l'arme dans le tiroir de la commode de sa chambre, la séparant nettement des boîtes de balles.

Pourrait-elle tirer sur Morris s'il recommençait son cirque ? Sans doute pas. Après tout qui sait ?

Gloria prit une douche rapide pour se débarrasser de cette sueur qui avait trempé sa robe et ses sous-vêtements et de cette odeur de teinture mêlée d'acide acétique qui collait à sa peau et lui rappelait les sièges en fourrure synthétique du premier taxi.

Elle s'installa devant son ordinateur et posa la main sur son écran pour ressentir le délicieux pétillement de l'énergie électrostatique. Elle avait toujours l'impression de tremper la main dans un verre de champagne.

Gloria brancha le modem. Elle parvint sans trop de difficulté à trouver la voie du réseau qui pouvait l'amener jusqu'au fichier central de l'Hôpital général de Chicago et tomba sur la première sécurité informatique qui lui parut un jeu d'enfant. En biaisant sa recherche, elle réussit à se faufiler jusqu'au directory qui contenait les dossiers des malades. Une autre sécurité, plus subtile, l'arrêta. Elle en vint à bout en quelques secondes. La surveillance était beaucoup moins stricte que sur les mémoires hypersensibles du ministère de la Justice et les obstacles enregistrés pour freiner les pirates infiniment moins complexes. Sans doute auraient-ils pu arrêter la majorité des indélicats, mais pas elle. Elle remonta dans les dossiers des patients hospitalisés entre 1991 et 1993. Gloria savait que le temps d'intervention sur un ordinateur étranger est toujours crucial et qu'il faut le réduire au maximum pour minimiser les chances de se faire prendre en chasse. Aussi tapa-t-elle « Basedow-Graves ». L'ordinateur lui renvoya un « erreur message ». Elle tenta « Endocrinologie » pour s'apercevoir que la totalité des dossiers des patients du service s'affichaient puis essaya « Désordre Thyroïdien » sans plus de succès. Ne pas se laisser envahir par la panique. Si quelqu'un ouvrait le directory maintenant, il saurait qu'un intrus le visitait même s'il lui était difficile de remonter jusqu'à elle. Faire vite.

Elle pensa que les dossiers étaient peut-être classés en fonction du praticien qui les avait traités, aussi envoyat-elle « Smithard, D ». L'ordinateur afficha « dossier personnel confidentiel », preuve que les dossiers des médecins et du personnel de l'hôpital étaient conservés dans un autre directory et devaient être protégés par d'autres codes d'accès. Elle essuya machinalement la sueur qui piquait son front et envoya « Délires ». L'écran se vida puis apparurent, par saccades, des lignes. Elle frappa une « copie fichier » qui fit démarrer son imprimante et se déconnecta rapidement. La mémoire du fichier de l'ordinateur de l'hôpital avait été basculée sur son imprimante laser, il suffisait d'attendre l'impression.

Elle respira profondément en écoutant le feulement des feuilles dans la machine.

Trente-neuf personnes avaient été hospitalisées entre 91 et 93 en état de délire, vingt-huit hommes et onze femmes. Elle laissa de côté les feuilles concernant les femmes et s'absorba dans la lecture des autres dossiers. Tout y était minutieusement retranscrit : les analyses pratiquées, les diagnostics, les médicaments prescrits, leur posologie, un bilan complet de l'évolution des malades, et le nom des personnes à prévenir en cas d'accident. La majorité des hommes, vingt et un, avaient été hospitalisés après qu'on les eut appréhendés sur la voie publique à la suite de manifestations violentes. Le diagnostic du médecin de garde avait été « delirium tremens », consécutif à un sevrage brutal d'alcool dans neuf des cas. Les douze autres cas s'apparentaient également à une réaction de sevrage mais semblaient d'étiologie plus incertaine, alcool ou drogue ou les deux. Seuls les sept derniers cas retinrent l'attention de Gloria. Ni drogue ni alcool n'étaient impliqués. Elle les parcourut puis les relut lentement parce que nombre des termes médicaux et des abréviations lui échappaient. Un certain David Gate avait été admis aux urgences dans la nuit du 24 au 25 octobre 1991. Il présentait des signes d'agitation extrême et des difficultés verbales et motrices. Lorsque les infirmiers l'avaient soulevé de la civière, il avait uriné debout dans le couloir en pleurant. La voisine de palier qui avait appelé l'ambulance lorsqu'elle l'avait trouvé gisant devant sa porte avait déclaré qu'il s'était plaint de ressentir une soif inextinguible depuis plusieurs jours. Un dosage sanguin devait rapidement révéler que sa glycémie était anormalement élevée. Selon la conclusion de l'interne, David Gate était à la limite du coma diabétique. Suivaient la description et les doses d'insuline utilisées pour normaliser sa glycémie. Une douleur aiguë crispa l'estomac de Gloria. Et si aucun des six derniers autres n'était le bon ? Mon Dieu et si ce n'était pas le bon hôpital ? Elle regarda les lignes tracées sur les feuilles sans se résoudre à les déchiffrer. Elle plongea. Le sixième, un certain Richard Lane avait été conduit aux urgences par la police un 5 avril 1992. Il avait été appréhendé après plusieurs plaintes téléphoniques des riverains de la gare routière de Chicago qui pourtant en avaient vu d'autres et l'appel d'une femme officier de police qui dressait des procès-verbaux aux voitures en stationnement interdit. Il vociférait sur la voie publique, insultant les passants. Il avait vomi sur des voitures garées au bord du trottoir et pris à partie la femme policier. L'officier avait tenté de le raisonner, attribuant d'abord la sueur qui dégoulinait le long de son visage, en ce mois d'avril au froid piquant, et sa pâleur cireuse à un syndrome de manque voire à un début de crise d'épilepsie. Comme il devenait violent, elle avait appelé du renfort. Le jeune médecin qui avait réceptionné Richard Lane avait également pensé à un syndrome de sevrage. Le lendemain, le docteur Smithard avait été alerté par l'exophtalmie présentée par le patient et l'existence d'un goitre. Gloria ferma les yeux et respira par le ventre en saccadant ses inspirations comme pour un accouchement. Smithard avait diagnostiqué une toxicose d'origine thyroïdienne que devaient confirmer les analyses. Richard Lane présentait tous les signes d'un syndrome de Basedow-Graves. Son dossier avait été classé avec les autres cas délirants, parce que c'était sous cette pathologie qu'il avait été hospitalisé. Les différentes prescriptions du docteur Donald Smithard étaient répertoriées par ordre chronologique, tout comme les analyses de contrôle, quant à l'origine du syndrome elle se révéla être tumorale. Il semblait qu'après quelques mois d'hospitalisation dans le service d'endocrinologie, le dosage plasmatique des hormones thyroïdiennes du patient soit redevenu proche de la normale. Toutefois, un rapport bref de l'infirmière en chef du service précisait que si l'irritabilité et la grande nervosité du patient avaient d'abord été attribuées à son désordre hormonal, l'agressivité et les accès de violence auxquels il était sujet avaient certainement une origine différente. Son comportement menaçant avait nécessité un traitement sédatif.

Gloria chercha désespérément si le passé de Richard Lane était consigné dans les pages du rapport : rien, aucune visite, aucune famille. Richard Lane était ressorti, à sa demande, de l'Hôpital général de Chicago en février 1993. Elle se servit un verre de chablis et salua du verre l'écran éteint de son ordinateur.

Gloria lut rapidement les cinq derniers dossiers médicaux, appréhendant d'y trouver un deuxième candidat. Rassurée par sa lecture, elle composa le numéro de Cagney au Russell Building.

— Mr Cagney, j'ai des résultats. Il faut que je vous voie. À moins que votre méfiance pour le téléphone se soit calmée.

— Vous avez...

— Oui. J'ai.

— Bien, je prends le premier avion. Attendez...

Elle entendit un bruit de feuilles, puis :

— Je peux être au JFK Building à 21 heures. Ce n'est pas trop tard ?

— Non. J'y serai.

— À tout de suite. On tient le bon bout ou pas ?

— On tient un bout.

Un garde l'escorta jusqu'à la porte. Cagney se leva à son entrée, comme toujours, mais, cette fois, contourna le bureau pour venir à sa rencontre. Il la conduisit par le coude jusqu'au fauteuil et elle réprima un sourire en se disant qu'elle était soudain devenue pour lui une chose précieuse et fragile. Même son animosité viscérale pour elle avait disparu, et lorsqu'il rajusta son nœud de cravate machinalement, elle comprit qu'il voulait lui plaire.

— J'espère que vous n'êtes pas trop fatiguée, Mrs Parker-Simmons.

— Nous verrons cela lorsque tout sera terminé, voulez-vous ?

— Alors ?

— Alors un patient a bien été soigné par Smithard à l'Hôpital général de Chicago entre avril 1992 et février 1993 pour un syndrome de Basedow-Graves d'origine tumorale. En dépit des recommandations faites par Smithard avant sa sortie du service d'endocrinologie, le patient ne s'est jamais représenté à l'hôpital pour des contrôles ou des soins. Il s'agissait d'un certain Richard Lane, appréhendé sur la voie publique à la suite de manifestations de violence.

Cagney la regarda fixement. Son visage élégant et presque émacié devint livide. Il retira ses lunettes, ferma les yeux et s'adossa brutalement contre le dossier de son fauteuil.

— Bingo !

— Vous connaissez cet homme ?

— Lui non. Par contre, je crois bien que j'ai entendu parler de sa mère. Lynn Lane. Il ne peut pas s'agir d'une coïncidence ou d'une homonymie. Lynn Lane a été tabassée à mort puis poignardée par son jeune amant il y a approximativement dix ans, en 1984 plus précisément. Et cet amant, c'était Raul Estevan. À l'époque, Estevan avait 22 ans.

Un silence s'établit et s'éternisa pendant quelques pesantes secondes. Gloria avait l'impression que son cerveau devenait un trou noir, un gouffre d'impulsions qu'elle ne parvenait plus à traduire. Une extrême lassitude, une envie de s'endormir tout de suite dans ce fauteuil, lui firent fermer les paupières.

— Mrs Parker-Simmons ? Vous vous sentez bien ?

— Je suis fatiguée. Qu'est-ce qu'on fait ?

— Pour l'instant vous rentrez vous coucher. Moi je pars pour Chicago. Morris y est déjà. Nous allons rendre une deuxième visite à Mr Estevan. Je vais vous faire raccompagner. Je vous appelle dès que j'ai du nouveau.

Il appuya sur une touche de son standard téléphonique, prononça quelques mots que Gloria ne tenta pas de saisir. Quelqu'un, une femme, pénétra dans le bureau et l'aida à se soulever de son siège. Gloria avait besoin de Clare, de toucher Clare, de la serrer à s'étouffer. Elle avança comme dans un rêve, à moitié portée par la femme. Plus tard, Gloria serait incapable de dire à quoi elle ressemblait si ce n'est qu'elle portait une chevalière en or montée autour d'un ovale d'onyx noir et que son déodorant sentait le tilleul. Plus tard, Gloria comprendrait que cette anesthésie brutale qu'elle avait ressentie dans le bureau de Cagney avait été une façon de lutter contre sa terreur. Richard Lane sortait des équations pour devenir quelqu'un qui existait vraiment.

Et Gloria ne savait pas ce que l'on fait contre les gens qui existent vraiment puisque son univers se limitait à Clare et que Clare était un ange.

— Mrs Parker-Simmons ?

Gloria décida de ne pas se retourner vers le bureau, trop pénible, trop loin, trop fatiguée.

— Oui, Mr Cagney ?

— Merci.

— Coincez-le.

23

Rocky précéda Cagney et Morris pour le même parcours que quelques jours auparavant, les mêmes plaisanteries de cul. Le même grand Noir sculptural fit mine de plonger la main dans son slip si blanc sur sa peau ébène, léchant sa lèvre supérieure en gémissant d'extase avant d'éclater de rire.

L'imminence de la curée plongeait Cagney dans un état second, un état de tension agressive. La fatigue le talonnait, et il avait par moments l'impression que seuls ses yeux existaient encore dans son visage. Il sentait confusément que le silence compact et la hargne de Morris n'étaient pas seulement motivés par la chasse, mais, après tout, peu lui importait.

Raul Estevan les attendait dans la petite cellule améliorée et Cagney sut qu'il était sur ses gardes. Il se souvint d'une phrase prononcée par un de ses professeurs de psychologie, dont il avait oublié le nom et les traits mais qui l'avait marqué : « Tous les hommes ont un rêve, tous les hommes ont une faille, tous les hommes peuvent devenir des héros pour quelque chose ou pour quelqu'un, ne serait-ce que pour eux. » Quel était le rêve ou la faille de Lady-Killer ? Conneries ! La seule chose qui comptât vraiment était de l'éliminer du système, d'une façon ou d'une autre.

— Décidément, Mr Cagney, vous manifestez un intérêt flatteur pour moi.

— N'est-ce pas, Mr Estevan.

— Et qu'est-ce qui motive cette deuxième visite ?

Morris était adossé rigidement contre la lourde porte de la cellule. Cagney sourit à son vis-à-vis et posa ses coudes sur la table qui les séparait. Estevan était au courant de tout, Cagney en était convaincu. Estevan allait systématiquement mentir, et comme il était intelligent, il mentirait en travestissant subtilement la réalité. Les inventions se démontent vite, et Estevan le savait. La tâche de Cagney consistait à débarrasser la vérité de ses faux-semblants.

— Mr Estevan, bien que votre procès ait été entaché de zones très troubles, vous avez bien vécu avec une femme du nom de Lynn Lane. Les jurés ont conclu que vous l'aviez frappée à mort puis poignardée.

— Oui. C'était une salope intégrale. Une garce. Je l'ai frappée mais je ne l'ai pas tuée.

— Vous êtes revenu à plusieurs reprises sur cette déclaration.

— J'étais dans un état second. Vous savez, une crise de rage. Je ne sais plus très bien ce que j'ai fait. Je sais que je l'ai frappée violemment, mais je ne me souviens pas l'avoir poignardée. Après tout, peut-être l'ai-je fait.

— Et la deuxième femme, cette veuve d'excellente réputation ? Samantha Evans.

— C'est un peu la même histoire. J'ai dû perdre les pédales. À l'époque, j'étais très nerveux, très violent. Elle était gentille, pot de colle mais gentille. Si je l'ai vraiment tuée, je le déplore.

Cagney sentit que ses remords étaient purement formels.

— Mrs Lane avait un fils, n'est-ce pas ?

— Oui, un gamin.

Cagney perçut plus qu'il ne détecta l'infime recul d'Estevan.

— Richard ?

— Sans doute. On l'appelait Rick.

— Qu'est devenu cet enfant après la mort de sa mère ?

— Je n'en ai pas la moindre idée. Il était très jeune. On l'a probablement placé quelque part.

— Vous ne l'avez plus jamais vu, après le décès de sa mère ?

— Non.

Au clignement rapide de ses paupières, Cagney sut qu'il mentait.

— Connaissez-vous un certain Kirk Ford ou un George Sterling, Mr Estevan ?

— Non.

Estevan mentait encore.

— Kirk Ford ?

— Je viens de vous répondre, Mr Cagney. Vous vous demandez toujours si je peux être Lady-Killer, n'est-ce pas ? Amusant.

Cagney comprit qu'il tentait de faire dévier la conversation. Mais pour éviter qui ? Ford, Sterling ou Richard Lane ?

— Mr Estevan, nous avons appris que l'un de vos avocats, celui qui vous a rendu visite au pénitencier après le jugement, un certain Broderick Purdy si je ne m'abuse, a eu quelques difficultés avec le barreau. Son sens de la déontologie était assez inhabituel.

Estevan gloussa :

— Oui. Oh, il n'était pas vraiment mon avocat, davantage un conseiller juridique. J'ai du reste cessé de le voir. Le directeur ou Mrs Zilberman vous l'auront sans doute précisé. Purdy était un de ces ratés qui cachetonne en levant les clients dans les maisons funéraires.

— Où est Richard Lane, Mr Estevan ?

— Je vous l'ai dit, Mr Cagney, je l'ignore. C'était un enfant assez difficile. Il faut dire à sa décharge qu'avec la mère qu'il avait, le contraire aurait été étonnant. Je n'ai jamais su qui était son père Elle sautait sur toutes les braguettes qui passaient à proximité. En fait, c'était un pauvre gosse.

— Vraiment ? Et pourtant, vous avez tué sa mère.

— Oui, je sais. Mais je paye le prix, Mr Cagney.

— Pourquoi dites-vous qu'il était difficile ?

— Oh, c'était un enfant nerveux, parfois complètement muet, à d'autres moments très volubile. Amorphe ou excité. Je crois que maintenant on appelle cela « cyclothymique », non ?

— Oui. Quel âge avait l'enfant au moment des faits ?

— Je ne me souviens plus vraiment. Il était très jeune. Vous voyez, j'ai appris ce mot, « cyclothymique », en prison. J'ai beaucoup lu en prison. J'ai appris beaucoup de choses. Au début la lecture m'emmerdait, maintenant, c'est une joie et un grand réconfort.

La conversation se poursuivit encore un peu. Estevan déviant subtilement, Cagney tentant de le ramener au sujet qui l'intéressait. Aucune de ses stratégies ne lui permit de coincer Estevan.

Ils sortirent sur la conviction qu'Estevan connaissait toute l'histoire mais ne se laisserait pas piéger. Toutefois Cagney n'avait pas perdu son temps : Raul Estevan savait que Richard Lane était Lady-Killer et il y avait de grandes chances qu'il sache où se trouvait Lane maintenant.

De retour à l'hôtel, Cagney appela un de ses collègues, Raymond Dove, du ministère de la Justice, pour lui demander de faire quelques recherches. Cagney s'affala ensuite sur son lit et s'endormit comme une masse. La sonnerie du téléphone le tira trois heures plus tard d'un sommeil comateux qui le laissait encore plus fatigué.

Raymond Dove n'avait pas chômé :

— James, le gosse, Richard Lane, a été placé dans une institution charitable pour les orphelins à Elgin. C'est sur l'Interstate 90, pas très loin de Chicago. Il avait treize ans lorsque sa mère a été tuée.

— Mais pourquoi l'a-t-on placé là-bas ? Sa mère a été tuée non loin de Little Rock et il est né en Arkansas. Vu son jeune âge au moment des faits, et l'absence de père ou de famille, il a dû être placé sous tutelle de l'État après le décès de sa mère.

— Je ne sais pas, mais je peux trouver. D'autant qu'il y a un autre truc bizarre dans ce placement. Il n'est arrivé à Elgin que deux ans plus tard. Il avait quinze ans. Qu'est-ce qu'il a fait pendant les deux ans ?

— En effet, oui. Ce serait parfait, si vous pouviez trouver la réponse à ces deux questions, Ray.

Après avoir raccroché sur la promesse que Ray le rappellerait dès qu'il aurait déniché quelque chose, James Irwin Cagney demeura pensif un instant. Tout tournait autour de Chicago : Raul Estevan avait assassiné la deuxième femme, Samantha Evans, non loin de là, il avait été incarcéré dans le pénitencier du coin, Richard Lane avait été placé dans une institution proche de la mégapole, trois des meurtres de Lady-Killer avaient eu lieu dans des États voisins. Lane avait été traité à l'Hôpital général de Chicago, comme George Sterling. Enfin, Sterling avait été incarcéré dans le même pénitencier qu'Estevan. Existait-il un lien entre eux deux en dépit du fait que Sterling n'était ni Lady-Killer ni Richard Lane ?

Cagney relâcha les franges du couvre-lit qu'il martyrisait depuis quelques minutes avec un soupir excédé. Il aurait aimé s'endormir contre Ann. Ann devait être incapable de réconforter qui que ce soit mais la protéger, la bercer, c'était déjà se calmer. Il aurait aimé tout faire pour elle, tous ces gestes d'amants qui semblent si bêtes aux autres : brosser un cheveu tombé sur l'épaule de sa robe, enlever une écharde de son doigt ou lui éplucher une pêche pour qu'elle ne se tache pas. Cagney eut soudain la douloureuse conviction qu'il lui faudrait sortir bientôt d'Ann, puisque Tracy avait presque disparu de sa mémoire. Il allait falloir admettre la vérité sur Ann, sur lui, sur son besoin d'Ann... Ce serait son tribut à l'arrestation de Lady-Killer. Il repoussa l'idée de cette épreuve et se concentra sur Chicago. Il consulta sa montre : il était 17 heures pour Mrs Parker-Simmons.

Elle décrocha dès qu'il s'annonça après le message de son répondeur.

— Les choses se confirment en devenant de plus en plus compliquées, Mrs Parker-Simmons.

Cagney lui expliqua que le passé de Lady-Killer semblait rivé à l'énorme ville dont l'insolente beauté architecturale vous donne envie de pleurer d'admiration ou de fuir. Elle ne répondit pas. Son silence qui s'éternisait angoissa Cagney :

— Mrs Parker-Simmons ?

Un « chut » très doux lui répondit, un de ces murmures dont le souffle endort les bébés. Enfin sa voix, étouffée par la distance ou la concentration.

— Vous avez une hypothèse, Mr Cagney ?

— Oui. Je crois que le gosse a suivi Estevan après le meurtre de sa mère. Il avait treize ans à l'époque. Il a vécu avec lui et a probablement assisté à la mort de la deuxième femme. Lorsque Estevan a été arrêté en essayant de revendre la voiture, le gosse a probablement été placé sous la tutelle de l'Illinois. Estevan ment lorsqu'il prétend à peine se souvenir de l'enfant. Mais il s'en fout, il est déjà condamné à perpétuité.

— Vous pensez qu'ils ont ensuite conservé des contacts ?

— Oui. Mais ce sera difficile à prouver.

— Mais pourquoi Estevan protège-t-il Richard Lane ?

— Allez savoir, Mrs Parker-Simmons. « Il existe plus de choses entre le ciel et la terre que dans toutes nos philosophies », n'est-ce pas ? Lane connaît peut-être des choses très incriminantes sur Estevan et celui-ci veut éviter qu'on l'arrête, ou alors l'enfant l'amusait. Estevan s'est occupé de Richard Lane lorsque celui-ci était adolescent. Il a pu se créer entre eux une sorte de lien parental. Je ne pense pas qu'Estevan soit homosexuel et, en tout cas, rien n'indique qu'il soit pédéraste. Il peut avoir projeté sur l'enfant une sorte de désir de paternité, ou avoir conçu de la tendresse pour lui. On a déjà vu des choses plus étranges.

La voix de Gloria, légèrement désynchronisée par la distance, murmura à l'autre bout du fil :

— Sait-il où se trouve Richard Lane ?

— Je le crois. Mais il ne dira rien. Et puis, je me retrouve toujours avec ce George Sterling sur les bras. Je ne sais pas comment il intervient dans cette histoire et si tant est qu'il ait un lien quelconque avec les deux autres. Vous vous souvenez du dossier de Sterling ?

— Oui, le violeur. Mais ce policier de Chicago dont il dépend vous a bien dit que Sterling ne pouvait pas avoir commis certains des meurtres, soit parce qu'il était à l'hôpital soit parce qu'il lui est pratiquement impossible de prendre un avion sans se faire repérer.

— Je sais, oui. Mais avouez que la coïncidence est étrange.

Gloria répondit :

— Il en est d'encore plus bizarres. Et cet avocat, j'ai oublié son nom.

— Broderick Purdy. C'est un de ces avocats minables et marron qui couvrent des petits trafics, principalement dans les prisons. On a fini par le repérer. Il s'est fait sérieusement rappeler à l'ordre par le Barreau et semble avoir momentanément disparu de la circulation. Estevan dit qu'il l'a congédié et la sous-directrice du pénitencier a confirmé qu'il n'avait plus rendu visite à Estevan depuis plusieurs années.

— Pensez-vous qu'Estevan ait pu utiliser Purdy comme messager pour rester en contact avec Richard Lane ?

— C'est la question que je me pose en effet. Morris est à sa recherche.

— Pourquoi m'avez-vous appelée, Mr Cagney ?

— Comme cela. Vous m'aidez à penser. Avez-vous des nouvelles de Katherine Dedham ? Je n'ai pas eu le temps d'appeler Karen.

— Karen doit la déposer chez moi dans une heure. Elle vient prendre un verre. Je l'emmène ensuite au Philharmonique de Boston. Il y a une représentation exceptionnelle de Kiri Te Kanawa en plein air. Karen nous y rejoindra.

— Katherine est un spécimen étrange, n'est-ce pas ? À la fois très solide et très fragile.

Elle sentit la mise en garde dans son débit lent et rythmé.

— Je sais, Mr Cagney.

— Bien. À bientôt, Mrs Parker-Simmons.

Katherine regarda Karen partir comme si elle avait envie de fuir à sa suite. Elle resta les bras ballants dans l'entrée, fixant sans un mot Gloria qui l'invitait à pénétrer dans le salon. Enfin, elle parut se résoudre à faire un pas, en haussant les épaules.

Gloria avait pensé à acheter un peu plus tôt une excellente bouteille de whisky écossais chez Sam. En réalité, elle l'avait inscrit sur l'agenda électronique de son logiciel pour ne pas l'oublier. L'odeur du whisky lui faisait monter le cœur au bord des lèvres, évoquant immédiatement l'haleine d'un ivrogne. Mais Sam l'avait assurée que les grands whiskies sentent le grain. Gloria se demanda si Katherine pourrait faire la différence et s'en voulut de sa mesquinerie.

Katherine la regardait servir leurs apéritifs, debout devant le canapé gris-bleu, bras croisés sous ses seins, la bouche entrouverte.

Gloria sentit qu'il lui fallait briser ce mur de silence qui était en train de les éloigner. Le silence semblait être un refuge pour Katherine et Gloria ne pouvait pas se permettre de la laisser s'y enfermer. Elle n'avait plus le temps. Il fallait que Katherine se détende. Gloria prononça la première phrase qui lui passait par l'esprit :

— J'ai pensé au whisky. Je n'en bois pas d'habitude. Vous vous souvenez ? Vous m'avez dit au restaurant que vous aimiez le whisky.

— Ah.

— Le patron de la boutique de delicatessen m'a assuré qu'il était excellent. Vous me direz ce que vous en pensez. En réalité, il n'a pas le droit de vendre de l'alcool, mais il a une petite réserve spéciale de bons vins et de vieux whiskies pour ses meilleurs clients.

— Oui.

Gloria reposa la bouteille sur le plateau en argent posé sur un vieux vaisselier canadien en érable blond-roux. Elle l'avait acheté quelques années plus tòt chez un brocanteur du Maine.

Elle se tourna à demi vers Katherine immobile et qui la fixait toujours. Gloria sourit et s'approcha du canapé avec les deux verres.

— Vous devriez vraiment vous asseoir, ce serait plus agréable pour discuter.

Tendue, Katherine demanda :

— Je vous amuse ?

— Non, pourquoi dites-vous cela ?

— Vous riez.

— Je souris parce que je me sens bien, voilà tout. On ne peut pas en dire autant de vous. Écoutez, Katherine, je sais que la situation doit être assez difficile pour vous. Vous êtes parachutée dans une grande ville que vous ne connaissez pas, au milieu d'étrangers. Vous êtes un peu trop vieille pour qu'on vous explique que c'est pour votre bien, mais en substance c'est assez vrai. Ces gens du FBI sont là pour vous protéger, pour arrêter ce tueur au cas où il lui prendrait l'idée d'achever un travail qu'il n'a pas pu finir.

Katherine lâcha d'un air buté :

— Il me fait pas peur.

— Vous avez tort. Il est redoutable.

Katherine vida son verre d'un trait et se leva pour se resservir. Gloria dégusta son chablis. La jeune femme revint vers le canapé, mais ne se rassit pas. D'un ton hésitant, elle déclara :

— Il est bon. Le whisky, je veux dire.

— Ah, je suis contente. Je le dirai à Sam, le patron de la boutique. C'est un grand ami de Clare, ma nièce.

— Elle va mourir ? Je veux dire : souvent les débiles ne vivent pas vieux.

Gloria reposa sèchement son verre sur la table basse

et regarda Katherine en serrant les maxillaires. Elle aurait pu insulter quiconque pour une phrase comme celle-ci.

Katherine ferma les yeux et cria :

— C'est pas ça que je voulais dire, d'accord ?

Elle serrait son verre en cristal si fort que ses phalanges supérieures blanchirent et Gloria craignit qu'elle ne le casse dans sa main. D'une voix qu'elle tenta de rendre aussi calme que possible, Gloria dit :

— Je sais. Parlons d'autre chose voulez-vous ? Asseyez-vous, Katherine.

La jeune femme s'installa à nouveau à côté d'elle. Gloria pouvait sentir sa tension. D'un ton rauque, Katherine demanda :

— Vous l'aimez ? Clare, je veux dire.

— Je ne sais pas très bien ce qu'on entend par là. Disons simplement qu'elle m'est plus précieuse que moi.

— Je vois.

— Vraiment ?

Katherine murmura, le regard perdu devant elle :

— Oui, je vois très bien.

— Servez-moi un autre verre, voulez-vous, Katherine ? Le vin est dans la porte du réfrigérateur.

Lorsque Katherine revint de la cuisine portant délicatement le verre à pied dont le ballon se recouvrait d'un givre léger, Gloria était calmée. Elle tapota en souriant le coussin du canapé :

— Asseyez-vous. J'invite très peu de gens ici. En fait, vous êtes ma première invitée.

Gloria pensa instantanément à Morris et se souvint du revolver caché dans le tiroir de sa commode. Elle l'avait presque oublié.

— Je veux rentrer à la ferme. J'en ai marre d'être ici. Je fais rien et je m'emmerde. Et puis Fluffy est pas bien dans une grande ville. C'est pollué et c'est pas bon pour elle toutes ces bagnoles.

— Ce n'est pas prudent, Katherine. Je doute que Mr Cagney approuve.

Katherine tourna la tête de l'autre côté, soupira et cracha agressivement :

— Et puis, j'ai pas envie d'aller là-bas ce soir et d'écouter de l'opéra. J'aime pas ça.

Exaspérée, Gloria murmura d'un ton cinglant :

— Pourquoi, vous connaissez si bien l'opéra ?

Katherine se pencha lentement vers elle, le visage fermé :

— Me faites pas ça, d'accord ?

Gloria s'en voulut et tenta de s'excuser :

— Pardon. (Puis, souriant :) Clare n'aime pas l'opéra non plus.

Katherine se leva d'un bond et cria, poings fermés :

— Je suis pas Clare, vous entendez. J'ai pas d'éducation et je sais à peine lire mais je ne suis pas tarée !

Gloria eut à peine l'impression d'avoir bondi du canapé. Elle la gifla de toute sa force. Elle leva à nouveau la main mais Katherine attrapa son poignet au vol.

— Arrête. Fais pas ça, pas toi.

Un vide. Sa rage qui refluait d'un coup lorsqu'elle constata que Katherine pleurait, les yeux grands ouverts.

— Oh, merde ! Je suis désolée. Katherine, Katherine, écoute, je ne voulais pas. Je t'en prie, pardonne-moi. Arrête de pleurer, ce n'est rien. Arrête.

Gloria la força à se rasseoir, incapable de comprendre la cause de cet énorme chagrin, comme elle était incapable de percer le secret de ceux de Clare. Katherine sanglotait à côté d'elle, la tête dans les genoux. Une infinie tendresse, une de celles que Gloria croyait réservées à Clare, lui bouleversa le cœur. Elle prit la jeune femme dans ses bras, l'allongea contre elle et la berça de « chut ». Elle sentit le corps de Katherine se raidir contre elle et lui caressa les cheveux. La jeune femme se laissa aller en soupirant, ses sanglots s'espaçant. Peut-être allait-elle s'endormir comme Clare, les paupières crispées sur son chagrin, les larmes de son sommeil séchant au coin de ses yeux en laissant des traces blanches et salées.

Katherine écoutait le cœur de cette femme pâle et trop mince battre régulièrement contre sa joue. Depuis quelques secondes, le sien ne lui appartenait plus. Depuis quelques secondes, des années de son passé s'étaient déversées contre ce cœur qui la fascinait et qu'elle avait envie d'embrasser. Gloria avait touché son sang. Ce jour-là, à l'aquarium, elle avait essuyé son sang avec sa main. Un éclair de compréhension succéda à l'instant de panique qu'elle avait éprouvée lorsque Gloria l'avait allongée contre elle. Un éclair déchirant et puis, un immense soulagement. Katherine aurait voulu s'endormir contre Gloria mais elle avait envie de sentir chacun de ces instants et elle se força à rester éveillée. Toutes ces années durant lesquelles elle n'avait pas su pourquoi elle se sentait différente, en étant pourtant tellement semblable aux autres. Toutes ces années où elle avait terrorisé et s'était battue avec les garçons qui la narguaient. Toutes ces années où elle avait surpris des rires méchants ou moqueurs échangés entre leurs voisins sans en comprendre la raison. Son effroyable timidité envers les filles, son envie de leur faire plaisir jusqu'à se ridiculiser. Son chagrin incohérent lorsque Cindy, la fille du droguiste, s'était mariée et qu'elle avait suivi son mari à New York. Cindy était la seule qui ait été gentille avec elle lorsque sa mère était morte.

Elle avait envie de toucher Gloria, elle en avait envie à en pleurer. Elle était amoureuse de Gloria, c'était aussi simple que cela. Pour commencer, ce ne serait pas grave si Gloria ne l'aimait pas vraiment comme elle le souhaitait. Katherine lui apprendrait doucement parce que plus rien ne lui faisait peur. Il fallait que Clare lui fasse une place dans la vie de Gloria. Pour le moment, une toute petite lui suffirait. Gloria avait touché son sang, elle l'avait essuyé de ses mains nues.

Un murmure :

— Katherine, ça va ? Je ne sais pas ce qui m'a prise. Ce que vous avez dit m'a fait de la peine, mais je ne voulais pas vous faire mal. Vous me pardonnez, n'est-ce pas ? Dites-moi que vous me pardonnez.

Katherine eut envie de ne pas répondre, de feindre l'endormissement parce qu'elle savait que Gloria allait la relever et la séparer de son corps. Elle préféra s'éloigner elle-même, se redressa et les yeux toujours fermés répondit :

— Ça va, c'est rien.

— Vous me pardonnez ?

— Oui, tout.

Katherine gloussa. Gloria sourit et proposa :

— Vous avez faim ? Je meurs de faim. Je peux vous faire des pâtes, des pâtes fraîches. J'ai du parmesan, et je dois même pouvoir pousser le luxe jusqu'à ajouter du basilic. Je cuisine de façon lamentable, je préfère vous prévenir tout de suite, mais les pâtes, j'y arrive. Sans cela, nous pouvons sortir. Il y a un excellent petit restaurant grec pas très loin d'ici. De toute façon, il faut que vous appeliez Karen pour la prévenir que nous n'allons pas à la représentation.

— Ce serait pas sympa. Elle avait envie de voir cette fille. Elle l'a jamais vue. Elle a ses disques.

— Kiri Te Kanawa.

— J'arrive pas à mémoriser son nom.

— Ce n'est pas grave, c'est un joli nom mais étrange. C'est sa voix qu'il faut mémoriser. Un jour, je vous ferai écouter Maria Callas et Victoria de Los Angeles. Je suis sûre que vous aimerez. Alors, que faisons-nous ?

— On reste ici ?

— C'est une affaire qui marche. Je vous sers un autre verre pendant que je fais les pâtes ?

— Oui.

Gloria se dirigea vers le vaisselier et Katherine s'aperçut qu'elle aurait déjà pu décrire le moindre de ses gestes. Cette grâce légère et pourtant heurtée, sa façon d'interrompre son geste, de laisser un bras suspendu au milieu d'une action comme si elle réfléchissait soudain à autre chose. Après tout, elle pourrait réapprendre à lire et à écrire. Elle pouvait avant, elle avait juste oublié. La preuve, elle savait toujours compter.

Elles s'attablèrent quelques minutes plus tard devant un plat de pâtes trop cuites que Katherine trouva sublimes. Sa mère la nourrissait pour qu'elle reprenne des forces, qu'elle puisse travailler et que le vieux lui foute la paix. C'était la première fois qu'on lui faisait à manger pour lui faire plaisir. Katherine goûta au chablis et le trouva excellent. Gloria gloussa et déclara :

— Je commence à être pompette.

Elles éclatèrent de rire. Katherine se ferma brusquement :

— Après l'enquête, enfin, je veux dire quand ils l'auront gaulé, vous restez ici ?

— Non. Je n'habite pas ici. Je vis à San Francisco, maintenant.

Gloria se rendit compte avec surprise qu'elle révélait à Katherine sans l'ombre d'une hésitation les traces qu'elle avait toujours tenté de recouvrir pour que les autres ne la traquent pas.

— C'est beau ?

— C'est une très belle ville. Aussi jolie qu'ici, dans un genre différent, mais le climat est plus clément. Et puis j'aime beaucoup les gens de là-bas. Ils sont chaleureux, un peu bargeots mais amicaux.

— Vous ne reviendrez plus dans l'Est ?

— Non. Enfin, peut-être mais en déplacement professionnel.

Katherine baissa la tête et Gloria sut qu'elle avait commis un impair sans toutefois très bien comprendre lequel. Elle avança la main et saisit celle de Katherine :

— Vous allez venir me voir. Je vous ferai visiter. C'est magnifique, vous allez adorer. Il y a plein d'animaux. Le parc de Yosemite n'est pas très loin de chez nous. On y voit des rapaces extraordinaires et puis des oursons qui ont vos yeux.

Katherine sourit dans son chagrin. Gloria n'avait pas le droit de partir maintenant, de la laisser.

— Je pourrai pas venir.

— Pourquoi pas ?

— Je sais pas. Je pourrai pas, c'est tout.

— J'ai une très grande maison et un chien. Il est moins malin que Fluffy, mais il est marrant.

— Il s'appelle comment ?

— Germaine. C'est un boxer, très mal élevé.

— C'est sympa comme nom.

D'une voix douce dont elle tentait de dissimuler la nervosité, Gloria demanda :

— Katherine, avez-vous réfléchi à cet homme, le tueur ? Je suis sûre que vous le connaissez. D'ailleurs, je suis presque certaine qu'il connaissait toutes ses victimes, c'est pour cette raison qu'elles l'ont suivi sans difficulté. C'est pour cette raison qu'il a pu tuer Marissa Vargas. Elle ne s'est pas méfiée, sans quoi, il ne serait pas parvenu à l'abattre aussi facilement.

— Marissa Vargas ? C'est une des nanas qu'il a butées ?

— Oui. C'était une sportive, une fille qui s'entraînait régulièrement. Elle était mécanicienne dans un garage, à Needham, je crois. Sa compagne l'a décrite comme étant une force de la nature. Elle était grande et baraquée comme vous.

— Sa compagne ?

— Oui, elle était homosexuelle.

— Ah.

Katherine se sentit rougir sans parvenir à maîtriser cet afflux de sang qui lui brûlait les pommettes.

— Écoutez, Katherine, j'ai vu des photos de cette fille. Le tueur est plutôt léger et pas très grand. Même en admettant que sa force physique soit potentialisée lors de crises violentes, Marissa Vargas est typiquement le genre de femme que ces types évitent parce qu'elles ne font pas de bonnes victimes. Elles se défendent et elles savent se battre. Mon idée, c'est donc qu'il la connaissait et en ce cas, il est vraisemblable de penser qu'il en était de même pour les autres, vous incluse. Katherine, je vous en supplie, faites un effort. Vous devez avoir rencontré cet homme et il vous a certainement laissé un souvenir plutôt agréable. Il était peut-être blond ou brun, yeux bleus ou noirs, ne vous focalisez pas sur ces détails altérables. Pensez à sa silhouette, c'est la seule chose qui semble constante dans les descriptions que nous avons. Je vous en prie, essayez.

Katherine la regardait, immobile. Elle n'avait pas envie de penser à ce type. Elle aurait voulu interroger Gloria sur sa vie, ses goûts, la maison de San Francisco, sur Clare. Elle se demanda si Gloria était mariée ou peut-être divorcée. Elle avait remarqué que Gloria ne portait pas d'alliance, ni de bague d'ailleurs.

Katherine soupira et se concentra sur ce que lui demandait la femme blonde et pâle. Gloria se leva, et partit dans la cuisine pour y chercher une autre bouteille de chablis, laissant Katherine se replonger dans le souvenir de cette nuit où un homme avait voulu l'éventrer. Elle revint s'asseoir à côté d'elle, attendant silencieusement que la jeune femme parle et but lentement son verre.

À l'autre bout du pays, Clare devait contempler la lente progression de son axolotl rose chair sur le fond de sable blond de l'aquarium en ce moment. Elle ne parvenait jamais à se souvenir des petits surnoms gentils dont elle le baptisait.

La main de Katherine se crispa autour de son poignet et Gloria tourna la tête vers elle.

— Attends, attends. Je crois que... Non, c'est pas ça. Attends. Ça y est... L'enfoiré de merde, je sais où je l'ai vu et il était blond platine à cette époque.

Gloria eut envie de crier de soulagement et de haine à la fois :

— Oui, dis-moi, dis-moi.

Elle attrapa la main de Katherine et la serra convulsivement. Jenny pourrait bientôt dormir en paix, elle le sentait.

— C'est quand je suis allée chez ce type parce que je saignais du nez sans arrêt.

— Quel type ?

— Le mec qui fait des trucs avec le magnétisme et les plantes, le naturopathe. J'en suis sûre. Il y avait un type blond platine, le dingue, qui est arrivé un peu après moi. Il devait être vachement en avance sur son rendez-vous vu que je devais passer avant lui. D'ailleurs, c'est comme ça qu'il a commencé à me parler en me disant qu'il était pas du coin et qu'il était parti trop en avance à cause qu'il avait peur d'être en retard et que le naturopathe le prenne plus. Parce que ce type-là, le magnétiseur, je veux dire, y a des gens qui viennent le voir de vachement loin, alors t'as pas intérêt à le faire poireauter.

Un soupir de soulagement profond fit presque mal à Gloria.

— Et de quoi avez-vous parlé ?

— Ben, je me souviens plus trop. Le genre de truc qu'on discute dans une salle d'attente, je suppose.

— Fais un effort Katherine, je t'en prie, c'est important. Il t'a posé des questions, sur toi, sur l'endroit où tu habites, peut-être ?

Le regard en amande de Katherine la détailla avec lenteur et un sérieux presque gênant :

— Tu veux vraiment le coincer, hein ?

— Oui.

— Il y a que ça qui compte pour toi, non ?

— Pour l'instant oui. On verra après.

— Pourquoi ?

— Je ne sais pas. Pour l'empêcher de continuer.

Gloria mentait. Elle voulait le coincer pour se venger, pour Jenny, pour Clare et puis aussi pour elle.

— Katherine, de quoi avez-vous parlé ?

— Attends. Donc, il était en avance et il m'a dit que

c'était parce qu'il était pas du coin. Le con, c'est là qu'il m'a demandé où j'habitais.

Gloria cria plus fort qu'elle ne l'avait souhaité :

— Et tu lui as répondu, mais c'est pas vrai !

— Et alors ? Je pouvais pas savoir que c'était Lady-Killer, non ? À chaque fois que tu rencontres quelqu'un tu penses pas que c'est un éventreur, pas vrai ?

— Oui, tu as raison, pardon. Et ensuite ?

— Ensuite, on a causé du naturopathe, qu'il était vachement réputé, et tout ça.

— Tout ça quoi ?

— Attends. Oui, voilà. Il m'a dit qu'il en avait vu d'autres déjà et que certains étaient des charlatans et qu'il fallait se méfier. Et puis, on a parlé des médecins, je veux dire les normaux, quoi. Et lui était pas trop content, à cause qu'ils l'avaient jamais bien soigné alors je lui ai parlé de ma mère, comme quoi elle était morte avec toutes leurs pilules.

— Et il ne t'a rien révélé sur lui, même un détail ?

— Non, je crois pas.

— Il ne t'a pas dit pourquoi il venait voir ce naturopathe ?

— Non. Ah si, c'était un truc d'urticaire. Même que ça m'a surprise parce qu'il était en tee-shirt et qu'il avait pas de plaques et que j'ai pensé que c'était peut-être ailleurs sur le corps.

— C'était à quelle époque ?

— Attends, c'était cette année, un peu après Noël. Fin janvier début février.

— Et cela ne t'a pas surprise qu'il soit en tee-shirt en plein hiver ?

— Ben non, j'ai dû me dire qu'il avait un pull dans sa bagnole. Je sais pas, j'y ai pas prêté attention. Tu sais, c'est dingue, mais il était vachement sympa ce con.

— Oh, bien sûr, c'est plus facile ensuite. Il aborde des femmes dans les salles d'attente, il sait leur parler. Les femmes ont toujours une certaine réticence lorsqu'un inconnu les aborde. Mais il est intelligent. Il discute longuement avec elles, sans jamais une parole déplacée. Et il leur laisse un souvenir très positif. Ensuite, lorsqu'il les rencontre à nouveau, elles tombent dans le panneau.

Katherine se pencha vers la table basse pour attraper son verre de vin. Elle aurait préféré un autre whisky mais se sentait déjà saoule et faible.

Les pages des rapports de Cagney défilèrent dans la mémoire de Gloria. En décembre 1994, il torturait Sue-Ann Dillon, en avril 95 sa haine s'exerçait sur Susan Webb et puis, quelques jours auparavant, il avait martyrisé Jenny. Et tout ce temps-là, il était déjà à la recherche d'une prochaine victime, les approchant amicalement dans une salle d'attente, plaisantant avec des femmes dont il savait qu'il les ferait hurler ensuite. Gloria sentit descendre en elle une haine absolue, incurable, peut-être de la même nature que celle que Lady-Killer éprouvait pour ses victimes et elle songea qu'elle aurait pu le tuer avec une férocité qui lui fit peur.

— Katherine ?

Katherine se tourna vers elle, grave et presque triste :

— Quoi ?

— Où se trouve ce naturopathe ?

— À côté de River Pines, c'est pas très loin de l'Interstate 3. C'est une grande maison en bois et on voit la rivière Concord depuis la terrasse de la salle d'attente. Il est vieux.

— Quoi ?

— Ce mec-là, le naturopathe, il est assez vieux.

— Ah, bon. Je dois appeler Mr Cagney, Katherine.

— Il faut que je m'en aille ?

D'un ton hésitant, Gloria déclara :

— Non, ce n'est pas la peine si tu veux rester encore un peu.

Et Katherine comprit qu'elle devait partir, que Gloria s'était déjà échappée. Elle enfila son blouson et un détail lui revint. Une histoire de camion. Le type s'y connaissait vachement en camions. Katherine avait tout de suite été intéressée. Il parlait des Man comme s'il les avait construits. La mécanique avait toujours branché Katherine. Ils avaient discuté de pannes et il lui avait conseillé un garage de Needham. Sans doute que ce tordu avait également été capable de recommander des boutiques de lingerie ou de parfumerie Bio aux autres femmes. Gloria avait mentionné que Marissa était mécanicienne à Needham. Katherine hésita. Mais Gloria était ailleurs. Gloria ne voulait plus d'elle ici.

Gloria appela un taxi et elles échangèrent à peine quelques mots en attendant son arrivée. Gloria descendit avec elle et paya la course au chauffeur en lui indiquant la destination.

— Rentrez directement au *Hyatt*, Katherine, n'est-ce pas ?

— Ouais.

— Je vous rappellerai demain.

D'un ton glacial, Katherine répondit :

— Ouais, c'est ça.

Gloria n'attendit pas que le taxi s'éloigne et remonta précipitamment chez elle.

En dépit de l'heure, Cagney répondit immédiatement lorsqu'elle composa le numéro qu'il lui avait donné un peu plus tôt.

Elle lui raconta sèchement le contenu de sa conversation avec Katherine. Elle sentit son excitation lorsqu'il soupira :

— Bien. Je vous rappellerai, Mrs Parker-Simmons.

Cagney appela Morris dans la chambre voisine et déduisit de son ton las et fatigué que lui non plus ne dormait pas.

— On fonce à Quantico, Morris, et on demande à Richard Ringwood de nous ressortir tous les détails des déclarations des proches des victimes.

— Qu'est-ce qu'on cherche ?

— Des visites à des naturopathes, un goût pour l'écologie, les médecines alternatives. Ce genre de truc.

— Vous avez eu Mrs Parker-Simmons ?

— Oui. Je vous attends dans ma chambre, Morris.

— Bien Monsieur.

Cagney se doucha rapidement. L'eau froide parvint à le réveiller un peu sans toutefois faire disparaître cette sensation déplaisante qui lui donnait l'impression que son corps refusait progressivement de répondre aux injonctions de son cerveau.

Raymond Dove confirmerait sans doute que Richard Lane avait suivi Estevan dans sa cavale. Quels étaient les liens entre Estevan et Lane ? Richard Ringwood, à Quantico, tentait de dénicher des détails révélateurs sur les trafics de Broderick Purdy et ils avaient enfin une trace fugace mais réelle de Lady-Killer. Il songea à téléphoner à de Sicca pour lui demander de convoquer immédiatement Sterling mais décida que la chose pouvait attendre jusqu'au lendemain.

Un hélicoptère les attendait, garé derrière un des hangars, au bout d'une piste de l'aéroport de O'Hare. Morris était trop fatigué, trop dévasté pour avoir peur du gouffre lumineux qui semblait lâcher à regret le ventre de l'appareil. Il fallait qu'il sache. Il ne pouvait pas tolérer cet autre gouffre qui s'était creusé depuis cette nuit chez Gloria. L'admettre eût été un aveu d'échec, accepter que sa vie, ses efforts, aient été un mirage. Il fallait qu'il digère Gloria puisqu'il ne pourrait jamais la tenir, la serrer, rire avec elle. Il fallait qu'il apprenne le passé de Gloria. Les dossiers du ministère de la Justice avaient été effacés. Était-elle responsable de ce gommage de son passé ? Sans doute. Morris en voulait terriblement à Gloria. Non pas de l'avoir repoussé, il aurait pu continuer à vivre comme cela, après tout, il avait l'habitude de vivre avec un rêve. Il ne lui pardonnerait jamais d'avoir eu si peur de lui, de ne pas avoir compris à quel point il l'aimait, à quel point il mourrait plutôt que de lui faire mal. Il se sentait empêtré dans cette force d'homme parce qu'elle n'était utile à rien qui lui fût essentiel. Il aurait pu la violer s'il avait voulu, elle n'était pas de taille à résister. L'idée, même théorique, qu'il aurait pu forcer Gloria lui sembla malsaine. Jamais il n'avait pensé à cela. D'autant qu'il voulait qu'elle vienne à lui, qu'elle l'aime, qu'elle se couche sur lui. Il voulait être faible, pour qu'elle le prenne et qu'elle le garde.

L'appareil se posa sur le champ de tir désert derrière le rideau d'arbres touffus et presque noirs qui protégeait le bâtiment principal de la base. Cagney se demanda, sans vraiment chercher une réponse, combien d'heures il avait passées au-dessus de terre durant ces deux semaines. Il regarda Morris à la dérobée et la crispation des maxillaires de son adjoint l'alerta. Le comportement à la fois apathique et agressif de Morris durant ces dernières heures lui revint à l'esprit. Une étrange colère, ou un chagrin hargneux qui n'avait rien à voir avec le tueur le rongeait. Il eut envie de trouver un geste ou une parole qui indique à Morris qu'il ne devait pas se cloîtrer dans sa tête. Cagney ignorait les raisons de la peine de Morris, et du reste, peu importait. Il aurait juste voulu que son adjoint sache qu'il n'était pas isolé. Dans quelques mois ou même dans quelques années, Morris apprendrait, comme les autres, qu'ils étaient eux aussi des monstres. La seule phrase intelligente qu'ait jamais prononcée son ex-femme Tracy, comme si elle voulait le gifler, lui traversa la mémoire : « Tu te prends pour un archange, mais les anges sont des monstres parce qu'ils voient tout en deux couleurs, le blanc et le noir. »

Richard Ringwood les attendait, avachi et somnolent dans le bureau de Cagney, ses lunettes d'informatique aux reflets verdâtres repoussées sur son front. Il avait les cheveux sales et gras. Cagney en conçut un déplaisir fugitif. Richard lui laissait une impression de plus en plus déroutante, une impression très sexuelle. Il l'imaginait, assis sur une cuvette de toilette, le pantalon baissé sur ses chaussures, dévoilant des genoux osseux, des mollets blancs et secs couverts de longs poils noirs à peine frisés, se masturbant en lisant des bandes dessinées pornos. Et alors, qu'y avait-il de malfaisant à cela ? Faudrait-il toujours qu'il considère longuement un problème de cet ordre pour devenir objectif et oublier les marques de son éducation trop puritaine ? Peut-être Tracy avait-elle raison ? Peut-être aurait-il vraiment voulu être un archange, se débarrasser de ses passions, de ses pulsions qui devenaient d'autant plus dévorantes qu'il les combattait avec succès. Le pitoyable état d'humain, toutes ces souffrances, toutes ces douleurs, ces faiblesses, l'envie de manger, de dormir, de baiser, de s'apaiser et la peur de devenir fou ou de mourir.

Richard se réveilla en sursaut comme si on l'avait pincé, se redressa sur le fauteuil et Cagney se demanda s'il avait senti son dégoût moralisateur.

— Ah Mr Morris. Quel boulot ! Il a fallu apparier les recherches de façons complètement différentes. Je ne vous dis pas le mal que j'ai eu pour croiser les mots-clefs entre eux ! Et les « et » et les « ou », une vraie galère.

— Non, ne nous dites pas, Richard. Donnez-nous juste le résultat.

— Évidemment, c'est un peu un gruyère parce que les dépositions que nous avons des proches n'étaient pas ciblées sur cet aspect du problème lorsque la police les a enregistrées. Il y a plein de trous. Enfin, pour faire bref, il y a, dans trois des cas, des indications selon lesquelles les victimes étaient assez branchées sur les styles de vie alternatifs, genre bio, végétarien, médecine naturelle et toutes ces conneries.

Cagney soupira. La fatigue le rendait agressif :

— Ma femme était végétarienne, Richard, et je peux vous certifier qu'elle est en parfaite santé et que, malheureusement, ce régime n'a pas amoindri sa combativité. Quant à la médecine naturelle...

— Je suis désolé, Monsieur. Une mauvaise plaisanterie, voilà tout. Je suis un peu fatigué.

— Oui, nous le sommes tous. Bien, alors ?

Ringwood attrapa à pleines mains les listings informatiques éparpillés sur le bureau et les brandit comme s'il venait de faire une découverte révolutionnaire.

— On en a au moins trois. Rien concernant Janet Wilde, la première. Il faut dire que les dépositions ont été assez superficielles, peut-être parce qu'à l'époque on pensait qu'il s'agissait d'un meurtre isolé.

— On va envoyer quelqu'un. Continuez.

— Melissa Stanford, la deuxième, celle qui a été tuée non loin de Kokomo, était végétarienne, du reste toute la famille, sauf les enfants, est végétarienne. Rien sur un naturopathe, mais elle fait une bonne candidate.

— En effet, oui. Morris, téléphonez là-bas. Qu'un flic aille voir le mari. Non, appelez directement le mari, on n'a pas de temps à perdre.

— Il est tard, Monsieur.

— Et alors, je l'emmerde. Est-ce que je dors, moi ?

— Bien Monsieur.

— Morris ? Demeurez très courtois, n'est-ce pas ?

— Évidemment, Monsieur.

Morris sortit du bureau.

— Continuons, Richard.

— Rien sur Vanessa Katzman la banquière, celle qui était divorcée et élevait son petit garçon. Marissa Vargas, vous savez la...

— Oui.

— Végétariennes, elle et sa nana. Militantes anti-expérimentation animale, anti-fourrure, anti-chasse, bref, la totale. On sait par Renée Lebecque, la fille avec qui elle vivait, qu'elle avait des problèmes d'allergie.

— On sait si elle consultait un naturopathe ?

— Ben non, à l'époque on lui a pas demandé.

— Appelez Lebecque. Demandez-lui.

— Maintenant ?

— Maintenant.

Richard compulsa son listing et forma un numéro. Cagney suivait la conversation avec une tension extrême.

— ... Je suis désolé de vous réveiller en pleine nuit, Mademoiselle... C'est très gentil à vous... Non pas encore, mais nous avons un début de quelque chose, c'est du reste la raison pour laquelle je me permets de vous déranger à cette heure... C'est trop aimable. Voilà, dans une de vos dépositions, vous mentionnez le fait que votre... enfin je veux dire Marissa Vargas... oui c'est cela, votre amante, consultait pour des problèmes d'allergie. Ah bon ? Oui, bien sûr, lorsqu'on a des animaux, c'est embêtant. Ah, c'était un allergologue de Needham... Non, pas du tout, ce n'est pas lui. Euh... Excusez-moi, mais c'est encore assez confidentiel, vous comprenez... Mais bien sûr, nous vous tiendrons au courant, cependant, c'est encore prématuré... Oui, on va le coincer, ne vous inquiétez pas... C'est très gentil, j'attends.

La main sur le combiné, il murmura pour Cagney :

— Elle dormait. Elle est partie chercher dans le carnet d'adresses de Marissa. Mais c'est un praticien classique.

Morris revint à ce moment et chuchota dans l'oreille de Cagney.

— Le mari s'est réveillé d'un bond. Il a proposé son aide si on avait besoin d'hommes. Je lui ai dit qu'on avait juste besoin de renseignements. Il ne faudrait pas que Lady-Killer lui tombe dans les pattes, il passerait un sale quart d'heure. Sa femme allait voir un naturopathe, à cent kilomètres de chez eux. Pour les nerfs. Elle était assez fragile. La deuxième grossesse s'est plutôt mal terminée selon lui. Mrs Stanford s'était mis dans la tête que son bébé allait faire un syndrome de mort subite et s'étouffer dans son sommeil, bref cela s'est terminé en dépression nerveuse. Il paraît qu'une de leurs voisines avait perdu une petite fille comme cela peu de temps avant que Mrs Stanford n'accouche. Moche. Le naturopathe l'a remise sur pied. (Il s'interrompit quelques secondes, puis, presque timidement, conclut). En fait, je crois que ces gens ont surtout besoin de parler.

— Sans doute, mais c'est le cas pour tout le monde, Morris.

Richard attendait toujours, le récepteur collé à l'oreille.

— On a l'adresse du naturopathe, Morris ?

— Oui.

— Téléphonez aux flics du coin. Qu'ils envoient quelqu'un, dès demain matin. Je veux son agenda, tous ses rendez-vous à cette période. La liste de ses patients les jours où Mrs Stanford venait le consulter. S'il fait des difficultés, que les flics lui laissent sous-entendre intelligemment qu'il est suspect, cela devrait le rendre plus coopératif. Je n'ai pas de temps à perdre.

— Bien Monsieur.

— Non, attendez, Morris. N'appelez pas les flics, on ira le voir nous-mêmes.

Jude Morris redisparut. Richard attendait toujours. Enfin, Renée Lebecque reprit le combiné à des milliers de kilomètres de là et Cagney entendit :

— Oui, je comprends très bien, Mademoiselle. On ne peut pas vivre au milieu des reliques... Le docteur Roger Close à Needham. Je vous remercie infiniment et encore avec toutes mes excuses... Mais bien sûr, je vous rappellerai dès que nous avons quelque chose.

Se tournant vers Cagney, il annonça d'une voix tendue d'excitation :

— C'était un peu long parce qu'elle avait rangé les affaires de Vargas dans des boîtes parce qu'elle ne supportait plus de les voir. Remarquez, c'est normal.

— Salaud d'enfoiré de merde ! Je vais prendre un café. Je vous ramène quelque chose ?

— Un machin marron avec de la caféine concentrée dedans. Ou mieux, si vous trouvez, de la caféine injectable.

Cagney sourit :

— Je croyais que vous aviez peur des piqûres.

— Je ne sais pas ce qui est le plus effrayant et dommageable à la santé d'une aiguille ou du café qu'on boit ici.

Cagney préféra l'escalier à l'ascenseur pour remonter jusqu'au hall de réception, calme et paisible à cette heure et pourtant jamais vraiment désert ou vacant. L'ensemble des bâtiments sécrétait la même impression, celle d'abriter en permanence des gens, des activités qu'on ne voyait pas forcément mais dont on savait qu'ils étaient quelque part présents. Il contempla pensivement l'armoire vitrée dans laquelle étaient exposés les différents tee-shirts et casquettes à l'enseigne du FBI en attendant que les gobelets descendent dans les griffes du percolateur et se remplissent. Son regard détailla le fameux survêtement bleu marine à rayures grises et il se demanda combien de jeunes le portaient encore cette année. Une étrange amertume le pénétra. Leur existence était menacée, faute de crédits, mais les dingues faisaient la première page des journaux et ils étaient les seuls qui puissent encore maintenir cet écran de protection entre la folie sauvage de quelques-uns et la foule anonyme de ceux qui croyaient que vivre paisiblement est un droit alors qu'il s'agit encore d'un luxe rare.

Lorsque Cagney pénétra à nouveau dans son bureau, Richard et Morris l'attendaient et il proposa son café à ce dernier en souhaitant qu'il le refuse, ce qu'il fit.

— C'est fait, Monsieur. Les flics nous rappellent dès qu'ils ont du nouveau.

— Bien. Après Marissa Vargas ?

— Debra Glover.

— Ah oui, la victime en forme de point d'interrogation.

— Rien à son sujet.

— Elle était divorcée, n'est-ce pas ?

— Oui, Monsieur, avec un enfant.

— De la famille dans le coin ?

— Oui, ses parents habitent Concord. C'est eux qui ont récupéré le gosse.

— Appelez-les, Morris.

Morris se souleva du fauteuil comme s'il pesait une tonne et ressortit du bureau en traînant des pieds.

— Continuez.

— Sue-Ann Dillon...

Et Cagney ne put s'empêcher de déglutir.

— ... Rien non plus. Dans son cas, pas de famille connue. Cela n'a pas facilité l'enquête, même ses collègues du bureau de l'état civil savaient peu de choses sur sa vie.

— Bon, on laisse tomber pour l'instant.

— Susan Webb, celle de Trenton. Son mari a précisé dans une de ses déclarations qu'elle faisait très attention à leur santé et à leur alimentation. Le jour où Lady-Killer l'a levée, elle sortait du centre commercial de Trenton qui est relativement éloigné de leur domicile. Lorsque les flics ont demandé pour quelle raison elle allait faire ses courses là-bas, le mari a répondu qu'elle se servait toujours dans des supermarchés diététiques, les trucs verts. Il y a un Bread and Circle, là-bas.

— Morris appellera le mari dès qu'il aura fini avec les parents de Glover. On continue.

— Selon son fiancé Christopher Frazer, Jennifer Manworth a été soignée après son divorce de son abruti de premier mari par un naturopathe qui s'occupe également de psychothérapie. Il a aussi soigné le gosse parce qu'il faisait toujours pipi au lit. C'est Frazer qui avait poussé Jennifer à consulter ce type.

— Bien. Et pour ce qui est de Katherine Dedham, on sait.

Cagney soupira et s'adossa au fauteuil. Morris entra dans le bureau en donnant un coup de pied dans la porte.

— Alors ?

— Mr Glover ne pense pas que sa fille ait consulté un naturopathe. En tous les cas, lui et sa femme sont à fond pour la médecine classique. Il a beaucoup hésité avant de se confier, mais il semble que les derniers temps Debra ait un peu disjoncté. Il y a effectivement quelque chose d'un peu trouble dans sa déclaration de l'époque quand on y pense.

— Il y a un an, n'est-ce pas ?

— Oui, presque jour pour jour.

— Quel trouble ?

— C'est difficile à dire, mais le vieux monsieur a mentionné aux policiers qu'il commençait à s'inquiéter de certaines fréquentations de sa fille. Comme il n'avait pas de noms, et que les flics savaient que le coupable était Lady-Killer, cela n'a pas été plus loin.

— Il semblait coopératif au téléphone ?

— Très. Mais sa femme... Enfin c'est une mère, il vaudrait peut-être mieux le voir sans elle.

— En effet. On verra à quelle heure on peut arriver à Concord demain et on demandera à une voiture d'aller le chercher. Téléphonez à Christopher Frazer et au mari de Susan Webb. Je ne serais pas surpris qu'ils nous donnent la même adresse.

Morris eut toutes les peines à endiguer le flot de paroles et de sanglots secs de Frazer qui voulait savoir, qui voulait y aller, qui voulait se venger comme si cela suffisait à faire disparaître la souffrance. Calme et courtois, il parvint enfin à convaincre Christopher Frazer de lui donner l'adresse, en insistant lourdement sur le fait que le naturopathe n'avait rien à voir avec Lady-Killer, de peur que Frazer ne perde les pédales. Il le convainquit de ne pas faire un mouvement en le mettant en garde et en précisant qu'il risquait de leur faire perdre la trace du tueur. L'argument parut porter. Le mari de Susan Webb n'était pas chez lui.

Lorsque Morris reposa le combiné, Cagney sut ce qu'il allait dire :

— Bingo, Monsieur. River Pines sur l'Interstate 3.

Cagney se leva et s'étira, se prenant les reins comme une femme enceinte.

— Bien. Messieurs, je crois que nous allons prendre quelques heures de repos. Je m'occupe de notre voyage, Jude. Merci Richard, bon travail.

Une fois Ringwood sorti, Morris demanda :

— Vous dormez ici, Monsieur ?

— Oui, ce sera plus pratique. Et vous ?

— Moi aussi. J'ai l'impression de ne plus jamais sortir d'ici.

— C'est un endroit comme un autre, et pour nous c'est probablement le plus accueillant et le plus compatissant.

Qu'il eût choisi un mot évoquant la compassion l'étonna mais il était trop fatigué pour y réfléchir. Il déplia sa banquette-canapé et tomba lourdement sur le drap. La sonnerie du téléphone le remit debout. Il eut quelque peine à comprendre le sanglot féminin qui hoquetait dans le combiné :

— Karen, mais que se passe-t-il ?

— Elle est introuvable, Monsieur.

— Quoi ?

— C'est de ma faute, c'est de ma faute. J'ai commis une grave erreur. Je n'y croyais pas.

Tentant de calmer la crise d'hystérie qu'il sentait monter dans la voix de la jeune femme, il demanda platement :

— Expliquez-moi tout ce qui s'est passé.

Elle lui expliqua sa soirée au Philharmonique et fondit en larmes lorsqu'elle avoua qu'elle n'avait pas résisté à la suggestion de Gloria de les attendre au concert. Katherine et Gloria ne l'avaient pas rejointe contrairement à ce qui était prévu. Elle avait fait preuve d'une insupportable légèreté en patientant, parce qu'elle était éblouie par la voix de soprano qui se libérait comme si la chanteuse avait à peine besoin de souffle. Lorsque Karen s'était enfin inquiétée du retard des deux femmes, elle avait quitté la salle pour téléphoner à Mrs Parker-Simmons, mais Katherine était déjà partie en taxi de chez elle. Karen avait foncé au *Hyatt*, où Mrs Parker-Simmons était arrivée peu de temps après elle. Elles avaient attendu Katherine plus d'une heure, avaient ensuite contacté la compagnie de taxi qui les avait mises en relation avec le chauffeur. Katherine avait exigé qu'il la dépose dans le quartier italien. Elle n'avait pas l'air commode, et elle était majeure. Gloria et Karen avaient encore attendu plusieurs heures, pensant que Katherine allait rentrer, en vain.

— Mrs Parker-Simmons est encore avec vous ?

— Oui, Monsieur.

— A-t-elle une explication ?

— Non, elle ne comprend pas. D'après elle, tout s'est bien passé. Katherine s'est souvenue du naturopathe et elle vous a téléphoné après l'avoir mise dans un taxi dont elle avait réglé la course.

— Passez-la-moi... Mrs Parker-Simmons, mais que lui avez-vous dit ?

— Mais rien. Nous avons discuté, c'est tout. Elle en avait assez d'être à Boston et d'être surveillée. Elle s'ennuyait.

— Et la chienne ?

— La chienne ?

— Oui, Fluffy.

— Elle est ici, dans la chambre. Elle attend sa maîtresse.

— Oh merde, merde, merde.

— Quoi ?

La rage, ou était-ce juste la fatigue, firent perdre à Cagney le contrôle de sa voix :

— Mais qui vous intéresse en dehors de votre tout petit monde, Mrs Parker-Simmons ? Katherine a laissé sa chienne à des étrangers. Savez-vous ce que cela peut signifier ? Pouvez-vous parvenir à comprendre, Mrs Parker-Simmons, que Katherine a frustré le tueur et qu'il ne lui pardonnera pas ? Une femme ne sera pas plus forte que lui. Je sais qu'il est sur ses talons, qu'il attend l'opportunité de finir son travail. Je le sens.

Un silence étrange lui répondit.

— Mrs Parker-Simmons ?

— Taisez-vous. Je vous repasse Karen.

— Karen ? Allez voir ce chauffeur de taxi, maintenant. Je veux savoir où elle est. Demandez-lui...

Il entendit Karen crier dans une autre direction :

— Attendez, Mrs Parker, mais où allez-vous... Attendez, merde ! (Puis, proche de lui :) Elle est partie, qu'est-ce que je fais ?

— Suivez-la.

Karen fonça vers la porte sans prendre le temps de raccrocher, attrapant au vol sa veste et son holster posés sur le lit. Elle courut dans le couloir, se cognant au mur en angle droit qui débouchait sur la cabine d'ascenseur en verre et renversant une des magnifiques plantes vertes qui s'épanouissaient tous les dix mètres. L'ascenseur descendait et Gloria Parker-Simmons avait disparu. Karen dévala l'escalier de secours, sautant les marches trois à trois.

Une porte s'ouvrit dans le couloir et Gloria sourit, amusée, sur le pas de la réserve utilisée par le personnel de l'étage pour ranger le linge et les produits d'entretien. Elle se dirigea, vers l'autre bout du couloir, vers le monte-charge qui conduisait aux cuisines et que seul le personnel de l'hôtel empruntait. Elle courait moins vite que Karen, mais celle-ci avait encore beaucoup de choses à apprendre. Parvenue dans les cuisines, Gloria expliqua à un cuistot surpris qu'elle avait dû se tromper et le gratifia d'un sourire enjôleur qui le convainquit de la véracité de son explication. Il poussa même l'obligeance jusqu'à la conduire à la porte de derrière qu'utilisaient les livreurs et à soulever pour elle la lourde barre en métal qui la condamnait de l'intérieur.

Karen remonta essoufflée et attrapa le combiné qu'elle avait jeté sur le lit. Cagney était toujours en ligne :

— Elle a disparu, Monsieur. J'ai foncé mais je n'ai pas pu la rejoindre.

— Oh, merde. Gloria Parker-Simmons dans le rôle de Zorro. Il ne manquait plus que cela. On affiche complet et on joue à guichets fermés !

Entre deux expirations, Karen s'enquit :

— Qu'est-ce que je fais, Monsieur ? Je ne crois pas qu'elle sache où se trouve Katherine.

— Sans doute pas, mais elle va trouver. Allez chez elle. La connaissant, elle y est sûrement retournée. Bloquez-la et je me fous de ses récriminations, de ses humeurs ou de ses crises de nerfs. Rappelez-moi de là-bas.

Un taxi déposa Gloria quelques minutes plus tard en bas de chez elle et elle lui demanda de l'attendre en refusant de le payer pour être sûre qu'il respecterait sa promesse. Elle n'avait pas envie pour l'instant de réfléchir à Katherine parce qu'elle aurait été gênée par sa peur et sa colère. Karen ne devrait pas tarder, elle devait se dépêcher. Gloria monta rapidement, chargea le Colt et le rangea dans son sac avec une poignée de balles. Pour l'instant, elle ne savait pas quoi faire, pour l'instant, il fallait qu'elle réfléchisse. Elle demanda au chauffeur de la déposer devant la bibliothèque du MIT et attendit qu'il eût disparu pour se diriger vers Vassar Street, vers le *Boathouse Hotel*.

Cagney attendait, la tête serrée entre ses mains comme si le contact de ses paumes contre ses tempes pouvait à lui seul éradiquer la migraine qu'il sentait monter depuis quelques minutes. Il éprouvait une tendresse mêlée d'irritation pour cette Katherine, parce qu'elle n'avait pas peur et qu'elle avait tort. Quant à Mrs Parker-Simmons, l'aversion de Cagney pour elle semblait s'être réveillée. Il avait envie de lui faire de la peine, sans trop bien savoir pourquoi, sans trop bien savoir comment cette vengeance idiote pourrait le calmer. Cette conne de Gloria avait-elle décidé de suivre Katherine ? Le petit rapace frigide forcerait-il son admiration ? Mrs Parker-Simmons, qui n'aimait rien, à l'exception de cette nièce attardée, seraitelle capable d'une stupidité héroïque et gratuite qui exaspérerait Cagney tout en l'émouvant ?

Un coup discret sur la porte de son bureau lui fit relever la tête et cligner des yeux :

— Je vous croyais parti, Richard.

— J'ai pris une douche, Monsieur. Vous avez besoin de quelque chose ?

Cagney le regarda un moment sans le voir puis dit lentement :

— Non, Richard, merci. Enfin si, mais ni vous ni moi n'y pouvons rien.

Richard le regarda sans comprendre et articula un « Alors, bonsoir » hésitant.

— C'est cela, oui.

— Souhaitez-vous ma présence à Concord, demain ?

— Non, merci Richard. J'y vais avec Morris.

Ringwood referma la porte dans un soupir qui ressemblait à un soulagement.

24

Il était 5 heures du matin. Gloria se demanda depuis combien de temps elle était assise sur le rebord de ce lit. Était-ce la même chambre que celle qu'elle avait occupée quelques années plus tôt lorsque Jude Morris avait assisté à ses conférences ? Après tout, cela n'avait aucune importance et elle s'en foutait.

Gloria avait fait monter quelques minutes auparavant — ou quelques heures peut-être — une bouteille de champagne français. Elle avait toisé le garçon d'étage qui l'avait débouchée devant elle en lui jetant un regard évocateur. Le jeune homme semblait se demander si elle était alcoolique ou si elle attendait un visiteur pour une partie de jambes en l'air.

Gloria se leva et se servit une coupe, puis une seconde. Elle tira les doubles rideaux. Le jour se levait presque à regret, hésitant au bord du gris, du rouge et du doré. Elle contempla quelques instants la brume qui se formait au-dessus de la Charles River et qui semblait hésiter à se disperser.

Un homme courait sur la berge dont l'herbe avait été desséchée par la canicule. Un petit chien le suivait. Elle se fit la réflexion idiote que l'on voyait moins de joggeurs que lorsqu'elle avait quitté la ville quelques années plus tôt. L'homme s'arrêta, sautillant sur place et fit quelques flexions. Le petit chien sautait de joie autour de ses jambes. L'homme se pencha pour le caresser et l'animal se coucha sur le dos. Elle songea à Fluffy. Le maître et l'animal repartirent en courant et disparurent du champ de vision de Gloria. Où était Katherine ? Qu'avait-elle en tête pour abandonner Fluffy dans une chambre d'hôtel, dans une ville qu'elle n'aimait pas ?

Gloria se servit une nouvelle coupe de champagne et se laissa dériver dans son cerveau. Elle recréa dans ses propres neurones la façon dont fonctionnait l'intelligence de Katherine. Et elle comprit. Katherine n'avait pas abandonné Fluffy. Elle l'avait laissée à l'hôtel pour éviter qu'elle se fasse tuer. Ce n'était pas le tueur qui était sur les talons de Katherine, mais Katherine qui le cherchait.

Katherine était la solution mathématique qu'elle avait cherchée. Gloria n'avait pas pu exprimer l'équation du tueur parce qu'elle renfermait deux inconnues et que pour résoudre un problème, il faut autant d'inconnues que d'équations. Gloria se rappela cette blague de flic : il y a un terroriste qui tient un otage et un flic en face de lui. Quelle est la solution pour protéger l'otage et arrêter le terroriste, donc pour résoudre un problème à deux inconnues ? Tirer dans les jambes de l'otage. C'est un poids mort et le terroriste l'abandonnera plutôt que de le traîner. En termes mathématiques, il s'agit de supprimer la variable qu'on ne peut pas contrôler, de ramener la solution à une équation pour une seule inconnue, le terroriste. En l'essence, le problème était le même aujourd'hui, *sui generis.* Il suffisait pour le résoudre de se débarrasser d'une des inconnues pour pouvoir exprimer celle qui demeurerait : l'identité de la victime ou la localisation du meurtre. Katherine Dedham avait choisi de supprimer sa propre variable en se proposant comme victime. Grâce à elle, la droite qui dépendait de l'axe des abscisses et des ordonnées allait se rejoindre. Et Katherine Dedham allait mourir parce qu'elle était le point d'intersection.

Gloria finit la bouteille. Il était sept heures. Son cerveau ne parvenait pas à lui dire si l'imminence de la mort de Katherine lui faisait vraiment de la peine. Ce réseau si complexe et si performant d'impulsions électriques avait beau chercher, peser le pour et le contre, aucune réponse ne venait. Gloria posa à la masse molle qui habitait sa boîte crânienne, une question enfantine et presque formelle : et si c'était Clare ou elle, Gloria, qui devait mourir, quelle serait la réponse ? Gloria décida de ne pas l'attendre. La masse molle était parfaite pour résoudre les équations. Elle devenait totalement inadéquate lorsqu'il s'agissait de comprendre les problèmes de cœur ou d'âme, ou de n'importe quoi, bref, quoi que fût cette chose qui fait souffrir mais qui parvenait encore à la faire vivre.

Gloria se doucha, réprima le sentiment de dégoût que provoquait le contact de ses vêtements de la veille lorsqu'elle les enfila. La légère odeur de transpiration qui s'en dégageait lui donnait l'impression que sa peau frôlait celle de quelqu'un d'autre.

Elle descendit à la réception pour régler sa note.

Lorsque Mr Glover père pénétra dans le bureau du poste de police principal de Concord, Cagney fut surpris. Il s'était attendu à interroger un vieillard brisé. Mr Glover était un géant blond, large d'épaules. Il se tenait droit et fixa Gagney d'un regard si bleu et si triste que celui-ci s'avança main tendue à sa rencontre.

— Vous êtes le FBI, n'est-ce pas ?

— Oui, Monsieur. Je m'appelle James Irwin Cagney et voici l'agent spécial Jude Morris. Asseyez-vous, je vous prie.

— Je voulais vous remercier pour ma femme. Debra était notre fille unique. Petite fille, c'était un vrai bonbon. Après, elle a commencé à faire des bêtises. On s'est demandé, avec ma femme, si c'était parce qu'on l'avait trop gâtée ou trop surveillée ou même si c'était parce qu'on ne comprenait pas la jeunesse.

— Quelles bêtises ?

— Oh, elle s'est amourachée de ce type, un sale mec, ça se voyait sur son visage. Un fainéant, un flambeur, un bon à rien, qui avait toujours des combines géniales et qui se plantait à chaque fois. Seulement c'était Debra qui payait, donc nous. On en était arrivés au point où on aurait préféré qu'il ne l'épouse pas lorsqu'elle s'est trouvée enceinte. Et il a disparu dans la nature quand le petit Larry avait deux ans. À l'époque, on espérait que notre fille reviendrait vivre avec nous, mais elle s'est entêtée. Elle a trouvé un boulot de serveuse. Elle nous accusait d'être responsables du départ de son mari.

— À votre avis, Mr Glover, votre fille consultait-elle un naturopathe ? Je crois qu'il y en a un très renommé dans le coin.

— Ah oui, à River Pines. J'en ai entendu parler. Je ne pense pas que ma fille le consultait. Ma femme et moi, on n'a jamais cru à ces trucs de magnétiseurs ou de médecine naturelle. Mais c'est peut-être une erreur de notre part. Nous, on fait partie de la génération qui croit aux bienfaits de la technique et de la science moderne. D'un autre côté, lorsqu'on voit l'état du monde, on finit par se dire qu'on s'est sûrement trompé. En y réfléchissant bien, je ne suis pas sûr pour Debra. Les derniers temps, elle était vraiment bizarre. Elle fréquentait des gens spéciaux.

— Comment cela spéciaux ?

— Ben, c'est difficile d'être précis, parce que dès qu'on lui posait une question elle nous envoyait paître. Mais ma femme a eu l'impression qu'elle se faisait embringuer par un groupe pas très clair. Les mères, ça sent ces trucs-là mieux que nous.

— Vous voulez parler d'une secte ?

— Oui, quelque chose dans ce genre-là.

Morris perçut la tension soudaine de Cagney. Lui-même s'était instinctivement rapproché de Mr Glover. Cagney garda le silence durant quelques secondes pour être certain que sa voix conserverait son débit plat et son ton grave :

— Quels sont les détails dans l'attitude de votre fille qui ont pu conduire Mrs Glover à s'interroger sur ses fréquentations ?

— Ben, c'est surtout à cause du gosse en fait. Ma femme a eu peur. Je veux dire : on est croyants, enfin comme tout le monde, mais on n'a jamais été vraiment religieux sauf pour les grandes occasions. On est juifs, vous savez cela ? Un jour, Debra a accepté de nous confier le gosse pour la journée parce qu'elle devait se rendre à Boston, pour je ne sais trop quoi. Larry avait une grosse angine et elle ne pouvait pas l'emmener. D'abord, ma femme a cru que c'était la fièvre qui faisait délirer le petit. Il avait sept ans à l'époque. Il a commencé à lui parler du Christ et comment elle était dans l'erreur et qu'elle serait rongée par les flammes. Il lui a dit qu'elle regretterait de ne pas avoir compris le message mais qu'il serait trop tard. Enfin, bref, des trucs affreux dans la bouche d'un enfant. Il faut vous dire qu'on est juifs parce qu'on est nés de parents juifs. Si on était nés protestants, je suppose qu'on serait des bons protestants de la même façon.

Cagney intercepta le regard intense de Morris. Mr Glover était plongé dans ses souvenirs.

— Et puis après, le soir, il nous a fait une scène parce qu'on mangeait des choses qui ne convenaient pas. On était des « pourceaux profiteurs et mangeurs de cadavres ». C'est exactement ce qu'il a dit. C'est pas une phrase de gosse, ça. C'est des trucs d'adulte. Je ne sais même pas s'il comprenait ce que cela voulait dire. On ne mange pas de porc à la maison mais c'est une habitude, une tradition, quoi. Sans cela, on mange comme tout le monde. J'ai failli me mettre en colère mais ma femme m'a fait un signe. Après, comme Debra n'était toujours pas rentrée, ma femme a baigné Larry et l'a couché. Elle est redescendue livide. Elle m'a raconté que le petit était squelettique et qu'il avait des cicatrices sur le haut des cuisses.

— Quel genre de cicatrices ?

— Comme des scarifications. Elle lui a demandé sans trop insister ce que c'était. Le gosse lui a répondu que c'était pour montrer au Sauveur qu'il était prêt à souffrir pour Lui.

Gagney suivit la lente descente d'une larme le long de l'arête du nez de Mr Glover. Elle hésita au bord de sa narine, fit un léger détour puis partit mourir à la commissure de ses lèvres.

— Ma femme lui a demandé qui lui avait fait cela. Il a répondu fièrement que c'était lui et que sa mère et l'Élu étaient fiers de lui parce qu'il était courageux et qu'il serait sauvé.

— L'Élu ?

— Oui. Elle n'a pas pu savoir qui c'était. Le gosse s'est fermé comme une huître.

Mr Glover parut hésiter, ferma la bouche sèchement, puis se décida :

— Je vais vous dire une chose monstrueuse de la part

d'un père, Mr Cagney. Ma femme me le pardonnerait pas si elle savait. Les mères, évidemment, c'est différent, on ne peut pas comprendre. Mais par moments, je suis presque soulagé que ma fille soit morte, sauf que j'aurais préféré que ce soit moi qui souffre à sa place. Si elle avait eu une sorte de Révélation, ou je ne sais pas quoi, j'aurais sans doute fini par admettre que ma fille devienne protestante ou catholique. Après tout, c'est le même Dieu. Les symboles et les noms changent, mais Dieu est Dieu, non ? Mais avec cette connerie, elle aurait fini par tuer le petit. Debra ne savait plus ce qu'elle faisait. Elle était complètement sous la coupe de ce type. Élu de mes couilles !

Cagney fut soulagé de ressentir la colère formidable de ce titan. Il regarda avec plaisir les grands poings se serrer, les poils blond-roux des phalanges se dresser sous l'afflux de sang qui lui venait aux mains. Ils étaient au moins deux.

— Mr Glover ? Vous avez parlé de Boston. Votre fille s'y rendait-elle souvent ? Savez-vous exactement où dans la ville ? Le nom de Kirk Ford évoque-t-il quelque chose ?

— C'est lui ?

À son ton et à son regard, Cagney comprit qu'il fallait mentir :

— Non, mais c'est une piste.

— Vers la fin, Debra y allait pratiquement deux fois par semaine. Même que le patron du fast-food où elle travaillait, et qui est un brave type que je connais, se plaignait qu'elle rentrait trop crevée et qu'elle faisait des erreurs. Je ne sais pas où exactement à Boston. Kirk Ford, vous dites ? Non, ça ne me dit rien.

Un silence s'établit entre les deux hommes qui se regardaient comme s'ils partageaient quelque chose de très précieux. Lentement, Glover demanda :

— Mr Cagney, d'homme à homme, dites-moi si vous allez coincer l'enfoiré de merde qui a fait cela à ma petite fille ?

— Mr Glover, d'homme à homme, je puis vous assurer que je ferai tout mon possible pour cela et même davantage, et que j'y laisserai ma peau s'il le faut.

Glover leva son grand corps massif et tendit la main à Cagney en le fixant.

— Bien, je vous crois. Vous savez, nous on est des ploucs, Monsieur. Il y a le Bien et le mal et il n'y a pas à sortir de là. Ça manque sans doute de subtilité mais c'est comme ça. Si vous avez besoin de moi, c'est n'importe quand et pour n'importe quoi, d'accord ?

— D'accord. À bientôt Mr Glover.

Un étrange silence s'installa après le départ de Glover. Cagney s'étonnait de cette amitié qu'il avait ressentie pour cet homme. En réalité c'était davantage une sorte d'estime mêlée de la conviction qu'en dépit de leur différence d'âge, de religion, de passé, de milieu, ils avaient le même sang, étaient de la même espèce et qu'ils partageaient le même lambeau d'âme.

Morris rompit le silence :

— Sterling n'a rien à voir dans cette histoire, n'est-ce pas, Monsieur ?

— A priori, non. Par contre notre bon ami Ford va recevoir une petite visite qu'il n'est pas près d'oublier.

— Qu'est-ce qu'on fait pour le naturopathe ?

— Mais on va y aller, Morris. Ensuite, on se rend à Boston, plus précisément à Tremont Street. Téléphonez aux flics de la Combat Zone et demandez-leur de loger Ford en souplesse et discrètement. Pendant ce temps, j'appelle Ray Dove et Karen.

Karen n'avait aucune nouvelle de Gloria ou de Katherine. Sa voix lasse indiqua à Cagney que l'angoisse cédait la place au découragement.

— Essayez de contacter le vieux Dedham, Karen. Katherine est peut-être rentrée à la ferme. Foutez la trouille à ce vieux salopard et ne vous laissez pas impressionner par ses insultes ou ses gémissements.

Ray attendait son appel avec impatience, ayant raté Cagney de peu alors qu'il venait de quitter Quantico.

— James, je crois que j'ai des trucs intéressants. Lane a été placé à Elgin, comme nous le savions, jusqu'à l'âge de dix-huit ans. Il a ensuite disparu dans la nature. C'était un pensionnaire très difficile, dans le genre violent, menteur et sournois. Vous aviez raison. Il a été ramassé avec Estevan lors de l'arrestation de ce dernier, après le meurtre de Samantha Evans. L'enfant avait tout juste quinze ans à l'époque. Il a fugué à plusieurs reprises de l'institution pour tenter de retrouver celui qu'il appelait son grand frère et son père. Un certain Purdy s'acquittait de la pension annuelle de Richard Lane. L'institution prend également des gamins sans le sou mais dans ce cas, la pension était payée.

— Tiens, tiens !

— Vous connaissez Purdy ?

— Oui. C'était un des avocats marron d'Estevan.

— Richard Lane est sorti de l'institution à dix-huit ans.

— Quel âge a-t-il maintenant ?

— Si on calcule, il doit avoir entre vingt-cinq et vingt-six ans. Estevan l'a donc, en quelque sorte, élevé durant les deux années qu'a duré sa cavale.

— Estevan ne dira rien, même s'il sait quelque chose.

— Oui, cela fait peu de doute.

Cagney remercia Dove et promit de tenir Cagney au courant. James Irwin Cagney se leva et attrapa sa veste au portemanteau. Morris pénétra en trombe dans le bureau :

— J'ai eu Ringwood à la base. Purdy, l'avocat marron d'Estevan, a été soupçonné de servir d'intermédiaire entre les taulards du pénitencier de Chicago et d'anciens détenus. Il aurait fait passer des uns aux autres de grosses sommes d'argent ou des renseignements. Le Barreau n'a jamais rien pu prouver, c'est pour cette raison qu'il n'a pas été radié mais on lui a fait savoir que moins on le verrait mieux on se porterait.

— Cela confirme ce que Raymond Dove vient de me raconter. C'est Purdy qui servait d'intermédiaire pour payer la pension de Lane. Donc Purdy a pu servir de contact entre Estevan et Kirk.

— En effet, oui.

— Téléphonez à de Sicca à Chicago et expliquez-lui le problème. Qu'il convoque Purdy. Pour le reste, je lui fais confiance. Je vous attends dans la voiture.

La route qu'emprunta la voiture de police plongeait dans la forêt en contournant le parc naturel de Great Meadows.

Cagney ne connaissait pas les environs, pourtant il savait qu'une base de l'armée de l'air se trouvait non loin de là. La voiture longea de loin les berges de la rivière Concord. Cagney eut vaguement conscience que la région était magnifique. L'écrasante vigueur des arbres, la vitalité indescriptible de cette végétation qu'on ressentait sans parvenir à croire qu'on en faisait encore partie, cette impression menteuse et anesthésiante de paix et d'harmonie... Combien d'animaux avaient été égorgés et dévorés par de plus gros prédateurs cette nuit, combien étaient nés, combien avaient survécu ? Cagney se força à mettre un terme à la dangereuse dérive de ses pensées.

Ils dépassèrent Rio Vista et leur chauffeur, un policier proche de la retraite que la balade rendait bavard, leur expliqua longuement qu'il valait mieux prendre par Treble Cove puis couper l'Interstate 3. Il précisa que le naturopathe habitait une sorte de chalet amélioré à mi-chemin entre River Pines et Billirica. Cagney hocha la tête sans répondre. Morris regardait fixement par la vitre.

Il devait la retrouver. Cette nécessité de plus en plus impérieuse dévorait son calme, menaçait son apprentissage de l'Harmonie avec l'Anémone. La haine qu'il éprouvait pour cette femelle l'empêchait de dormir. Elle n'était pas rentrée à la ferme. Il l'avait attendue.

embusqué dans sa camionnette. Pourrait-elle le reconnaître ? Sûrement pas, mais sait-on jamais ? Pour la première fois depuis sa sortie de l'hôpital, Ignacio connut un instant de pure panique.

Si seulement il pouvait Lui parler, dormir contre Lui comme autrefois lorsqu'il faisait froid ou qu'il avait peur que sa mère le frappe, parce qu'il était dans ses jambes, parce que sa présence la dérangeait. Ce n'était pas tellement de ses claques dont il avait peur, mais de ses cris et de ses larmes. Mais Lui riait en découvrant des dents qui semblaient d'une blancheur d'ange à l'enfant. Lui n'avait peur de rien et surtout pas d'elle et Il racontait à Ignacio des histoires de trains qui ne font jamais escale dans aucune gare, de bateaux qui partaient en mer pour ne pas revenir parce que la terre est triste.

Ignacio avait choisi son prénom secret lorsqu'Il avait été arrêté, lorsqu'il s'était retrouvé seul sans la grande ombre rieuse. Ignacio, c'était le nom de son père à Lui. Il s'appelait Richard avant, grotesque, pas étonnant que sa mère, avec sa petite cervelle de femelle, ait choisi ce prénom pour lui. Si cela se trouvait, il s'agissait de celui de l'un de ses multiples amants. Un de ses meilleurs coups, peut-être, « une bête de sexe, je n'ai pas pu m'asseoir pendant trois jours » comme elle aimait à répéter en gloussant.

Ce jour-là, lorsque Ignacio qui s'appelait encore Richard avait pénétré dans le mobil-home après qu'il eut vu Raul en sortir en courant, il avait trouvé sa mère recroquevillée à terre. Elle avait crié :

— Appelle la police, va chercher le shérif. Je vais le faire coffrer, cet enfoiré, et il n'aura pas mon fric ! Connard, il va me manger dans la main après.

Il l'avait contemplée, geignarde mais mauvaise. Il ne voulait pas qu'on arrête Raul. Il ne voulait pas qu'on lui fasse du mal, surtout à cause d'elle.

— Magne-toi le cul ! T'es débile ou quoi ? T'as pas compris ce que j'avais dit ?

Lorsque Raul était rentré, il avait trouvé Richard, assis par terre. Même ses cheveux étaient collés de sang. Il avait soulevé le petit garçon en disant :

— On se barre d'ici, et vite.

Ignacio-Richard sentit une larme dévaler sur sa joue. Raul n'avait rien dit au procès. Il avait admirablement noyé le poisson en revenant sans cesse sur ses déclarations. Après tout, c'était bien lui qui avait tué la deuxième femme.

Il fallait qu'Ignacio retrouve cette fille. Elle faisait peser une grande menace sur eux deux. Où était-elle ? Il avait commis une erreur en la sélectionnant, sa première erreur, la seule. Il fallait maintenant réparer et la tuer pour retrouver le calme et l'Anémone.

Le taxi déposa Gloria non loin de la ferme. Encore une fois, elle refusa de le payer pour s'assurer qu'il l'attendrait.

Gloria jeta un coup d'œil autour d'elle et une immense tristesse la submergea. Les bâtiments étaient sales et tristes. Des bidons d'huile de moteur étaient entassés dans un coin et une machine à laver dont l'émail jauni avait sauté par endroits trônait à côté de la porte du corps principal. Un tracteur avait été laissé au milieu de la cour et des chiures de poules constellaient son capot rouge brique.

Gloria s'avança, hésitant sur ses talons. Une série de cuvettes en plastique ou en émail abîmé recueillaient l'eau des gouttières. On n'avait pas dû les vider depuis très longtemps comme en témoignait la quantité de cadavres d'insectes qui surnageaient en surface. La porte principale du corps de ferme était grande ouverte mais une sorte de toile cirée décorée de sapins de Noël enguirlandés et de petits bonshommes de neige avait été tendue devant, en guise de rideau et de moustiquaire. Une antenne satellite neuve trônait au milieu du toit en tôle ondulée de la bâtisse.

— Y a-t-il quelqu'un ?

Personne ne répondit. Elle appela plus fort :

— Excusez-moi, il y a quelqu'un ?

Une voix la fit sursauter et se retourner. Un homme au visage congestionné et à la démarche hésitante s'approchait d'elle. Elle sut immédiatement qu'il s'agissait du père de Katherine. Il s'arrêta à moins d'un mètre d'elle, son regard graveleux descendant sur ses seins et se fixant sur le milieu de sa jupe.

— Vous êtes bien Mr Dedham, n'est-ce pas ?

Il regardait maintenant le sac à main qu'elle serra instinctivement comme s'il allait le lui arracher. Savait-il qu'il contenait une arme ou son luxe l'intéressait-il ?

— C'est qui qui le demande ?

Son haleine donna la nausée à Gloria et elle dut faire un effort considérable pour ne pas reculer.

— Je m'appelle Clare Smithard. Je cherche Katherine. C'est une amie et elle m'a donné cette adresse.

— Katherine a pas d'amis. Et c'est pourquoi que vous la cherchez ?

— Je voudrais lui parler.

— Vous êtes flic ? Journaliste ?

— Non, je suis une amie.

L'ivrogne rit méchamment :

— Amie, vous rigolez. Je vous ai dit, elle a pas d'amis.

— Katherine est-elle ici, Mr Dedham ?

— J'sais pas.

Soudain geignard, il pleurnicha :

— C'est pas marrant tous les jours. On les élève et ils ont aucune reconnaissance pour leurs vieux. La vie est dure pour les vieilles peaux comme moi. J'me suis saigné aux quatre veines toute ma vie pour eux deux. Elle et son frère, je veux dire.

Elle réprima l'envie de le gifler ou de l'insulter. Elle soupira et tira un billet de dix dollars de la poche de sa veste. Elle avait prévu qu'il en viendrait là. Elle le lui montra et sans lui tendre reposa la question :

— Où est-elle, Mr Dedham ?

— Je sais pas et c'est la vraie vérité du Seigneur. Si je savais, comme vous êtes une gentille petite compatissante, vous pensez bien que je vous dirais.

La panique. Elle tendit le billet au vieux et le lâcha avant qu'il ne le saisisse pour éviter que ses doigts ne frôlent les siens.

Elle tourna les talons et courut presque jusqu'au taxi. Où était Katherine ? Conne, conne. Elle bâilla profondément. Les larmes s'accumulaient dans ses yeux.

25

Cagney et Morris pénétrèrent dans la salle d'attente bondée en dépit de l'heure matinale mais étrangement silencieuse. Les patients étaient majoritairement des femmes et Cagney sentit la salive lui monter dans la bouche lorsqu'il pensa que Lady-Killer avait bien choisi son terrain de chasse.

Ils s'installèrent sur des poufs encore libres recouverts de tissus indiens aux tons lumineux. La pièce, assez grande, était joliment arrangée, rafraîchie par de gros pots de plantes vertes et des bouquets de fleurs sauvages. Des petits mobiles en vitraux représentant des animaux sylvestres oscillaient mollement devant la baie vitrée ouverte qui donnait sur la rivière. Une pile désordonnée de magazines était posée sur une lourde table en acajou travaillé de style folk-american. Morris contempla avec respect l'énorme pied central terminé en griffes de lion.

Cagney s'approcha de la table et feuilleta les magazines. Tous traitaient de vie naturelle, de médecine alternative, de cuisine végétarienne et de vie animale. Une cote automobile attira son regard tant elle semblait incongrue au milieu des autres périodiques.

Un mouvement l'avertit que quelqu'un d'autre venait de pénétrer dans la pièce. Il se retourna et détailla l'homme très mince d'une soixantaine d'années qui se tenait dans l'embrasure de la porte qui s'ouvrait dans le mur faisant face à la baie. L'homme souriait à la cantonade, ses yeux balayant chacun des occupants de la pièce comme s'il cherchait quelqu'un. Une femme d'un certain âge se leva et fit quelques pas dans sa direction. Le sourire de l'homme s'élargit :

— Ah ! bonjour, Teresa. Comment allez-vous aujourd'hui ?

Cagney la devança et découvrit discrètement son insigne sans un mot. L'homme fixa la plaque puis ses yeux d'un marron presque mordoré rencontrèrent ceux de Cagney.

— Je suppose que vous souhaitez me parler immédiatement ?

— En effet, Monsieur.

— Teresa, mon amie, allez vous rasseoir un petit moment. Nous ne serons pas longs.

Toujours souriante, la petite femme rondelette trottina vers son pouf et se réinstalla. Elle se replongea dans le magazine de psychologie qu'elle venait d'abandonner.

— Entrez. Ah, excusez-moi, je ne savais pas que ce monsieur vous accompagnait.

Cagney et Morris pénétrèrent à sa suite dans une pièce de taille assez modeste, mais aussi lumineuse que la salle d'attente. L'homme leur fit signe de s'installer sur les fauteuils qui entouraient une petite table basse en bois patiné. Il s'installa ensuite à côté de Morris, en face de Cagney qui déclina leurs noms et leurs fonctions.

— Mr Canter...

— Appelez-moi Simon.

— Je n'y tiens pas, Mr Canter. Vous voudrez bien

m'excuser pour mon manque de diplomatie, mais le temps nous fait défaut. Avez-vous fait le lien entre certaines de vos patientes et ce tueur en série que les médias ont surnommé Lady-Killer ?

Le regard doux et intelligent le contempla. Puis, Canter murmura d'un ton triste :

— Ah, oui. Nous y voilà. Je suis assez soulagé que vous me rendiez visite. Vous savez, bien sûr, que je suis, comme tous les autres praticiens, tenu au secret médical ?

— En effet, oui.

— C'est probablement pour cette raison que je ne vous ai pas contactés. Je n'avais pas à le faire. En réalité, je ne me sentais pas le courage de trahir activement mon devoir de secret. Mais là, c'est différent. Vous savez, le devoir, c'est toujours très facile tant que cela reste théorique. Mais lorsqu'il faut choisir entre son devoir et quelque chose d'important, c'est autre chose.

Cagney réprima un soupir. Lui aussi avait déjà eu l'occasion de faire cette constatation et elle n'était pas réjouissante. Simon Canter poursuivit :

— Quand j'ai appris le meurtre de Melissa Stanford, j'ai eu beaucoup de chagrin. Je l'avais aidée à la suite d'une dépression nerveuse. C'était une petite femme très douce, très désespérée. Elle venait d'Indiana, ce n'est tout de même pas la porte à côté, aussi ai-je été étonné qu'elle me rende visite. C'est également la raison pour laquelle j'ai cru à une affreuse coïncidence, lorsque j'ai appris son assassinat aux informations. Les parents de Melissa étaient du coin. À la suite de son accouchement, lorsque leur fille a commencé à plonger dans la dépression, ils sont parvenus à la convaincre de venir s'installer chez eux pour quelque temps. Elle avait tellement peur que son bébé meure. Ce sont ses parents qui me l'ont amenée. Vous croyez que ce tueur l'a rencontrée chez moi ?

Cagney éluda la question comme il le put :

— Je l'ignore, Mr Canter, mais ce n'est pas exclu, loin de là.

Canter le regarda en silence durant quelques secondes, puis reprit :

— C'est lorsque Susan Webb a été retrouvée que j'ai commencé à chercher dans mes anciens carnets de rendez-vous. Pour tout vous avouer, Mr Cagney, j'ai commencé à m'affoler. Comment se faisait-il que ces deux femmes aient été mes patientes ? Il ne pouvait plus s'agir d'une coïncidence. En réalité je me demande depuis plusieurs jours si je ne vais pas vous appeler, depuis que cette pauvre Jenny a été massacrée. J'ai eu un chagrin terrible. Je connais Christopher Frazer, son futur mari, enfin du moins celui qui devait l'épouser. Jenny était tellement... meurtrie, blessée dans sa chair et dans son âme. Elle commençait tout juste à réapprendre le goût de vivre, d'aimer, d'être aimée. Elle était comme un petit animal, elle avait peur de tout.

— Et Sue-Ann Dillon ?

— Je ne la connais pas. Mais il faudrait que je voie une photo. Il y a pas mal de personnes qui viennent ici sous des noms d'emprunt.

— Pourquoi ?

— Oh, des bêtises. Ils ont peur d'être considérés comme des babas farfelus. Vous savez pour beaucoup de gens nous sommes des charlatans, des illuminés ou des doux dingues. Personnellement, je suis gynécologue de formation.

Cagney demanda :

— Vous connaissez Katherine Dedham ?

— Je n'en ai pas le souvenir. Attendez. Elle serait venue me consulter récemment ?

— Oui, au mois de janvier ou de février dernier.

Simon Canter se leva et attrapa un carnet ouvert sur son bureau. Il feuilleta rapidement les pages, revint en arrière puis dit :

— En effet, elle est venue deux fois cet hiver pour des saignements de nez.

— Vous ne vous souvenez pas d'elle ?

— Si, mais assez vaguement. C'était une grande jeune fille assez costaude et terriblement timide. Elle travaillait dans une ferme, je crois.

— C'est cela. Pourriez-vous m'indiquer si un homme du nom de Richard Lane vous a consulté les mêmes jours.

Canter sembla hésiter, se ravisa, puis ouvrit à nouveau son carnet.

— Je fais cela pour Jenny. Je ne sais pas si j'aurais eu le courage sans cela.

— Je comprends et nous vous remercions de votre coopération.

— Hum. Attendez.

Il sembla lire à plusieurs reprises les deux pages de son agenda, puis avec un haussement d'épaules dépité, déclara :

— Non, personne du nom de Richard Lane. Tiens, c'est étrange, Katherine Dedham a dû rencontrer Jennifer. Elles avaient toutes les deux rendez-vous le 19 février.

— Pourriez-vous me citer le nom de vos patients de sexe masculin, ce jour-là ?

— Ah non, cela je ne peux pas, Mr Cagney, vous comprenez.

Cagney soupira d'exaspération bien que la réponse ne le surprît pas.

— Je comprends. Avez-vous reçu quelqu'un du nom d'Estevan, alors ?

Simon Canter reprit sa lecture et de petites rides en griffe se creusèrent entre ses sourcils gris.

— Oui, Ignacio Estevan. Le 19 février, mais pas le 25 janvier.

— C'est lui ! s'écria Morris.

— Comment ?

D'une voix lasse, Cagney expliqua :

— C'est le même homme, le tueur.

— Oh, non.

— Parlez-nous d'Estevan-Lane, Mr Canter. L'avez-vous souvent reçu ?

— Mais oui. Cela fait déjà quelque temps que je le suis. Depuis 1989, au moins et de façon plus ou moins régulière. Il avait un problème très grave, une pathologie thyroïdienne sévère. Je lui avais conseillé d'aller à l'hôpital, ce genre de choses dépassant le cadre de mes interventions. Il était tout d'abord réticent, puis a fini par accepter mais tenait à continuer ses séances ici pour ses problèmes de nervosité et d'insomnie. Je ne pouvais pas faire grand-chose et j'ai tenté de le lui expliquer...

Cagney demanda prudemment :

— Avez-vous une trace de ses rendez-vous ici ?

— Bien sûr.

Le praticien contourna son bureau et pianota sur le clavier de son ordinateur, volontairement ou accidentellement dissimulé derrière une grosse jarre en terre cuite débordante de fleurs sauvages séchées.

— La première fois que je l'ai reçu, c'était en septembre 1989. Il est revenu en novembre de la même année. Je ne l'ai pas revu avant juillet 1993. J'ai noté ici qu'il avait été hospitalisé, du reste, mes notes indiquent une nette amélioration de son état. Il est revenu ensuite régulièrement tous les mois jusqu'en décembre 1993... Il semble que son état se soit dégradé progressivement au cours de cette période...

Cagney lança un regard en biais à Morris. Marissa Vargas avait rencontré son bourreau en octobre 1993.

Le docteur Simon Canter poursuivit d'une voix essoufflée :

— ... Je ne l'ai plus revu jusqu'en septembre 1994. Cette fois encore, il m'a affirmé avoir été hospitalisé, du reste, l'amélioration de son syndrome de Basedow-Graves semble confirmer ses dires.

Cagney se demanda dans quel hôpital Lane avait été

hospitalisé cette deuxième fois. Debra Glover avait été martyrisée en août 94, et cette nouvelle hospitalisation confortait l'hypothèse de Mrs Parker-Simmons et le témoignage du père de Debra. Elle prouvait également à Cagney que ce dégénéré de Lady-Killer tenait à sa peau et n'avait rien d'un suicidaire. Il avait peur de la mort.

Canter devint livide et Morris se précipita vers lui, craignant qu'il ne s'évanouisse. Haletant, le naturopathe bafouilla :

— Attendez... Je n'ose pas croire que...Vous voulez dire qu'il tenait à venir me consulter parce que c'est de cette façon qu'il repérait ses victimes ?

Cagney le regarda sans répondre.

— Pouvez-vous me dire s'il était également présent lorsque les autres femmes venaient vous consulter ?

Canter feuilleta brutalement son carnet, déchirant une page.

— Oh, mon Dieu, mon Dieu... Pauvre petite Jenny, elle a dû parler gentiment avec ce type... Susan Webb aussi, il était là, juste à côté de moi.

Canter jeta le carnet au milieu de la pièce et Cagney craignit un instant qu'il ne s'effondre en larmes. Ses épaules tremblaient, de rage ou de chagrin et son regard transperçait Cagney comme s'il ne le voyait pas.

D'une voix étrange et étouffée, il dit :

— Je vais rechercher dans mes carnets des années précédentes. Je peux vous donner les dates des autres rendez-vous de ce type. J'ai rentré tous les dossiers de mes patients dans l'ordinateur l'année dernière.

— C'est inutile, Dr Canter. On vous les demandera probablement après. Nous savons ce que nous voulions. Par contre, vous a-t-il donné une adresse ? Elle sera probablement fausse, mais on ne sait jamais.

— Oui, bien sûr. Attendez.

Le médecin pianota encore puis annonça :

— La dernière que je possède, c'est le 1266 Elm Road à Natick.

Ils abandonnèrent l'homme dévasté qui ne parut pas les entendre quitter la pièce.

Cagney et Morris se dirigèrent vers la voiture de police qui les attendait garée sous les conifères d'un vert presque bleu. Cagney respirait fort, bouche serrée, et Morris songea qu'il aurait aimé cogner sur quelque chose pour se calmer. Cagney secoua le policier qui contemplait hilare les ébats d'un écureuil roux qui sautait de branche en branche.

— Contactez le poste par radio. Qu'ils nous dégotent un hélicoptère et vite, pour Natick.

— Ben c'est que...

— C'est un ordre, exécution. Dites-leur d'envoyer immédiatement une voiture au 1266 Elm Road à Natick. Le suspect est un certain Richard Lane alias Ignacio Estevan. Il est dangereux.

Le policier bafouilla :

— Bien, Monsieur. Immédiatement.

Morris regarda Cagney à la dérobée, surpris. C'était la première fois qu'il le voyait perdre son calme et rudoyer quelqu'un de leur bord.

D'une voix glaciale, Cagney déclara en séparant chaque syllabe :

— Il faut qu'on retrouve Katherine avant lui, Morris. Il va la mettre en pièces. Il planifie tout, calcule tout, l'enfoiré. Il doit déjà être sur ses traces. De toute façon, même si c'est elle qui le retrouve, il lui fera la peau.

Réfléchir, réfléchir parfaitement parce que si sa pensée n'était pas parfaite, Katherine mourrait.

Katherine n'était pas revenue à la ferme, parce que Katherine savait où trouver Lady-Killer. Hier soir, Gloria avait fugacement senti que Katherine voulait dire quelque chose. Sur le moment, elle n'y avait pas prêté attention parce qu'elle pensait à Cagney, à l'enquête et puis parce que la présence de la jeune femme commençait à l'embarrasser.

Gloria se concentra. Se souvenir, plonger dans les mémoires de son cerveau qui s'organisaient selon un ordre qu'elle-même avait du mal à comprendre. Hier soir, elles avaient parlé de Clare, de San Francisco. Elles s'étaient un peu disputées. Plonger plus loin. Katherine avait évoqué sa mère morte d'un cancer. Non, cela c'était avant, au restaurant italien. Gloria avait parlé des autres victimes, de Marissa Vargas. Marissa Vargas, sportive, homosexuelle, mécanique auto, garage, Needham. Elle interpella le chauffeur de son taxi qui la regarda dans le rétroviseur :

— À quelle distance sommes-nous de Needham ?

— Une quinzaine de kilomètres à vol d'oiseau, mais la route serpente.

— Nous allons à Needham, vite.

— Écoutez, ma petite dame, je suis pas d'une nature méfiante mais je voudrais être sûr que je serai payé. Y en a déjà pour soixante dollars au compteur et je tiens pas à en être de ma poche.

Gloria tira un billet de vingt dollars et le lui tendit pardessus son épaule. Elle déplia un billet de cent dollars et le lui montra dans le rétroviseur.

— Le client est roi, quant à la cliente, n'en parlons pas. En route.

Il fit un demi-tour sec sur la route et embraya.

— Vite, c'est urgent.

— Ça vous prend toujours de cette façon, les urgences ?

— Je vous dispense de vos commentaires mais je vous donne cinquante dollars en plus du prix de la course si vous foncez.

— Et si on se fait repérer par un radar ?

— Je paye l'amende.

— Ben voilà, suffisait d'être clair. Attachez votre ceinture, ça va défriser.

La voiture sembla bondir vers l'avant comme si une masse l'avait percutée par l'arrière.

Gloria déposa son sac à main sur le plancher derrière le siège du chauffeur pour éviter son regard interrogateur qui la surveillait par intermittence. Elle fit glisser doucement la fermeture Éclair et l'ouvrit. Elle vérifia silencieusement que le revolver était chargé et abaissa le cran de sûreté. Gloria referma le sac et le serra contre elle. La sueur commençait à lui piquer le front et elle sentit, dégoûtée, une goutte glisser entre ses seins. Il lui sembla que cette suée ravivait l'odeur de la transpiration de la veille qui imbibait déjà ses vêtements. Elle se demanda si le chauffeur pouvait percevoir l'odeur aigre qui se dégageait d'elle.

Ils parvinrent en un temps record à Needham et elle lui demanda de la déposer devant le garage.

— Lequel ?

— Comment cela ?

— C'est pas un trou, Needham. Il y a plusieurs garages, ma petite dame.

Gloria le regarda, affolée. Marissa, chercher les souvenirs concernant Marissa... Marissa avait été tuée de nuit alors qu'elle pensait trouver un automobiliste en panne qui avait besoin d'un remorquage.

— Un garage qui fait la mécanique et qui est ouvert la nuit. Un garage qui accepte d'aller remorquer les gens en panne sur l'autoroute.

— Alors là, il n'y en a pas trente-six. Il y a celui du vieux Ben, sauf que c'est son fils qui a repris l'affaire. Et puis le garage qui est à la sortie est de la ville.

— Allons chez Ben.

— À vos ordres, soupira le chauffeur d'un air accablé.

Gloria sauta presque de la voiture sans attendre son arrêt. Elle ne savait pas ce qu'elle cherchait, mais si Katherine était passée ici, elle l'apprendrait.

Un jeune homme avec une queue de cheval s'avança à sa rencontre en s'essuyant les mains dans un chiffon aussi maculé de cambouis que ses paumes.

— M'dame ?

— Bonjour. Voilà, une jeune femme assez grande, aux cheveux bruns est-elle passée ici ce matin ou hier soir ?

— Pourquoi ?

Gloria lui tendit un billet de vingt dollars qu'il regarda en fronçant le nez. Il lui jeta un regard méfiant et demanda :

— Dites donc, c'est quoi cette histoire ? Je veux pas de votre fric. Pour qui vous me prenez ?

— Excusez-moi, je suis désolée. Écoutez, il faut me croire, cette jeune femme est en danger. Je vous en prie, répondez-moi.

Le jeune homme encore méfiant regarda Gloria. Elle était rudement jolie et elle avait vraiment l'air d'avoir la trouille.

— Ouais, elle est passée ce matin. Elle était sympa. En plus elle s'y connaît en bagnoles. Faut dire que Ben dit toujours que quelqu'un qui sait réparer un tracteur peut réparer n'importe quoi.

— Oui, oui. Je vous en prie, dites-moi ce qu'elle cherchait.

— Elle m'a demandé si Marissa travaillait bien sur les camions. Paraît que c'était une copine. Remarquez, vu le genre, ça m'a pas étonné.

— Comment ?

— Ben, je veux dire pas féminin-féminin, si vous voyez ce que je veux dire. Remarquez, moi je m'en fous, vu que Marissa savait travailler et qu'elle...

— Excusez-moi, mais il faut que je la retrouve au plus vite. Et alors, les camions ?

— Votre copine, là, elle voulait savoir si Marissa travaillait pour une compagnie de routiers particuliers. Ici, je veux dire. C'est fréquent dans les garages. Les clients ont toujours un mécano attitré, ça les rassure.

— Oui, oui, et alors ?

— Ben oui. C'est une compagnie privée qui livre les

paquets urgents. Ils couvrent tout le Massachusetts. Oh, ils finiront bien par s'étendre dans d'autres États.

— Où puis-je trouver les bureaux de cette compagnie ?

Elle se passa machinalement la main sur le front. Le jeune homme la détailla :

— Vous vous sentez pas bien ? C'est peut-être la chaleur. Vous voulez un verre d'eau. Vous devriez peut-être vous asseoir un moment ?

— Non merci, c'est gentil. Je suis un peu fatiguée, c'est tout. Où puis-je les trouver ?

— C'est les grands hangars à la sortie nord de la ville. (Il indiqua d'un mouvement de menton le taxi qui attendait Gloria.) Votre chauffeur doit connaître.

Gloria le remercia d'un petit sourire et tenta de le convaincre d'accepter le billet. Il refusa en rougissant et lâcha :

— Vot'service. Bon, ben allez, faut que je m'y recolle. Ça va pas se faire en soufflant dessus. (Puis, timidement :) C'était une chouette fille, Marissa, vous savez. C'est dégueulasse ce qui lui est arrivé. Ça m'a foutu un vache de coup. Vous l'avez connue ?

— Non.

Gloria tourna les talons puis se ravisa. Elle avait oublié de lui demander le nom de la compagnie.

— Bold Eagle Mail.

— Merci, Monsieur. Au revoir.

— Salut.

Gloria ne parvenait toujours pas à faire le lien entre ce garage, Marissa, Katherine et Lady-Killer. Le chauffeur de taxi la déposa devant l'entrée des bureaux de Bold Eagle Mail dont le logo représentait les courbes stylisées du plus grand oiseau d'Amérique. Elle lui tendit un autre billet de vingt dollars en précisant qu'elle ne serait pas longue :

— J'suis pas pressé, moi, ma petite dame. Le compteur tourne et ça me repose.

Gloria gravit, en s'accrochant à la rambarde métallique, les quelques marches en ciment qui menaient aux bureaux. Une petite pancarte indiquait aux visiteurs qu'il fallait entrer sans frapper.

Une femme, assise derrière un grand comptoir en fer à cheval, tapait devant un écran en mâchonnant agressivement un chewing-gum. Elle ne sembla pas s'apercevoir de la présence de Gloria qui se racla la gorge pour attirer son attention. La femme leva les yeux et son regard parut avoir du mal à se focaliser sur la personne qui se tenait devant le comptoir. La femme tapota machinalement les bouclettes blondes de sa permanente, poussa son chewing-gum dans le creux de sa joue d'un coup de langue et demanda :

— Ouais, c'est à quel sujet ?

Gloria, tentant de maîtriser son essoufflement, commença lentement :

— Une jeune femme est passée ce matin.

D'un ton goguenard, la femme blonde déclara :

— Il en est même passé plusieurs dizaines, pourquoi ?

— Écoutez, Madame, c'est très important. Il s'agissait d'une jeune femme très grande, brune, les cheveux courts.

— Peut-être. Qui vous êtes d'abord ?

— Une amie. Elle est en danger. Il faut que vous me croyiez.

— Et pourquoi je vous croirais ? On voit assez de fondus ici. Pis, j'ai pas que ça à faire moi. Je bosse, figurez-vous ! C'est pas un office du tourisme ici. Il faut que je passe tous les ordres de levée avant midi.

Elle indiqua, d'une main aux ongles courts recouverts d'un vernis rouge qui s'écaillait au bout, une pile de petites feuilles vertes, et déclara d'un ton aigre :

— Parce que les chauffeurs, on les paye pas à se tourner les pouces.

Et brusquement, Gloria comprit. Lady-Killer n'avait pas rencontré Marissa Vargas chez un naturopathe. Il avait modifié pour elle sa stratégie de séduction. Il lui avait parlé de ce qu'elle aimait, comme aux autres, mais la passion de Marissa c'était la mécanique. Parce que Lady-Killer était chauffeur de poids lourds. Du coup s'expliquait la localisation des meurtres. Quelques années plus tôt, il avait dû être employé par une compagnie de routiers qui faisait la liaison directe entre l'Indiana, l'Ohio et l'Illinois. Son trajet lui avait permis de sélectionner les cabinets de naturopathes dans lesquels il rabattait ses victimes. Après son séjour à l'hôpital de Chicago, il avait déménagé dans l'Est pour se faire employer par Bold Eagle Mail dont les camions de courrier express sillonnaient le Massachusetts.

— Justement, cette jeune femme a dû vous demander des renseignements sur un chauffeur.

— Ouais, peut-être.

Contrairement au jeune mécanicien, le billet que Gloria déposa sur le comptoir parut l'intéresser.

— Elle avait l'air indien, cette fille que vous cherchez ?

— Oui, c'est elle.

— Elle voulait savoir où trouver un de nos chauffeurs. D'abord j'ai pas voulu. Et puis j'ai cru comprendre qu'il avait pas été délicat avec sa sœur, et qu'il se serait barré en lui laissant le polichinelle. En plus, il avait filé un faux nom à la gamine, parce qu'il s'appelle pas comme elle m'a dit. Alors, moi, des trucs comme ça, je pardonne pas. Faut que les mecs prennent leurs responsabilités, surtout à notre époque. J'ai tout de suite compris que c'était Rick quand elle m'a dit qu'y se teignait les cheveux. Ça vous choque pas, vous, chez un homme, cette façon de se teindre ?

— Rick ?

— Ouais, Richard Lane. Remarquez, ça m'étonne pas vu que ce type m'a toujours fait un drôle d'effet, même qu'il soit toujours très gentil et poli. Mais c'est un nerveux et puis moi, j'ai du flair pour les gens.

Gloria cherchait désespérément comment endiguer le flot de paroles sans la braquer et la rendre muette comme une carpe.

— Oui cela se voit. Où puis-je le trouver ?

— Au même endroit qu'elle. Il est de repos aujourd'hui. Le patron lui a cédé un hangar désaffecté contre un petit loyer. Vers Needham Junction, à quelques kilomètres. C'est après le croisement entre Chesnut Street et Summer Street.

— Cela fait longtemps que la jeune femme est partie, mon amie, je veux dire ?

— Bof, je dirais une heure. Faut vous dire qu'elle attendait sur les marches quand je suis arrivée parce que je commence à dix heures vu que je termine tard.

Gloria la remercia en lui tendant discrètement le billet par-dessus le comptoir et descendit en courant les quelques marches. Elle traversa la cour, manquant tomber sur les dalles de ciment irrégulières.

Les efforts de conversation du pilote de l'hélicoptère avaient tourné court lorsqu'il s'était rendu compte que ses deux passagers lui répondaient par monosyllabes et par pure courtoisie.

Jude Morris tentait de s'interdire pour la millième fois de penser à ce qui se passerait si Gloria retrouvait Lady-Killer avant Katherine. Elle ne tiendrait pas plus d'une seconde face à ce dingue. Et Katherine pas beaucoup plus, sûrement. Mais imaginer le corps pâle et fin de Gloria, qu'il avait tant rêvé pouvoir caresser, dépecé comme une carcasse de boucherie lui donnait envie de vomir. La trouille qu'il sentait monter chez Cagney, et que le silence de son chef rendait presque palpable, paniquait Morris encore davantage. Pourquoi Gloria avait-elle eu si peur de lui ?

Un crachouillement dans les écouteurs et puis une voix féminine curieusement saccadée par les interférences. La voix leur annonçait que le 1266 Elm Road n'existait pas. Morris n'avait jamais douté que l'adresse donnée au naturopathe par Lane était bidon, pourtant, cette voix métallique résonna comme un glas. Il se tourna vers Cagney qui tenait ses paupières serrées.

— Qu'est-ce qu'on fait, Monsieur ?

Cagney passa la main sous son veston et l'y laissa, comme s'il avait mal à l'estomac.

— Qu'est-ce que vous voulez qu'on fasse, Morris ? Ou plus exactement que pouvons-nous encore faire ?

Cagney rouvrit enfin les yeux et soupira :

— On continue. On essaie de loger le vieux Dedham et de repêcher Karen. Elle a peut-être des nouvelles de Katherine.

Le chauffeur de taxi suivit les indications qu'avait données la réceptionniste de Bold Eagle Mail à Gloria et n'eut aucun mal à découvrir la bâtisse.

Il se retourna vers Gloria et d'un ton à la fois las et vaguement ironique s'enquit :

— J'attends ?

Elle répondit sèchement :

— Non. Combien vous dois-je ?

— Vous allez avoir du mal à trouver un autre véhicule dans ce coin, ma petite dame. Y a pas un chat.

— Je me débrouillerai, merci.

Gloria régla la course et ajouta un large pourboire. Elle attendit qu'il eût disparu pour avancer vers le hangar prudemment. Elle ouvrit son sac à main et plongea la main à l'intérieur, serrant la crosse de l'arme convulsivement. Elle s'approcha d'un rideau métallique relevé, s'arrêta et se pencha pour tenter d'apercevoir quelque chose malgré la pénombre qui régnait à l'intérieur. Jamais elle ne trouverait le courage d'y pénétrer. La grande salle poussiéreuse semblait déserte. Quelques caisses étaient adossées sous une fenêtre grillagée dont un des carreaux manquait. Si Lane vivait ici, il devait avoir emménagé à l'étage. Gloria se recula de quelques pas et leva le regard.

Était-il à l'intérieur ? Savait-il qu'elle le cherchait ? Katherine était-elle déjà arrivée ?

Gloria contourna silencieusement le hangar. Une sorte de petite prairie tout en longueur, sèche, rase et jaune et d'une quarantaine de mètres en largeur, s'étendait à l'arrière du bâtiment. Un rideau de buissons et d'arbres courts la bordait de l'autre côté.

Un grand parasol à rayures rouges et jaunes était planté au milieu de l'herbe. Les jambes décharnées d'un homme dépassaient de dessous. Il portait des ballerines noires et le contraste de la toile sombre de ses chaussons de danse sur sa peau livide évoqua pour Gloria la vision d'un cadavre.

Une sorte de soulagement l'envahit : elle avait retrouvé Lane avant Katherine. Son cerveau avait fait du bon travail.

Le mouvement rapide et silencieux d'une ombre, plus loin, derrière le rideau de buissons, attira le regard de Gloria. Katherine était dissimulée derrière un des arbres. Elle n'avait pas vu Gloria et fixait l'homme allongé. La panique fit trembler Gloria et elle tira l'arme, jetant son sac à ses pieds.

Katherine s'avançait doucement, légèrement pliée en deux, la main en visière protégeant ses yeux du soleil qui devait l'aveugler. Elle ne vit pas comme Gloria la jambe de Lane se replier insensiblement. Elle ne vit pas une main maigre disparaître sous le parasol. Gloria voulut hurler, mais appliqua sa main libre sur sa bouche. Le parasol sembla s'arracher du sol et Lane se redressa d'un bond, un rasoir à la main. Katherine n'était pas armée. Conne, conne ! Sans savoir comment, sans même le vouloir, Gloria s'élança en hurlant :

— Va-t'en, va-t'en ! Il va te tuer. Tire-toi, Katherine !

Katherine s'immobilisa. Gloria volait au-dessus de l'herbe. Elle s'arrêta à quelques mètres de Lane, qui la regardait en souriant. La haine déformait ses traits, ou était-ce la maladie ? Gloria eut l'étrange pensée qu'elle avait fait tout ce chemin pour rencontrer sa mort. Il transpirait à grosses gouttes. Il avança le torse et fit un pas en direction de Gloria, qui leva son arme.

Des années plus tôt, il y avait eu un anniversaire.

Le doigt de Gloria refusait de lui obéir, de presser la détente.

Et pourtant, elle voulait le tuer, elle le voulait tellement. Elle ne pouvait plus supporter qu'il la touche, qu'il l'écrase sous lui, qu'il lui fasse mal.

Il lui sembla que quelqu'un, très loin, hurlait son nom, une voix de femme, mais ce n'était pas sa mère. Une douleur explosa dans son poignet droit et elle lâcha l'arme qui tomba à quelques mètres d'elle.

Lane se rétablit sans difficulté, avança encore le torse pour la déséquilibrer d'un autre coup de pied. Gloria s'écroula et roula dans l'herbe. Il se rapprocha et leva le rasoir.

Les larmes déformaient la vision de Gloria. Tout juste vit-elle l'homme qui avançait vers elle, et la lumière solaire étinceler le long de la lame du rasoir, comme si elle la léchait.

Ignacio gloussa. Il suffisait de la retourner pour finir le travail. Il s'occuperait de l'autre femelle ensuite. L'Anémone veillait sur lui. Lorsqu'il en aurait fini avec elles, il irait prendre une longue douche. Il n'aurait pas dû s'allonger dehors, même protégé de la lumière par le parasol. Il avait terriblement chaud. Il se baissa légèrement.

La première balle le fit tousser. Incrédule, il se redressa et se tourna. Katherine levait à nouveau l'arme. Le bras de Lane se détendit brusquement et Katherine cria. La deuxième balle pénétra dans sa gorge. Il tomba lourdement à genoux, oscilla vers l'avant. Le sang s'écoulait par saccades, une bulle rougeâtre se forma à la commissure de ses lèvres lorsqu'il cracha : « Putains ».

Katherine passa la main sous son blouson fendu et contempla le sang qui la maculait. Elle souleva son tee-shirt en se demandant vaguement à quelle profondeur avait pénétré la lame et si elle allait mourir. Elle n'avait pas encore mal. Il fallait d'abord qu'elle parle à Gloria.

26

Les heures qui suivirent se passèrent dans une telle confusion que Gloria ne devait jamais précisément se souvenir de ce qui s'était produit.

Des sirènes hurlèrent, puis des gyrophares ensanglantèrent de leur lumière, dont les pulsations ressemblaient à une hémorragie, l'herbe de la prairie. Elle sentit à un moment la présence de Cagney. Où était passée Katherine ? Où était Clare ?

Gloria répondit « non » à toutes les questions d'un médecin qui s'affolait autour d'elle et refusa qu'on l'examine puisqu'elle n'avait pas été blessée à l'exception de légères éraflures aux genoux et d'un hématome au poignet. Elle demanda à plusieurs reprises où était Katherine et si elle avait été gravement atteinte par l'arme du tueur, mais personne ne lui répondit. On lui proposa un calmant qu'elle repoussa. Épuisée, excédée, elle exigea enfin qu'on la ramène chez elle à Brookline.

L'interrogatoire de Kirk Ford dura trente heures. Cagney ne brusquait pas les choses, l'état des pupilles de Ford l'avait rassuré. Il craquerait bientôt. Morris et lui se relayaient, adressant à peine la parole au suspect que cette attitude semblait dérouter. Enfin, Cagney demanda :

— Vous avez froid, Mr Ford. Nous pouvons demander que l'on monte un peu le chauffage. Par ailleurs, en vieil habitué, vous n'ignorez pas que vous avez le droit de demeurer silencieux et d'attendre votre avocat ?

— Je sais ; de toute façon, j'ai rien à dire et j'ai pas froid. Pourquoi vous dites ça ?

— Vous tremblez.

— Foutaises. Je vous emmerde. Je tremble pas.

— Mais si. Vous transpirez depuis deux heures et la salive vous fait défaut. Qu'est-ce que c'était ? Du crack ? De la coke ?

Ford cracha :

— J'ai rien pris depuis longtemps.

— Alors la crise de manque ne devrait pas tarder.

— Non, je veux dire depuis des années. Je veux un avocat.

— Qui ? Broderick Purdy ?

Ford devint gris. Il croisait et décroisait les doigts nerveusement.

— Je connais pas ce type.

— Sans blague ? Parce que lui vous connaît. Il se souvient même vous avoir remis une grosse somme d'argent et un petit paquet. Il faut avouer à sa décharge que la trouille l'a rendu bavard. Les flics de Chicago n'arrivaient plus à le faire taire. Qu'y avait-il dans le paquet, Mr Ford ?

— Des textes religieux.

Cagney arrêta le défilement de la bande du magnétophone qui enregistrait l'interrogatoire et murmura en souriant gentiment pour que sa voix soit imperceptible sur la vidéo qui les filmait :

— Tu vas en chier des ronds de chapeaux, Ford, et dans peu de temps.

Il réenclencha le bouton d'enregistrement.

— Qu'est-ce que vous avez dit ?

— Je vous demandais ce que contenait le paquet ? De la came ? Pourquoi Purdy vous a-t-il donné de l'argent ? Et de la part de qui ?

— Je ne comprends pas ce que vous dites. Vous n'avez pas le droit de m'accuser. Vous n'avez pas de preuve. Je veux un avocat.

— Mais donnez-nous un nom, Mr Ford, nous le

contacterons aussitôt. Selon Mr Purdy, c'est Mr Estevan qui était le généreux donateur.

Ford le regarda, affolé. Cagney poursuivit son travail de sape. Il sentait la nervosité de l'autre comme si elle suintait par les pores de sa peau. Ford se demandait ce qu'ils savaient et ce qu'ils ignoraient. Il était également en train de calculer combien de temps il parviendrait à tenir sans fix. Pas très longtemps et sûrement pas assez pour qu'un quelconque avocat parvienne à le faire sortir de là. Ford réprima une grimace lorsque la douleur en coup de poing qu'il connaissait bien lui perfora l'abdomen. La salive lui monta dans la bouche et il essaya de ne pas respirer trop fort. La nausée n'allait pas tarder. Les tremblements de ses mains et de ses membres inférieurs s'amplifièrent.

— Désirez-vous un café, Mr Ford ? La nuit risque d'être longue. Je vais m'en chercher un. Non ? Bien, je vous laisse en compagnie de Mr Morris.

— J'peux avoir une clope ?

Morris répondit poliment :

— Non, je ne fume pas.

Morris ne desserra plus les dents en dépit de l'agitation croissante de Ford. La sueur dégoulinait de ses tempes et s'écrasait en grosses gouttes molles sur la table métallique scellée au mur qui les séparait.

Cagney revint une demi-heure plus tard. Il s'approcha de la caméra vidéo et conclut d'un ton enjoué :

— Ah bien. Nous avons une nouvelle bande et tout notre temps. Nous attendons toujours le nom de votre avocat, nous pouvons en faire commettre un d'office également. Cela risque de prendre un peu de temps.

En dépit du calme ironique qu'il affichait, Cagney sentait la peur monter. Et si Ford se cramponnait suffisamment longtemps ? Et si l'avocat arrivait avant qu'il n'ait craqué ? Cagney refusa de penser aux conséquences juridiques que pourrait avoir son attitude si Ford portait plainte pour harcèlement policier. Il allait épingler ce mec, pour Ann et pour Mr Glover, même s'il y laissait sa carrière.

Ford jetait de plus en plus fréquemment un coup d'œil vers la pendule murale. Il lui sembla que l'air se raréfiait autour de lui et il se demanda si les flics n'essayaient pas de l'asphyxier. Mais les deux fédéraux n'avaient pas l'air incommodés. La douleur tapa dans son ventre, puis s'installa juste au-dessous du diaphragme pour ne plus le lâcher. Il ouvrit la bouche pour respirer. Cagney le contemplait, goguenard.

Ford se leva d'un bond et Morris porta la main sous son aisselle :

— Merde, sales cons, merde. Il faut que je sorte d'ici.

Il s'écroula à nouveau et fondit en larmes, se tapant le front sur le rebord de la table comme s'il voulait se défoncer le crâne.

— Allons, allons, Mr Ford, conservez votre calme. Pourquoi Mr Estevan vous a-t-il donné cet argent ? C'était une somme, d'après Mr Purdy.

— Va te faire foutre. C'était pour l'Église.

— Quelle admirable dévotion.

Ford lui jeta un regard haineux. La morve coulait de ses narines et il lécha le filet liquide qui tombait sur ses lèvres. Il reposa la tête sur la table, croisant les mains sur son crâne. Cagney détailla les secousses qui faisaient sursauter ses épaules et écouta calmement le gémissement qui montait.

— Merde, je me sens pas bien. Je vais crever. Il faut que je sorte. (Puis, hurlant :) T'entends, Ducon, il faut que je sorte, cinq minutes.

— Pour quelle raison Mr Estevan vous a-t-il donné cette somme ?

Ford le regarda comme s'il voulait le tuer et hurla :

— Pour buter l'autre conne. Allez, laisse-moi sortir, maintenant, je t'en prie. Tu sais ce que tu voulais savoir, non ?

— Non. Qui cela « l'autre conne », et pourquoi ?

— Je me sens pas bien, mec. Je vais crever.

— Mais non, répondez-moi et j'appelle quelqu'un. On vous aidera.

— Debra.

— Debra Glover ?

— Ouais. Je l'ai ramassée. Une paumée, une vraie conne. J'ai mal au bide. Y a un truc qui est en train de péter. Je vais me vider.

— Alors faites vite.

— Une tordue, mais un bon coup.

— Raul Estevan voulait que vous tuiez Debra Glover ?

— Non, il s'en foutait. Il voulait juste une gonzesse assez jeune, n'importe qui. Il voulait qu'on la bute d'une certaine façon et à une date précise. C'était pas de la tarte, elle gueulait.

Cagney songea que s'il n'était pas flic, s'il n'y avait pas cette bande vidéo témoin, il l'aurait laissé crever d'une crise de manque avec énormément de satisfaction.

— Pourquoi Mr Estevan voulait-il que vous abattiez une femme ?

— Je sais pas, mec, je sais pas et c'est vrai. Il voulait juste que ce soit fait d'une certaine façon et à une date précise. Quand est-ce que tu vas les appeler ces gens ?

— Cela dépendra de vous.

Cagney sentit qu'il disait la vérité. Il se ferait un plaisir d'interroger Estevan, quitte à le menacer de le déplacer dans un autre pénitencier. Cependant, Cagney était presque sûr que Raul Estevan avait voulu détourner les flics de la piste de Lane, créer la surprise, les égarer avec un meurtre ressemblant et pourtant différent. De la même façon, il avait probablement avoué le meurtre de la mère de Richard Lane sans en être coupable. Il avait choisi de commanditer un meurtre ressemblant parce qu'il devait savoir par Purdy que Richard était à nouveau hospitalisé.

Estevan connaissait parfaitement le fonctionnement de la justice. Il savait que si Richard se faisait arrêter, si on l'accusait du meurtre de toutes les victimes, son avocat pourrait aisément prouver qu'il n'était pas coupable dans le cas de Debra Glover. Du même coup, toutes les autres accusations perdraient leur crédibilité, et Richard Lane obtiendrait le bénéfice du doute. C'était risqué, mais cela pouvait marcher, cela avait déjà marché dans d'autres procès. C'était le seul moyen que Raul avait trouvé pour protéger le petit Rick qui l'avait aveuglément suivi en cavale, qui l'admirait comme un grand frère aimé : « Tous les hommes ont un rêve, tous les hommes ont une faille. »

Cagney reprit sur le même ton plat :

— Pourquoi Debra Glover, pourquoi pas une autre ?

Ford hurla :

— C'était une vraie conne, une pute, une Marie-couche-toi-là.

Cagney serra les poings sous la table.

— Comment connaissez-vous Raul Estevan ? Répondez, Mr Ford. Répondez bien et j'appelle pour qu'on vous aide.

Ford eut l'air surpris qu'il lui pose la question.

— Mais les deals, les deals. Estevan a créé un réseau, mec. Tu veux n'importe quoi, il le trouve. Tu veux te défoncer au PCB, au crack, tu veux que ton bourrin gagne aux courses, tu veux shooter un mec à la testostérone, pas de problèmes, il trouve tout. Purdy c'est de la merde, y en a dix autres qui travaillent pour Estevan à l'extérieur et personne ne mouftera parce qu'il a déjà fait buter suffisamment de gens en tôle. Ça calme les autres.

Le sourire de Cagney découvrit ses incisives. Il allait se faire un plaisir de rendre la vie infernale à Estevan.

Il fit répéter sa déposition à Ford, devant l'écran, puis se leva en se demandant s'il allait vraiment appeler un médecin. Pour être sûr que sa haine ne l'emporterait pas au dernier moment, il ordonna à Morris de s'en charger.

Ford s'écroula en pleurant de soulagement sur le sol de la pièce. Cagney l'enjamba et sortit.

Gloria se leva du canapé gris-bleu, incapable depuis des heures de se résoudre à appeler Jade. Elle rentrerait demain par le premier avion. Finalement, elle ne téléphonerait pas. Elle irait directement à Little Bend. Clare et elle rendraient visite au grand paon prétentieux de la volière. Quelle curieuse punition pour ces oiseaux magnifiques que ce cri si désagréable dont ils étaient affligés.

Cagney l'appela pour l'informer que les jours de Katherine n'étaient pas en danger. Il préféra ne pas ajouter que Katherine la réclamait en pleurant. Gloria le remercia d'un ton courtois, comme s'il lui parlait d'une femme qu'elle aurait rencontrée en faisant ses courses au supermarché. Cagney lui laissa entendre qu'ils s'interrogeaient sur la réalité des meurtres d'Estevan. Mrs Lane n'était-elle pas à rajouter en tête de la liste des victimes de son fils ? Richard Lane avait-il également tué Samantha Evans ? Seul Estevan le savait. Peut-être parlerait-il, maintenant que Lane était mort et que Ford était passé aux aveux.

D'un ton plat, Gloria conclut comme si elle était lasse de cette conversation téléphonique :

— Bien, je vous remercie, Mr Cagney.

— Restez-vous quelque temps dans les environs de Boston ?

— Non, je pars demain.

— Katherine a été hospitalisée au Brigham and Women Hospital.

— Ah, bien. C'est un excellent hôpital.

— En effet. Passerez-vous la voir avant de partir ?

— Non, je ne crois pas en avoir le temps. Je dois régler différentes choses avant de partir.

— Je vois. Bonsoir, Mrs Parker-Simmons.

— Bonsoir, Mr Cagney.

Cagney se ravisa et déclara précipitamment :

— Gloria, attendez. En dépit de tout ce qui nous sépare et de nos difficultés, je veux que vous sachiez combien votre aide a été précieuse. On ne l'aurait jamais coincé sans vous. Je vous remercie, du fond du cœur.

— Attention, vous allez devenir sentimental, Mr Cagney. C'est une maladie redoutable parce qu'elle est incurable.

— Je sais, oui, comme la vie, Mrs Parker-Simmons.

Gloria raccrocha et se dirigea vers la cuisine. Elle ferait recarreler la maison de Diamonds Heights dès son retour. Elle ouvrit le réfrigérateur à la recherche d'une bouteille de vin et ses yeux tombèrent sur le whisky... Le whisky de Katherine. Elle le versa dans l'évier. Elle jeta la bouteille vide sur le carrelage qui éclata en échardes de verre épais. Gloria tomba à genoux sur le sol. Quelque chose de très douloureux et de très aigu pénétra dans l'articulation de son genou. Elle fondit en sanglots.

Elle l'avait manipulée. Elle avait manipulé l'amour de Katherine jusqu'au bout, jusqu'au point de la faire tuer. Elle savait ce que ressentait Katherine. C'était tellement facile de l'utiliser. Et Gloria avait eu besoin de fixer une variable pour résoudre l'équation du tueur.

Gloria était déjà enceinte de lui le jour de son treizième anniversaire. Son beau-père, le second mari charmeur de sa mère. Au début, deux ans plus tôt, il l'avait coincée contre le mur de la salle de bains et l'avait frappée lorsqu'elle avait crié. Elle avait couru jusqu'à la porte de la chambre de sa mère. Elle avait tambouriné sur le panneau de bois de ses deux poings. Sa mère n'avait pas ouvert. Il était arrivé derrière elle et lui avait serré la nuque à la faire crier. Elle n'avait plus rien dit et s'était allongée autant de fois qu'il le voulait. Sa mère lui avait dit qu'elle était un monstre, qu'elle inventait des histoires invraisemblables et pourtant, elle savait, et pourtant, elle entendait les cris, puis les gémissements puis enfin le silence de Gloria. Le jour du treizième anniversaire de Gloria, il avait bu encore plus que d'habitude. Son haleine empestait le whisky.

Gloria était enceinte de cinq mois. Il riait en lui tapant sur le ventre. Il avait ordonné à sa mère de quitter la salle à manger et elle avait obéi malgré les sanglots de Gloria. Il avait tiré les cheveux de Gloria et l'avait forcée à s'agenouiller devant lui. Il avait baissé sa braguette : « Mais je t'aime, c'est pour cela que je te veux. Je t'aime comme ma princesse, comme ma fille. » Gloria était parvenue à se dégager. Elle avait forcé la porte de sa mère, derrière laquelle était posé, en équilibre sur la crosse, le fusil de chasse toujours chargé. Elle avait hurlé à cette femme muette et peureuse qui lui avait donné la vie : « Si tu ne fais rien, ce soir, je vais tout expliquer à tout le monde. Je dirai que c'est toi qui m'as forcée à coucher avec lui pour le garder. Tu comprends. Fais-le. » Gloria avait saisi l'arme et l'avait placée de force dans les mains de sa mère. Lorsqu'il était entré dans la chambre, fou de rage, Gloria avait hurlé encore : « Fais-le. Je le dirai à tout le monde. » Deux détonations. Gloria avait eu l'impression que le corps de l'homme était violemment repoussé en arrière. Il s'était écroulé, son beau visage séduisant à moitié arraché. Sa mère avait été condamnée à dix ans de prison, dont cinq avec sursis. Elle avait eu le bon goût de décéder un an plus tard sans avoir jamais revu sa fille. Gloria avait accouché d'un bébé qui devait toujours rester un petit enfant.

Clare, Clare mon ange, mon bébé, ma vie.

Toujours à genoux, Gloria frappa de ses mains ouvertes les tessons de la bouteille. La douleur la calma.

Cagney sortit du Brigham and Women Hospital. Katherine s'en tirerait sans trop de dommage et avec une magnifique cicatrice qu'elle pourrait exhiber. Elle avait un gros chagrin d'amour, le premier, mais elle était trop vitale pour en mourir.

Une femme très brune aux cheveux mi-longs le

dépassa et il la suivit du regard comme il suivait toutes les femmes brunes. Ann allait se dissoudre, était en train de se dissoudre puisqu'il avait presque oublié sa vie d'avant, celle qu'il avait vécue avec sa femme. Il eut envie de rire pour la première fois depuis longtemps.

Il n'avait vu Ann qu'une fois, dans ce restaurant bostonien. Un des convives présents à sa table avait appelé ce fauve magique par son prénom. C'est comme cela que Cagney avait appris comment elle se nommait. Et puis cet abruti, à une table voisine, avait pris une photo d'elle avec son Polaroïd. La colère d'Ann, sa soudaine férocité, avaient subjugué Cagney. Ann était devenue une sorte de remède parfait et phantasmatique à l'ennui de sa vie sentimentale. Il était tombé amoureux fou de ce rêve lorsqu'elle avait basculé la tête en arrière pour rire aux éclats. Cagney s'était convaincu qu'elle lui était destinée et qu'il la retrouverait. Foutaises !

Lui non plus n'en mourrait pas.

IMPRIMÉ EN FRANCE PAR BRODARD ET TAUPIN
Usine de La Flèche (Sarthe).
LIBRAIRIE GÉNÉRALE FRANÇAISE - 43, quai de Grenelle - 75015 Paris.
ISBN : 2 - 253 - 14461 - 4

31/4461/5